贵州出版集团有限公司出版专项资金资助项目

编委会

主　　任 欧阳黔森

主　　编 彭学明

策　　划 孟豫筑

特约策划 杨庆武　谢亚鹏

项目执行 王丽璇　向朝莉

多彩民族文学书系

彭学明 主编

一个人的地老天荒

马金莲 著

贵州出版集团
贵州民族出版社

图书在版编目（CIP）数据

一个人的地老天荒 / 马金莲著． -- 贵阳：贵州民族出版社，2025.6． -- （多彩民族文学书系 / 彭学明主编）． -- ISBN 978-7-5412-3064-6

Ⅰ．I247.7

中国国家版本馆 CIP 数据核字第 2025DG0511 号

DUOCAI MINZU WENXUE SHUXI
YIGEREN DE DILAOTIANHUANG
多彩民族文学书系
一个人的地老天荒

著　　者：马金莲
主　　编：彭学明

出版发行　贵州民族出版社
地　　址　贵阳市观山湖区会展东路贵州出版集团大楼
邮　　编　550081
印　　刷　贵阳精彩数字印刷有限公司
版　　次　2025 年 6 月第 1 版
印　　次　2025 年 6 月第 1 次印刷
开　　本　880 mm × 1230 mm　1/32
字　　数　190 千字
印　　张　8.5
书　　号　ISBN 978-7-5412-3064-6
定　　价　68.00 元

目 录

一个人的地老天荒
001

西窗看云的傍晚
067

苏小河
108

绣鸳鸯
158

踩云彩的大脚板
219

风筝鱼
245

一个人的地老天荒

一

苟小莲看着对面的女人，目光恶狠狠的。她想，如果人的眼里能藏下一把锋利的刀子，那么她一定会抽出来杀了眼前的女人，毫不犹豫，更不会手软。她竭力控制着自己，不让内心的想法流露出来。

对面的女人将脸转过来，目光扫向苟小莲的脸蛋。就在两道目光相遇的刹那，苟小莲终于战胜了内心的恶魔，她的目光柔和而收敛，和初进这个家门时一模一样，淡淡的，单纯中带着羞涩，当然更多的是为难，难以启齿。

她躲躲闪闪，不敢正视眼前的女人。

苟百梁不在家。

敲开家门，得知苟百梁不在的那一刻，苟小莲心里懊恼极了，她转身就走。开门的女人身上穿一条水红裙子，领口开得很低，深深下陷的乳沟间挂着一条明晃晃的项链，金光闪烁，几乎灼伤了苟小莲羞涩又迷茫的眼。刹那间，她只觉得眼前这个女人就是一道水红色的光,在这道光彩的映照下,苟小莲越发显得寒酸、瘦弱、不堪一击。她赶紧低下头,准备逃离。她要找的是苟百梁,不是这个女人,她和这个女人实在没什么可说的,更重要的是她受不了对方鄙夷的目光。

苟小莲转身就走。

可是,水红色女人说话了:"小莲,你站住,我有话说。"

苟小莲站住了,抬眼打量对方。女人脸色平静,伸手指指门,苟小莲乖乖地跟着她走了进去。

女人坐在沙发上,拿起一个水果就削。她没有叫苟小莲坐,苟小莲就站在门口。她想,这样站着也好,要是这女人有什么企图,她可以随时夺门逃走。

女人手里握着一把短刀,不是专门的水果刀,是一把可以宰鸡宰鸭的小刀,如果用来宰羊或牛的话,就显得小了。但是,如果用来在人的身上捅一个口子,捅得血汩汩地流,应该不成问题。苟小莲脚下暗自用力,向门口挪了挪。她来的时候母亲叮嘱过:一定要小心,处处留意,钱讨不到不要紧,人不能吃亏。母亲说:"那个畜生,啥过分事都干得出来,莲莲你一定要多加小心。"

现在,这个被母亲称为畜生的女人,手里拿着刀子,在削苹果,样子旁若无人,悠闲极了,好像身边压根就没有苟小莲这个大活人。

苟小莲不是头一次进这个家门,也不是头一次面对这个女人,但她还是觉得紧张。这种紧张是打心底里冒出来的,像水波一样荡漾,从头顶漫下,袭遍全身。她的心便紧缩着,缩成一团。

经过母亲的一番鼓励,从家里出发的时候苟小莲是理直气壮的。可是,一旦挨进这个家门,那些理由就统统变得不堪一击了,她变得脆弱不堪。她就像一个皮球,在城北的家里,母亲给她打气,打得足足的,皮球鼓胀起来。随着她靠近城南这个小区里的第五单元楼,迈上四层楼梯,还不等伸手敲门,那个皮球里的气早就泄光了,她的躯体变得空荡荡。她拖着空荡荡的躯体,慢慢靠近防盗门。她感觉自己就是一个幽灵,在白日里孤零零地出没,给他人带去晦气。

事实上,这个女人只要一看见苟小莲就像见了幽灵,脸色要多难看有多难看。有时她会当着苟百梁的面,拿丹凤眼恶狠狠地瞪苟小莲,要是目光能够杀人,相信她会毫不手软地杀了苟小莲。

每次苟小莲来了,苟百梁总是先犹豫一阵,然后从衣袋里掏出一沓钱,翻来覆去地数。他动作慢得夸张,仿佛要通过这样一遍一遍地数,叫苟小莲和她没露面的母亲记住,她们是靠他的钱穿衣吃饭,度过一年三百六十五天的,她俩得以苟活到今天,完全得益于他。或者他还有别的更深一层的用意,只是苟小莲还难以体会。

苟小莲一般不进他的家,她通常站在门口,耷拉着脑袋,看着自己的脚面,听着那些票子在苟百梁手里发出的声音。从响声中她能判断出苟百梁这回给了多少,够不够她和母亲一段日子的生活费。

有时候女人干脆砰的一声关上某一扇门,躲起来,不与门口的丧门星照面。那一记摔门声传来,苟小莲心里准会惊天动地地响上一下,心怦怦跳。不过也好,这样就不用受她那刀子一样的目光的折磨了,她便会暗暗地舒一口气。

苟小莲从来没有和这个女人单独相处过,像今天这样,一个坐在沙发上削苹果,另一个站在门口发呆。发呆的时候,苟小莲一再走神。她管不住自己的心,它老往远处跑,它在想:苟百梁为什么不在家?今天是星期天,应该在家的,就算出门也会带着他的小老婆。因为根据以往的经验，苟百梁星期天的午后都在家里，所以她选择星期天下午过来讨钱。而这个星期天的午后，只有女人一个人在家，这算是个例外。

苟小莲有种不好的预感，她觉得有什么事情要发生了。

女人十分娴熟地削着苹果，她灵巧地转动着苹果，一圈果皮脱落下来，长长的一串在半空中晃悠。

苟小莲觉得自己的心就是那果皮，也在半空中悬着，来来去去晃悠着。

女人总算削完了一个苹果，递过来，直接递到苟小莲的面前。苟小莲颤巍巍地接过滑溜的苹果，她没敢看女人，手里擎着没皮的苹果，不知如何是好。她明白，这苹果不是给她吃的，尽管削了皮的苹果就是用来吃的，但这个不是，因为它是眼前这个女人削的。

"坐那儿吧。"女人摆摆手。苟小莲乖乖过去，半个屁股小心翼翼地坐在沙发的角上，紧张得大气都不敢出。

"又没钱啦？"女人问，声音冷冰冰的，听不出她内心的喜怒。问完，她低头用刀子剔着指甲，看起来漫不经心。看样子，她根本不是在等待苟小莲的回答，刚才那一问也只是一个盛气凌人的女人在那里自言自语。苟小莲便不急于回答她，而是趁机抬起头，偷偷打量她。这个女人影响了她和母亲的生活，这种影响是那么深，深到叫她们痛不欲生，活得生不如死。

现在，这个女人就在苟小莲的眼皮底下做着漫不经心的动作，苟小莲猜不透她要干什么。她留下苟小莲，究竟要说什么，要耍什么心计，玩哪种花样，苟小莲都难以猜到，她心里乱极了。十六岁的少女苟小莲在这个女人面前，显得那么稚嫩、单薄，简直不堪一击。

女人低头专心剔指甲,她的衣服领口低,脖子露出一大截,皮肤很细嫩,一团粉白色。苟小莲认真看着那团粉白色,渐渐地,她心里泛起了恨意,强烈的恨,噬咬着她的心。看着,看着,她眼里燃起了仇恨的火焰,要是眼里藏有一把刀,她真的会对着眼前的脖颈切下去,毫不犹豫,毫不手软。

客厅里的石英钟在走动,嘀嗒嘀嗒,时间一分一秒地流逝着。苟小莲坐得浑身僵直,手里拿着那个削了皮的苹果,她不知道该怎么办。农历八月的西部小县城,天气早已转冷,可苟小莲后背上渗出了汗,热烘烘的,感觉后背上贴了一大块不透气的厚布。

她拿个苹果,感觉像拿着一块烧红的炭。

女人还在剔指甲。她的指甲,一片片晶莹发亮,显示着主人生活的优裕。苟小莲心里疼了一下,又疼了一下。钝钝的疼痛,看不见,但她能感觉到,就在心的部位,肯定是心在疼。她想起城北家里的另一个女人——她的母亲。此刻她一定坐在台阶上,台阶下有一棵梨树。叶子开始变黄,夕阳的余晖洒满每一片叶子,母亲正对着那些叶子发呆。她将眼前这个女人和台阶上母亲的身影联系起来了,不由得就往一起想。想起来她心里就疼,疼痛尖锐起来,几乎要将她的心撕裂。

母亲总是忙碌不停,一双手很粗糙,呈黑红色,指甲早就变形。母亲从来没有这样悠闲地坐着,漫不经心地剔她的指甲,作为少女的苟小莲也不会。她们都是被生活逼得走投无路的人,哪里有这样的闲情逸致享受时光呢?

可是,这个无耻的女人,她怎么不想想呢?她悠闲、优裕的生活,都是建立在苟小莲母女的痛苦之上,这个无耻的狐狸精!

如果目光能够杀人，并且不用偿命，苟小莲想她会将这个女人杀上一百遍，不，一千遍，一万遍！

剔指甲的女人抬起头，迎着苟小莲的目光看过来。苟小莲一惊，魂魄都要惊散了。不能叫她看出自己眼里的恨意，不能，她得罪不起，她担当不起。

她看见女人张开了嘴，牙齿一开一合间，就有一些话从牙缝间迸出来，夹杂着女人浓浓的香水味道。女人的脸上笑嘻嘻的，话语却是真正的狠毒，她说：“拿着这个苹果滚蛋吧！你这个傻瓜，和你的老妈一样，都是没脸的货色！”

高跟鞋坚硬的鞋底敲击着地面，也敲击着苟小莲发愣的耳膜。门被拉开了，她几乎是被女人细长的手推出家门的。随后，厚重的防盗门关上了，发出巨大的"砰"的一声。

响声落地，苟小莲的眼泪跟着哗啦啦地流下来了，怎么也收不住。她哭着奔下楼梯，奔出苟百梁所在的那个小区。

苟小莲走在街上，夕阳的光扑面撞来，像鲜艳的血液一样，霎时，她整个人浸在如血的残阳余晖里。

苟小莲心头一片混乱，她穿行在长长的街道上，看见街面上人流在穿梭，每个人都显得匆匆忙忙，很多店铺的门前挂起了红红的大灯笼，副食店争相打出销售月饼的大幅广告。五颜六色的广告仿佛在争抢着提醒人们，再过八天就是一年一度的中秋节了。

苟小莲瘦瘦的身子显得弱不禁风，虽然看不清她脸上的表情，不过从她行走的姿势上可以看出，她的内心正在经历着一场风雨。

她的心里装满了恨。她恨苟百梁，恨狐狸精，恨自己的母亲，她甚至恨自己。

狐狸精就是苟百梁家那个穿水红裙子的女人，母亲叫她狐狸精，苟小莲和母亲站在同一战线上，自然也跟着叫她狐狸精。

狐狸精是苟小莲的什么人？苟小莲至今也没有想出来该叫她什么，姨娘？不是！二娘？不是！后妈？也不是！苟百梁让苟小莲叫她小妈，这叫法苟小莲打心眼里不愿苟同。

今天她没有讨到生活费，还被羞辱了一番。她两手空空地行走在县城狭长的街道上，夕阳的色彩涂满了全身，她瘦瘦的脸蛋上挂满了一个少女不该有的忧伤。

记得她第一次进苟百梁家，见到狐狸精，苟百梁指着苟小莲，给那女人说："我女儿，莲莲。莲莲，这是你、你……"苟百梁迟疑了，看来他也没有想出个确切的称呼。"她是你小妈。"苟百梁瞬间做出决定，"这是你小妈，快叫小妈。"

"小……小妈！"莲莲叫了，叫得有气无力，谁都听得出这孩子心里别扭，十二分地不情愿。那是莲莲唯一一次喊狐狸精为小妈。以后见面，她总是低头苦着脸，不吭声。她找苟百梁，是为自己和母亲讨生活费的，她不想和这个女人有瓜葛。

狐狸精其实有名有姓，她大名杜蓝蓝，苟百梁喊她蓝蓝。蓝蓝，蓝蓝，苟百梁当着女儿的面这样叫他的小老婆，苟小莲听了心里一阵别扭，她心想：怎么能这么恶心呢？

就算恶心，她也得去找苟百梁。这自然不可避免地要见到杜蓝蓝，见到她在苟百梁面前娇滴滴地撒娇的样子。每看一回，苟小莲的心里都像堵上了什么一样，心情低沉好多天。苟小莲发现去找苟百梁对她来说就是经历一场耻辱，而这种耻辱一场接着一场，永无尽头，她已经不堪忍受。

如果小县城的人留心，就会发现，这个隔段日子就穿过街道，从北往南行走，又从南往北行走的女孩，面容一天比一天苍白。如果有风，这个在风里行走的女孩，身子单薄得像一片随风飘荡的落叶，就那么悄无声息地飘在风里。看见她的人甚至会觉得这一天的日子也变得单薄了起来。

苟小莲多么渴望能尽早结束这种生活啊！可是，几年过去了，她还在继续过着这种日子。每隔一两个月，她单薄的身影，就会犹豫地穿过街道。她不走人行道，似乎惧怕当头的阳光会将她瘦弱的影子融化掉。她紧紧擦着街上的店铺而过，小心翼翼地走着，迈着极小的步子，快速无声地穿过一个又一个店铺。路过小城的医院，她会放慢步子，抬头打量进进出出、忙碌不停的人流，从他们或喜或悲的脸上慢慢揣摩，想象着一些未知的喜怒哀乐和悲欢离合。她知道医院就是演绎人间生死的地方，她站着慢慢看，会暂时忘掉心里的苦恼。她甚至忘了自己此行的目的，忘了苟百梁、母亲，还有苟百梁身边的那个女人。她忘了时间，忘了一切。

太阳一点一点西斜，街边槐树的影子在悄悄移动。苟小莲猛然从胡思乱想里惊醒过来，她得去见苟百梁！她去见苟百梁的同时，不可避免地要见到那个叫杜蓓蓓的狐狸精。她去讨要生活费，她和母亲赖以糊口的几个钱。她摆脱不了这种命运，她是苟百梁的女儿，而城北一片老式家属院里那个等米下锅的女人，她的生身母亲兰叶子，则是苟百梁的原配，糟糠之妻。

二

就在苟小莲被杜蓝蓝羞辱一番便赶出家门的这个午后，她的母亲，那个叫兰叶子的女人，坐在自家的台阶上，看着院子里那棵梨树走神。梨树是早年栽的，那时，她刚刚随丈夫进城，大儿子抱在怀里，二儿子怀在肚子里，女儿莲莲当然还没有影子。

那时她还是个利索勤快的农村小媳妇儿，在地里劳动惯了，一旦进城，过上了城市人悠闲的生活，她觉得闷得慌，左看看右看看，老觉得院子里空荡荡的，四下里全是水泥，连地面都是水泥铺的，让人觉得寡淡。她用小铲子挖开一片水泥地，挖出一方泥土来，栽上这棵梨树。她精心浇水，施了几回肥，想不到这树就活了，长大了，一长就是几十年，高度早就超过了房檐，一大片树荫成天投在院子里。这么一来，虽然小院子越发显得狭窄，可是院子里变得荫凉，也变得清新多了。尤其夏天的时候，院子里落着一大片树荫，树影斑驳，人坐在树荫下，感觉就像回到了乡下老家。

男人一直嫌弃这棵树，说有了它的阻挡，房子背阴，要锯掉树，每一回都是她极力阻拦。这棵树陪着她在城里度过了几十年时光，见证了她的三个儿女一天天长大的过程。如果树是有眼睛和心的话，那么它一定看见并记下了她们一家人在过去几十年里的所有欢喜和悲伤。

她望着树，心里一直难过。树不会说话，树没有眼睛，也没有心，它不会宽慰她，只是看着她，默默地。秋风一阵接一阵吹，每一阵凉风过处，似乎就有几片叶子在风中变凉、变黄，渐渐枯萎。

一场秋风一场凉，又一年要接近尾声了。几十年的时光一晃眼就这样过去了,有时候真觉得像做梦一样。她久久沉浸在这样的思绪里,几十年里经历过的事,细细碎碎地,在眼前绕,绕得她辨不清哪些是现实,哪些是梦幻。

苟小莲跨进家门,一眼就看见母亲兰叶子的身影。母亲坐在台阶上,竟然还保持着她离开时的姿势,整整一个下午,她就一直这样坐着?苟小莲顿时一阵心酸,她擦擦眼角,眼里干巴巴的,没有一丝流泪的感觉。她已经很长时间不会淌眼泪了,母亲也是这样。她们母女的泪腺,在过去一千多个日日夜夜里,仿佛被哭干了。

母亲没有抬头,但她知道女儿回来了,问:"拿到了?多少?"

苟小莲不说话,像过去一样,幽灵一样地走近母亲,朝她摊开一只单薄的手掌,那是右手的手掌。母亲兰叶子看到的不是一卷攥皱了的钞票,而是一枚发黑的果核,正是那颗杜蓝蓝削了皮送给苟小莲的苹果。

母亲只是看到了苟小莲手心里因挤尽水分而变了形的果核,她看不到女儿此时内心的委屈。

她疑惑地抬起头,看着女儿。她不明白,女儿遇上了什么事,难道她被苟百梁臭骂一顿,赶出来了?那苟小莲就该是一副沮丧的神情,哭着回来见她。

可是,苟小莲神色平静,说:"妈,我们进屋去吧,这石板台阶凉。"

满腹疑惑的母亲被女儿搀扶着进了家门。

她们的家在县城的防疫站家属院,后来防疫站搬到城东去了,有人卖了原来的小院子,到城中心地段买楼房。苟百梁没有卖老院子,用多年的积蓄购了套楼房。他原本是这样打算的:院子和楼房,两个儿子,将来一人一处。住院子的肯定吃亏些,等到城市建设规划到这里时再卖了院子换楼房。

楼房买下后,还没等他们搬进去,就出事了,两个儿子一起离世了。兰叶子的天塌了,她还有什么心劲儿去住楼房。后来的一系列变故,也不允许她搬去楼房里住,因为楼房里住进了另一个女人——苟百梁的小老婆。

沿着院里砖铺的甬道,苟小莲和母亲缓缓进了屋子。这房子还是县城最初发展时盖起来的,完全是十几年前的样子。由于是百来户人住在一起,每家的院子都是小到不能再小。狭窄的院子里,向北是一间客厅,客厅后面套着一间卧室。卧室后面又套着一间更小的房子,是两个儿子的住处。院角有一间砖砌的低矮的小厨房,几十年的烟熏火燎,厨房低低的屋檐下显出浓浓的烟火痕迹。

夜色说落就落下来了,屋子里黑咕隆咚的,苟小莲把母亲扶到沙发上,拉亮灯,一道雪亮的灯光顿时驱散了满屋的黑暗。她们还没有吃饭,不等母亲吩咐,小莲就挽起衣袖去做饭。

小莲出去了,母亲一个人留在空屋子里。

她没有动,看着灯光下的桌子,桌上摆放着几个盒子、罐子,都是早些年留下的,有装过麦乳精的铁盒子,有装过安乃近的大瓶子,还有装过茶叶的纸匣子。瓶瓶罐罐的,都很旧,年代久远,按苟百梁的意思,早就该扔掉了,她舍不得,留下来了。幸好留下了,现在一直陪伴着她。事实上,现在陪伴她的也就这老院子、旧房子、几件老式家具、院子里的梨树,还有这些陈旧的瓶瓶罐罐。儿子没了,丈夫走了,这个家算是彻底空了。想不到苦巴巴熬了半辈子,到头来,她是这样一个结局。

她叹了口气。她的大儿子，喜欢坐在靠窗的那把硬椅子上做作业。小儿子调皮，老是趴在桌子上，作业从不好好写，这边戳戳，那边捣捣，不断地和妹妹拌嘴。而她坐在里屋的床边上做鞋，或者干别的什么。她的丈夫苟百梁半躺在沙发上看电视。里屋的门帘高高撩起，客厅里每个人在干什么，她都看得清清楚楚，也听得见孩子们的笑声和闹声。

那时候她年轻气盛，一心想着把日子过好，过得和别人家一模一样好。她想象儿子长大了，考上了理想的学校，工作了，成家了，生孩子了，女儿也嫁了。她和丈夫一天天变老，他们老态龙钟地守在一起，看看孙子，养养花，心里慌了就去外面转转。他们在县城里转悠，她挽着他的胳膊，从北头走到南头，再从南头转悠到北头。

那时候她还不知道会有之后的变故，心里平静而充实，日子过得有滋有味。

那时候多好啊。

厨房里，苟小莲正要把面下进滚开的水里，听见母亲喊自己，她慌忙地用筷子搅动几下面条，扔下筷子就奔进屋去看母亲。

母亲靠在沙发拐角上，喘着气，说："我看见你哥哥了，莲莲，你信不信？我看见你哥哥回来了，他们回来了。"母亲竭力表达着，似乎是为了让莲莲相信她没有撒谎，她真的看见了。

苟小莲看到母亲没事，赶紧去看面条。当她端着做好的面条进屋时，看见母亲睡着了，抱着沙发的一个扶手，脸上露出幸福的笑容。

苟小莲看着睡梦中的母亲，觉得她像一个婴儿，面容舒展、恬静，显出她原本的模样来。白天，她的五官总被痛苦扭曲着，紧紧拧在一起，只有在睡梦中，她才袒露出自己的本来面目，这说明她暂时忘记了痛苦。

苟小莲端着一碗面忘记放下,她呆呆地看着母亲,直到碗里的面冷下去。她哭了,没有眼泪,眼眶干巴巴的,可她分明哭了。

三

苟小莲在城南的副食超市找了份工作,具体活计是成天戴着超薄塑料手套,给顾客称各类零散副食。

营业员都是女孩子,抽空就凑在一起叽叽喳喳地说笑。苟小莲很少参与,她喜欢独自默默地想心事。

超市生意兴隆,员工的工资却不高。

十六岁的女孩,可能没有谁会像苟小莲这样,肩上扛着养活她和母亲的担子。家里的花销全落在她每月打工的这点工资上,她只能努力工作,从早忙到晚,不敢叫苦,不敢偷懒。

上班的第一天晚上,她回到家,发现腿站肿了,沉重得像灌了铅。她舍不得坐公交,一步一步地走着,穿过长长的街道才到家。当她推开门,缓缓进去时,闻到了一股香味,是清油炒葱花的味道。她惊喜极了,跑进小厨房看,母亲在锅台前忙碌。面已经擀好,晾在案板上。母亲正在炒菜,看样子她要做最拿手的手擀长面。

苟小莲很感动,感觉母亲活过来了,重新站起来了,和从前一样愿意往下好好活了。她兴奋得不行,赶紧放下小坤包,洗手给妈妈帮忙。吃饭的时候,母亲脸上泛起了少见的红光,这又叫苟小莲大感意外。两年零七个月了,母亲总是活在萎靡不振里,想不到她上班的第一天,母亲活过来了,还一口气吃了两碗面,苟小莲也吃了两碗面。母亲做的长面就是好吃，还是从前的味道，酸辣清汤配着细面条，嚼着筋道，下咽顺滑，这就是母亲的味道。苟小莲大口吃着面，似乎累得发肿的腿也不疼了。

吃过饭，母亲不让苟小莲洗碗，她说她洗。这又是一个意外。苟小莲很惊喜，舍不得去睡，守在厨房陪母亲，她叽叽喳喳地说着这一天的见闻和感受。今天是她上班的第一天，也是母亲重新活过来的第一天。她高兴啊！她想，也许她们的日子就这样开始有了转折，开始走出笼罩在头上的阴影，阳光要照进来了。她发现，原来自己还是对生活抱有希望的，之前她怎么就没有发现呢？这一夜，苟小莲睡得很踏实。

苟小莲靠自己挣钱养家糊口的日子开始了。

她每天早早起来，梳洗一番，穿上工作服，吃一口母亲赶早做出的简单早饭，然后迎着初升的朝阳，穿过日新月异的县城街市，去城南的超市上班。

人有事情干了，日子就过得飞快。苟小莲早出晚归，午饭没时间回家吃，就随便在门外买点凉皮、麻辣粉一类的快餐充饥。

苟小莲嘱咐母亲，自己不在家，她一定要记得吃午饭，就算一个人也得吃，母亲认真地点头答应。小莲的工资是每月六百元，不多，要开支她们母女两人的生活费用，得节省又节省，处处精打细算，才能勉强度日。城里米贵、面贵、菜蔬贵，油更贵，不精打细算不行。

现在苟小莲结束了去找苟百梁的生活，结束了那种被侮辱的日子。她虽然成天站在超市里忙碌，十分辛苦，但是这样就不用穿过长得没有尽头的街市，去城南那套房子里受气，她觉得头顶的天终于开阔了,她再也不用低着头,看人眼色了。她靠自己的劳动挣钱,养活自己和母亲,也算活得堂堂正正了。

顾客稀少的时候,苟小莲喜欢靠在临窗的一个货架子前往外看,在这里可以看见街上水一样流过的人群。有穿得花枝招展的小姑娘,有悠闲地踱步的人,有火烧眉毛一样匆匆而过的人,有东张西望的人,有专心赶路的人。人世的百态就在窗外的街上上演着。苟小莲专注地看着,慢慢体会着人生的五味。

看的时间长了,她就看见了一些平时看不到的人,一些奇怪的表情,一些难看的走路姿势。这天,没有任何预兆,没有一点思想准备,她看见了苟百梁,还有他的小老婆杜蓝蓝。

杜蓝蓝吊在苟百梁的膀子上晃悠悠地走着,看样子他们是刚从对面的服装超市出来,杜蓝蓝手里提着个购物袋子。苟百梁身形高大,杜蓝蓝小巧玲珑,两个人身高差距大,走起来显得极不协调,苟百梁得微微弯下腰,照顾娇小的女人。而从远处看去,杜蓝蓝就像挂在苟百梁胳膊上的一片彩色的布,在风里晃荡。

他们向超市走来。苟小莲赶紧躲到了货架后面,她不想让他们看见自己。

苟百梁和杜蓝蓝进了超市。苟百梁在门口站住了,杜蓝蓝一个人到货架前挑选东西。她推了一辆购物车,边走边挑选,很快就装了一车。她一直在营养品区徘徊,选中的都是昂贵的滋补品。苟百梁付账后,他们提着大包小包离开了。

苟小莲目送他们离去,一时泪眼迷蒙。她记不清有多长时间父亲不再陪着母亲购买东西了,连一起上街走走,也是多年前的事情了。

下班后,苟小莲没有回家,她忽然不想回家。一下午,母亲的脸、杜蓝蓝挎着苟百梁的身影交替地在眼前闪现。她没有勇气去面对母亲的脸。母亲一定做好了饭菜，可能是一碗简单的洋芋面，外加一碟子腌制的老白菜。饭菜摆在桌上，她不回家，母亲就不会动筷子。以前，两个哥哥还在的时候，家里生活水平还算可以，母亲变着花样做饭菜，饭菜熟了从不允许哪个孩子先吃，只要苟百梁没有回家，孩子们都得等，直到父亲回来。父亲动了筷子，孩子们才能开始吃。现在父亲走了，离开城北头的家，母亲的老习惯还保持着，女儿不回家，她不会一个人先吃饭。

　　苟小莲知道母亲在等她，但她不想回家，她还没有想好，该怎么去面对母亲。

　　不回家，她又没有别的去处，便沿着城南的一条林荫道往前走，走向小城唯一的休闲地——清水湖。县城缺水，当然没有天然湖泊，小湖只是人工挖掘的一个大坑，里面引了一些水，小城人喜欢风雅，给湖取名为清水湖。

　　一抬头，苟小莲就看见眼前的湖面了。时间不早了，湖畔游玩的人不多。傍晚的阳光洒在湖面上，波光粼粼的，阵阵微风吹过，湖面上就荡起一波一波的水纹。看着这些水纹，苟小莲想到了母亲，这些水纹多么像母亲满面的皱纹啊！她望着一湖起伏不定的波纹，渐渐地就痴了。她痴痴地看着，默默地想着，母亲兰叶子四十九岁，本不该是皱纹满面的年岁，可像做梦一样，那些皱纹一晃眼就长出来了，仿佛它们是一夜间就长出来的。它们将一个原本精干利落的女人，变得衰老不堪。

　　苟小莲不忍心直视那些皱纹，她只是趁母亲不注意的时候，默默地看，偷偷地看。母亲好像根本没有留意自己身上的变化。她成天坐在梨树下，听风穿过梨树枝叶的飒飒声。梨树上每时每刻都有风穿过。大风、微风、不大不小的风，风每时每刻都在变换着强度、姿势和方向，发出的声响也就千差万别。母亲听得很投入，她仿佛听到了孩子的哭声、笑声，或者别的什么声音。

而母亲坐在梨树下听风的神情叫人看着焦急、伤心，还有一些难以说清的恐惧。

有水鸟贴着水面飞过去了。苟小莲目送它消失在水草深处，不见了踪影。

傍晚没有大风，湖上的波纹细碎而绵密。

已经是深秋了，湖畔的杨树叶率先变黄，有些叶子提前落了，落在水面上，随水波悠悠地荡，不知道要荡到哪儿去。苟小莲蹲下来，伸手摸一片叶子，叶子表面金黄，反过来，另一面是黑的，有被虫子啃食过的痕迹，怪不得这么早就落了，原来里面生了虫子。苟小莲伸手将叶子撕了，撕成一堆碎片，撒进水里，看它们随水散开去。清水湖很安静，她心里的某个地方也慢慢地安静了。苟小莲起身，她觉得自己应该回家去陪着母亲兰叶子了。

四

苟小莲迟疑着走进家门，发现饭果然摆在桌上，碗盖在上面。母亲坐在桌子边，一心等女儿。苟小莲进屋先洗手，母亲掀开碗，饭还冒着热气。苟小莲埋头就吃，吃完了，抢着去洗碗。她没有看母亲，极力躲避着。

上床睡觉的时候，苟小莲才知道苟百梁来过了。

灯光下,她发现母亲眼眶红肿,明显哭过。苟小莲没敢吱声,装作没看见。现在哭对于母亲来说是家常便饭。没有打工的那些日子里,她陪着母亲,整天陪着,家里整天响着母亲的哭声。母亲最初放开声哭,后来左邻右舍有了怨声,母亲不敢出声,就悄悄哭,轻轻啜泣着,哭得看似没有声息,其实叫人见了更加心惊。

她没有办法安慰母亲。她生来就不擅长劝解别人,况且这个人是她的母亲,母亲又是那样真切地悲伤着,叫她如何开口劝解呢?她该说些什么呢?说什么都是无用的,语言是苍白无力的,她只有陪着母亲掉眼泪。后来,眼泪掉光了,再也挤不出一滴来,她就埋下头,不出声,坐着听母亲的哭诉和叹息。有时候她觉得自己就是院子里的那棵梨树,不出声,只是静悄悄地听着这个悲痛欲绝的女人不厌其烦地诉说着内心的伤痛。

她要是真能变成一棵树,也许更好些,至少不会活得这么艰难。

但她不是一棵树,而是苟百梁和兰叶子的女儿,他们目前唯一活在世上的孩子。以前两个哥哥活着的时候,作为唯一的女儿,苟小莲活得很幸福,是小公主、掌上明珠。可是,哥哥们出事后,她才明白过来,她在父母眼中的地位高,完全是因为她衬托了哥哥们。这么说吧,两个哥哥像两棵可爱的白杨,即将撑起这个家的大梁,她苟小莲就是绕着木梁的娇气的花朵。大家欣赏花儿的娇艳,是因为它为大梁增添了色彩。现在,大梁倒了,家塌了,还要花儿干什么?谁还有心情欣赏什么花呀叶呀的?

现在的苟小莲就是一朵狗尿苔,长哪儿也成不了气候,谁叫她是女儿身呢?父母都是从乡里一步步发展到小县城的人,他们虽然在县城生活了几十年,思想却远没有跟上县城的发展。之前这样的观念看不出来，等到真正出事了——两个哥哥双双煤气中毒而死，这问题就严重起来，明晰起来。

母亲半躺在枕头上，苟小莲伸手要拉灯，母亲忽然说："你爸爸今儿来了。"苟小莲一愣，母亲却不再说什么，闭上嘴沉默了。

苟小莲"哦"了一声，拉灭了灯。

黑暗中，两个人沉默着。

忽然，母亲说："那个女人，她怀上了。"

苟小莲吃了一惊，问："谁？谁怀上了？"

母亲没有回答她。

苟小莲明白过来，怀孕的是杜蓝蓝。

母女俩继续沉默着。苟小莲很想找点话和母亲说说。可是，说什么呢？她实在不知道该说些什么，这种时候说什么合适呢？她抖了抖嘴唇，什么也没有说出来。

苟小莲忽然发现，她和母亲之间的交流，开始变得困难起来。

杜蓝蓝怀上了。苟百梁第一时间赶过来，从城南赶到城北，就是为了给老房子里的兰叶子送来这个令他振奋的消息。

听了母亲的转述，苟小莲觉得苟百梁真够卑鄙的。他只顾着炫耀自己的喜悦，可他怎么就不想想，他的话等于在母亲尚未愈合的伤口上又狠狠地扎了一刀啊！

苟小莲想：从今天开始，我不恨杜蓝蓝，只恨苟百梁。

杜蓝蓝怀孕，这是很自然的事。她一个三十来岁的女人，健康，正常，有男人日夜守着，不怀孕才叫奇怪呢！

怪就怪在苟百梁身上。苟百梁是谁？他是城北一个年近五十岁、名叫兰叶子的女人的男人，也是女孩苟小莲的父亲。他还有两个儿子，虽然他们现在已经离开人世，但能就此说他们没有存在过吗？谁也不能抹杀他们曾经的存在，他们的音容笑貌，留在亲人心里，也带给亲人无尽的怀念，以及这些怀念划出的深深的伤痕，这些伤痕不是时间可以抹去的。况且距离他们去世的时间还不算太长，如果要苟小莲和母亲淡忘他们，可能只有经历漫长的岁月才能实现。而生活充满了沟沟坎坎，这些无疑都在减慢着她们伤口愈合的速度。

苟百梁他是什么用心呢？他不会是高兴过了头吧？

当然，曾经，苟百梁也痛苦过。

那是两年前，哥哥们出事的冬天。那天夜里天变了，冷得出奇，母亲怕俩孩子冷，临睡前往套间的炕洞里添了两铁锨煤末子。谁知道，夜里忽然转了风向，刮了一夜南风。刮南风的时候，位于房子背后的烟囱眼被风灌着，炕烟出不去，就只能往房间里倒流。天亮后母亲做好了早餐，等俩孩子起来吃了去学校，等不见人，母亲就去喊，不见答应，就找钥匙打开了暗锁。

那天清晨，苟小莲和过去的十几年一样，早早地起来了，她洗了脸，抹了油，正对着镜子梳头呢。她已经到了知道打扮自己的年纪了，常常对着镜子里那张稚气尚未褪尽的面孔痴痴地看，心头浮现的是班上一个帅男生的身影。她暗恋着他，可是他一点也不知道。他喜欢一个被誉为班花的女生，并且公开追求，用一大堆情书折了千纸鹤送她。苟小莲看在眼里，心里酸酸的，觉得伤感，但是只能一个人默默承受着，一点都不敢流露出来。

苟小莲每天梳头的时候都要对着镜子，在脑海里幻想自己变成了那个班花，和那个帅男生在一起，两个人有说不完的悄悄话。

苟小莲听到母亲"啊"了一声。这一声是那么大，那么突然，她被吓呆了，桃木梳子从手里滑下去，摔成了两半。

母亲的哭声像雷一样响了起来。

苟小莲奔向套间。

哭声是从哥哥睡觉的套间里传出的。

苟百梁也跑了进来。

房门开着，母亲扑在地上哭喊着。

苟小莲看到两个哥哥，一个躺在门边，一个趴在炕边，地上糊满了秽物，有拉出的，有吐出的，被踩踏得凌乱极了，屋子里弥漫着一股浓烈的煤烟味。

母亲疯了，抱住大哥，又去拉扯二哥，哭着，喊着，喊大哥的名字，叫二哥的名字。

苟小莲的两个哥哥都硬邦邦的，没有回应，也没有睁开眼。

哥哥们就这样没了，因煤烟中毒而亡。

哥哥们被拉回乡下的老家，埋进了祖坟。

原本拥挤热闹的家一下子冷清了，母亲不愿意进屋，坐在老树下哭泣，不分白天黑夜地哭。实在太累了，就倒地睡下，迷糊一会儿，爬起来继续哭。

几个亲戚离去的时候拉着苟小莲的手说："莲莲你要知道，现在只有你能让你爸你妈宽心了，要好好看着他们，照顾他们。"

亲戚们走光后，家里彻底冷清下来了。

苟小莲看着母亲和父亲像两朵被寒霜打过的花，在她面前迅速地枯萎。

苟小莲没去学校，天塌了，还去学校干什么？当下最要紧的事是将父母从绝望中救出来。

母亲除了哭就是哭,哭累了,趴在地上睡,没等苟小莲把她拖进屋去,她又哭醒了,醒了接着哭。

苟小莲发现人要是连续地哭,就没有眼泪了,眼睛干巴巴的。再哭,眼睛里冒出的不是水,而是火星子。

母亲像一棵放在烈日下的青菜,很快就哭干了水分,整个人变得干巴巴的。

她明显瘦了。有一天,苟小莲抱着她进屋,觉得她轻飘飘的,苟小莲吓了一跳,不敢说什么。第二天母亲又出来了,坐在树下接着哭。苟小莲用心观察,发现母亲那件很合身的衣衫变宽大了。风吹过,宽大的衣摆扬了起来,母亲就像一片秋天的叶子,轻飘飘的,似乎随时都会被风吹走。

父亲一直睡在屋里。他原来和母亲睡一个屋,现在搬出去了,搬进哥哥们睡过的套间。苟小莲端了一杯水进去,看见父亲睡着了,枕的是大儿子的枕头,怀里紧紧搂着小儿子的枕头。父亲喃喃地说:"儿子啊,学习一定要用功。你已经是高中生了,眼看就要高考,那可是人一辈子最大的坎儿。"又说:"初中阶段也很重要,也不敢大意。如果你还想要我给你买小提琴,就争取考上一中的尖子班,小提琴我立马就买。"

苟小莲呆呆地听着,她明白父亲是分别跟两个哥哥说话。

一个严父在对他的儿子说着掏心窝子的话,可惜这些话来得太迟了。

父亲苟百梁是个很严肃的人,话也少,尤其他和两个儿子相处的时候,总是板着一张冷冰冰的脸。在苟小莲的记忆里,两个哥哥从来不会钻到父亲怀里撒娇。只有女儿苟小莲才敢挨近他,并缠着他要这要那,所以两个哥哥有什么要求,就先来巴结小妹,然后苟小莲就钻到苟百梁怀里，趁着撒娇的机会帮哥哥们把事情办了。

苟百梁说："穷养儿子富养女，只有对儿子严格，他们将来才有出息。"

苟小莲不乐意了，缠着父亲说："你偏心，难道你不盼望我也有出息？"她边说，边用小拳头使劲捶着苟百梁的肩，苟百梁不恼，呵呵地笑。

现在，苟百梁不理女儿了。苟小莲尝试着像以前那样撒娇，被苟百梁一个眼神吓退了，他的眼神能杀人。

苟小莲默默地退后，看着父亲。

父亲不哭，他在儿子们睡过的炕上一躺就是一整天，不吃也不喝。此刻，作为父亲，他似乎只能用这样的方式来表达悲痛。

这样的日子持续了整整四十天，直到单位打来电话，叫父亲去上班。苟百梁站起来，换了衣服，颤巍巍地走出了院门。

都过去了。随着时间流逝，似乎什么都已成为过去。苟百梁开始上班，早晨匆匆出门，晚上匆匆进门，有时候有饭局，不回来吃饭，回来得很晚。看到悲伤的兰叶子，他会安慰几句，可是，什么样的安慰都是那么苍白无力，反倒重新惹出兰叶子的泪水。更多时候，一家三口之间都是默默地，默默地吃饭，默默地坐一会儿，然后各自钻进卧室睡觉。苟小莲觉得压抑极了，头顶上像扣了一口锅一样，透不过气来。

直到有一天，父母在屋里吵起来。

从此，吵架成了家常便饭。

吵架内容围绕着一个问题进行，两个儿子没了，父亲说他不能就此断后，他还想再有个儿子。

他现在做梦都想再有个儿子。

儿子从哪里来呢？当然是由女人生，然而兰叶子已经不能生了，早在十几年前她就做了绝育手术。

苟百梁说："办法有一个，就是找个女人给我生。现在这种事情很常见，有钱的、当官的都是'三房''四房'地娶老婆，成堆地生孩子，一点也不稀奇，我赶紧再找一个，抓紧时间就能生一个儿子。只要你答应，你就成全了我。其实这事儿无论对谁都是好事，只要你大度能容，这事就会变成好事。"

兰叶子当即将一个瓷瓶子推倒在地，瓶子碎了，她自己也昏了过去。

苟小莲默默地将碎片清理了。

第二天，苟百梁上班去了，兰叶子问女儿那个瓶子的碎片在哪里，苟小莲朝垃圾桶努努嘴。

兰叶子过去将垃圾桶盖揭开，倒出全部垃圾。还好里面垃圾不多，瓶子的碎片没被弄脏，兰叶子将它们一片一片拣出来。瓶子碎得很彻底，几乎没有巴掌大的残片，所以缠绕在瓶肚子上的那一枝蓝色的兰花根本拼不起来了。兰叶子看着瓷片泪如雨下，说："苟百梁你个负心汉！"又说："兰叶子你命苦哇！"

苟小莲小心翼翼地看着母亲，看她将瓷片在石板地上摊开，一片一片地拼凑，她分明是想拼出瓶子完好的模样。然而，瓶子已经碎裂成瓷片，哪里能够恢复成原来的样子呢？母亲简直是在妄想，就像已经离世的两个哥哥再也不会活过来，即便活着的亲人愿意用生命去换取，那也是无法做到的。

碎片划破了母亲的手，血流了出来，染红了瓷片，母亲似乎感觉不到疼，还在认真地拼凑着。血流了一会儿就凝固了，可是又划出了新的伤痕，新的血液往外流淌。不一会儿，一堆瓷片全都染满了血，像是谁在上面精心画了图案，那形状像花草，像水波，像游动的鱼儿，像被淡淡烟雾笼罩的远山。

苟小莲没有劝母亲，她站在远处静静看着。直到母亲累了，打了呵欠，她才过去半拖半扶地将她带进屋，把她扶到沙发上，自己出去处理瓷片。苟小莲准备将它们倒进垃圾箱。然而，当她拿了笤帚，准备弯下腰打扫时，她突然不忍心了，定睛看着母亲曾经喜爱的花瓶变成了残片，残片上是母亲留下的血痕，她觉得心在拧着疼，像有一只看不见的手在狠狠地拧她的心。她将瓷片包在一个塑料袋里，藏进自己衣柜的最底层，想着就让它们成为永久的纪念吧。

半夜时分，苟小莲觉得有一只手在抚摸自己，那只手从头上摸到了脸上，动作轻轻地，似乎是怕惊醒了她。她还是醒了，睁开眼看，是母亲，正坐在枕边看着她。

苟小莲顿时没了睡意，一骨碌从床上爬起，问："妈，你还没睡啊？"

母亲笑着点点头，说："睡不着，就想看看我的莲莲。"

苟小莲疑惑地打量着母亲，母亲没有什么异常，只是目光炯炯地看着她。

苟小莲一看表才夜里一点钟，说："妈，咱睡吧，我睡得正香呢！"母亲说："你睡吧，妈看着你睡。"苟小莲在母亲的注视下躺下，闭上眼，任由母亲的目光抚摸着自己，她很快就睡着了。

朦胧中她似乎听到母亲说："我的莲莲，可怜的莲莲，在这世上孤零零的一个人，可怎么往下活呢……"苟小莲迷迷糊糊地想，母亲真是越来越爱伤感了，又开始替女儿担心了……苟小莲惊醒了，枕畔空荡荡的，母亲不在。她看了看墙上的钟，时针指在凌晨三点。

母亲去哪里了呢？苟小莲迷迷糊糊地下床找，母亲不在客厅，不在厨房。她有些迟疑地推开哥哥的套间门。套间里面黑乎乎的，她摸黑打开灯。母亲在里面，抱着哥哥枕过的枕头坐着。一看苟小莲进来，她忙将手背在身后，惊恐地看着苟小莲，她像个做了错事的孩子，而苟小莲是家长，她怕受到家长的斥责。

苟小莲揉揉眼睛，说："妈，你到底睡不睡啊？你成夜猫子啦。"

母亲乖乖放下枕头，顺从地跟女儿回屋睡觉。

苟小莲永远不会知道，她的母亲那时已经将菜刀搭在脖子上，只是迟疑着下不了手，不是她舍不得这个世界，而是她不忍心留下女儿一个人孤苦伶仃。当她睡在女儿身边，听着女儿的鼾声，这个叫兰叶子的女人在心里对自己说："再活些日子吧，再活一两年，要么三五年，等女儿有了婆家，终身有了依靠，我再考虑自己的结局。"

第二天清晨，苟小莲站在镜子前梳头，母亲说："莲莲，我给你说个事儿，苟百梁又领了个女人，三十四岁，寡妇，四川人，原来在老百货公司门口修鞋。"

苟小莲听完突然像被锥子扎了似的，慢慢瘫倒在地。

母亲没有上前来拉，她看着女儿自己慢慢爬起来。母亲说："从今儿起我就是个多余的女人，苟百梁的大老婆，呵呵，活了半辈子了，今儿成了别人的大老婆啦。"

母亲又说："她叫杜蓝蓝。"

苟小莲几乎是逃出家门的。

母亲在身后一直目送她消失。

一年后的今天,当苟小莲听到母亲说杜蓝蓝怀孕了,她不敢看母亲的脸,又一次出逃一般地离开家。

走在街上,风不断吹过,苟小莲觉得脸上湿湿的,一抹,手心里都是泪。

五

副食超市到了,苟小莲木然地看了一眼,没有进去。她想今天不去上班了,旷工一天扣三十块钱,那就让老板扣去吧,她想一个人安静待会儿。

不知不觉中,苟小莲被自己的脚步带到了清水湖畔。

迎面吹来的风凉凉的,湖水荡着细微的波纹。她在湖边坐下来,俯首看着湖水。

湖里的水一点也不清,很浑浊,水草也不多。前年,有一个小青年淹死在湖里,被发现时身体已经泡烂,谁也不知道这小伙子怎么死在湖里的,好像最后公安局也没能破案,这事就成了一个谜,成为小城人很长一段日子茶余饭后的谈资。

她木然地望着水面,心头一片茫然。

杜蓝蓝终于怀上了。父亲苟百梁第一时间赶来告诉母亲,他希望大家分享这种喜悦,可是苟小莲实在欢喜不起来。杜蓝蓝这会儿会是什么态度呢?父亲又是怎样宠着那个女人的呢?

苟小莲觉得这一切成了一团乱麻,这团乱麻不光使父亲、母亲困扰其中,连自己也被紧紧缠住了,理也理不清,剪也剪不断。

一
个
人
的
地
老
天
荒

> 为什么你的眼里写满惆怅？
> 为什么你的心里装满悲伤？
> 你是我心爱的姑娘，
> 是我天空中最纯净的白云，
> 是我生命里最温暖的春风，
> ……

苟小莲听到了人声，是一个人在读诗。现在是上午，清水湖畔闲人很少，树林和草丛间都静悄悄的，因此这个声音显得很大，很清晰。浑厚的男声，虽然压得很低沉，却难以掩饰声音本身的清亮。她连诗歌的内容都听清了。

> 我愿化作飞鸟，
> 在你的树梢守候，
> 哪怕千年万年。

> 我愿凝为雨滴，
> 在你的叶面滴落，
> 哪怕粉身碎骨。
> ……

苟小莲一字不落地听着，默默在心里重复着。

> 你是飞花，

我就是流水。

你是蓝天,

我宁愿是白云。

你是温柔的女孩,

我多么希望自己是一弯皎洁的月,

静静地映在你窗口,

陪你度过一个又一个寂寞长夜。

……

苟小莲循着声音轻轻走过去,越过柳树低垂的枝叶,穿过一片草坪,看见一个石凳子上坐着一个男人。苟小莲站住了,想继续听他朗诵。然而,男人像是脑后长着眼,迎着她转过身来,扑闪着一双大眼睛深情地望着她。

苟小莲一步步走近,她感觉自己像是踩在云彩上,脚底下虚飘飘的,身子也变得轻飘飘的,她涨红了脸,欢快的鼓点在心里咚咚地敲,有一根无形的线牵引着她,让她一步步走向这个陌生的男人。

"你来啦。"男人说。

"来啦。"苟小莲回答。

两人之间就像是很早就相熟的老朋友,仿佛这次遇见并不是初次见面,而是早就约好的重逢。

"你也喜欢诗歌?"男人问。

"喜欢。"苟小莲的声音发颤。

"呵,你跟她们不一样,我一眼就断定你跟她们不一样。她们只知道贪恋金钱和权力,只关心存折和房子,她们不配和我共度一生。我相信，终有一天，会有一个梦一样的女孩来到我面前，带着淡淡的忧伤、单纯的气质，她无所欲求，她只爱诗歌，还有纯粹的诗人。"

苟小莲怔怔地听着。

"你，"男人看着她，一字一句地说，"我终于等到你了，你就是我等的女孩儿。"

"能再读一首诗吗？真美。"

"不，不要说一首，只要你喜欢，哪怕是一百首、一千首、一万首，我也愿意！只要你喜欢，我的诗歌就为你一个人而作，最纯净的文字和最优美的诗歌，只为送给我心中唯一的女孩儿。"他用他那灼灼的目光看着苟小莲。

苟小莲觉得她的一颗心就要从嘴里跳出来了。她羞红了脸，浑身颤抖着，眼眶涌上一股热流，眼前变得模糊。她长这么大，从来没有一个男人在她耳边说过这样的话。她惊悸、慌乱，她心里说："快走，苟小莲，你和他不认识，不要听他胡言乱语，万一他是骗子呢？万一他是流氓呢？"然而，她的身子僵在原地，她舍不得就此离去。她发现自己竟然喜欢听这样的话，喜欢这慌乱而羞涩的感觉。她站着没动，心里矛盾极了。

男人不再看着她，埋下头思索一阵，又开始作诗了。他作了一首之后，又作了一首。苟小莲听着这些诗，觉得都很好，好奇地问："就这么一会儿工夫，你就作出了这么多诗？"

男人点点头，皱着眉说："最近总是找不到灵感，直到你的出现，我发现我的灵感就像一只飞鸟在高空中展翅翱翔，那么顺畅，那么自由。呵呵，我得赶快回去将刚才的诗句写下来。"

男人走了,他没有向苟小莲道别,倒背着手穿过垂柳,匆匆而去。苟小莲在他坐过的地方坐了一会儿。

夜里,苟小莲睡不着,脑海里不断闪出一些诗句:

你是飞花,
我就是流水。
……

她默默念诵着,一遍,又一遍。

苟小莲爬起来,悄声出了卧室,将诗句默写在日记本上。然后她一遍又一遍地悄声念,越念越觉得上口,慢慢地从中体会到了一种美。她的眼前显出那张似乎年轻又苍老的面孔,他的大眼睛里似乎全是沧桑。啊,真是个奇怪的人!她有些迷醉地闭上眼,想象他吟诗的模样。他那高大的身影、消瘦的肩膀,浮现在苟小莲的心头,竟然比白天亲眼所见的还要清晰。

六

第二天,苟小莲坐着公交车又到了终点站,下车后就往清水湖畔走去,她心里明明想着要去超市上班,然而身不由己就来到了这里。时间有点早,周围静悄悄的。凌晨结过寒霜,一夜的工夫,树叶就落了厚厚一层。她踏着落叶,缓缓地走,听见树叶在鞋底下颤抖着、呻吟着。她弯下腰,仔细看着叶子,发现每一枚叶片都是黄色的,有浅黄和深黄,还有褐黄,每种黄色竟然是不一样的,每一枚叶片飘落下来，躺在地上的姿势也是不同的。

苟小莲抚摸着它们，忽然心里涌上一种说不出的怜惜。这些树叶多么像一个个女人啊！它们陪伴着树木经历了朝气蓬勃的青春，走过了风雨交织的中年，秋风迭起，秋意转寒之时，为了保护大树平安度过寒冬，它们只能让自己提前衰老，做出牺牲。落红不是无情物，可是，树木本身呢？它来年换上新装的时候，还会记得这些黄叶为自己付出的牺牲吗？

树木和树叶的关系，就像男人和女人的关系。苟百梁说女人如衣裳，旧了就换件新的。所以他换掉了母亲兰叶子，那么这些落叶，也就是树木换下的旧衣了。

苟小莲心里愤恨起来，对着面前的树踢了一脚，又对着下一棵树踢了一脚，一路踢着往前走。她想苟百梁要是一棵树，那她就踢他一百脚、一千脚，踢死他。还有世上无数的负心男人，都应该变作树木，让女人们尽情地踢，尽情地发泄。

一抬头，一双眼正定定地看着她。苟小莲顿时红了脸。原来是诗人，他早就在石凳上坐着了。他们相视片刻，然后一起笑了。

诗人从帆布包里掏出一本蓝皮小册子，问："你的名字怎么写呢？我想把自己的诗集送给你。"

苟小莲说："苟小莲，一丝不苟的'苟'，后面的意思是一朵小莲花。"

"呵呵，好名字，很有诗意啊。"诗人赞赏地笑着，在扉页上认真地写下来。

他的字很不错，龙飞凤舞。苟小莲认真地分辨，辨出是"苟小莲惠存"几个字。苟小莲激动地接过诗集，目光滑下来，封面作者姓名处是印刷体,写着:稻草人。

"稻草人是我的笔名,"诗人用细长的手指指着封面说,"这是我第一本诗集,请多指教。"

苟小莲的目光久久停留在"稻草人"这三个字上,思索一阵后,她惊讶地说:"原来是你,你就是稻草人,我早就知道你的!"

稻草人惊呼:"你知道我?我们以前见过吗?"

苟小莲稍稍一想,就歪着头背诵起来:

> 如果,我们不曾长大多好。
> 夕阳还是三十年前的模样,
> 小路还是三十年前的模样,
> 我还是三十年前的模样,
> 你也还是三十年前的模样。
>
> 如果,时间不曾流逝,
> 年华就不会逝去,
> 诺言就不会变质,
> 你我就不会相见,也不会相识。
> ……

苟小莲哽咽了,这首诗她很早就读过,很喜欢,就记住了,想不到今天能见到诗的主人。那时候苟百梁从单位拿回来一些小县城自办的报纸,有一期的副刊上就登着这首诗。少女苟小莲那时候活得无忧无虑,哪里识得人间愁滋味呢?所以她能记住这首诗,也仅仅是因为它暗合了她青春期特有的忧郁气质。她觉得顺口，就顺手抄在笔记本上了。那时候她还想象过，作出这样一首优柔的诗的人，会是个男人还是女人呢？

苟小莲热切地看着眼前的人，觉得他是那么高大，那么英俊，磨得发白的牛仔裤，很随意的夹克衫，很长的头发，都是那么美，散发着一股难以言说的飘逸气息。

稻草人一直看着苟小莲的眼睛，他慢慢靠近，慢慢地吟道：

从此以后，
停下来，慢慢走，
关注身边的女孩。
我深深地知晓，
每一个女人都是一道风景，
值得我为她停下脚步。
慢慢地，
用爱温暖她寂寞的心房。
……

苟小莲看到他唇边的胡须很黑，胡茬子像茂密的野草，沿着嘴巴长了一大圈儿。他的嘴巴缓缓动着，这些动人的文字就从唇齿间流淌出来。苟小莲几乎喘不过气来。她慌乱地想：要是他猛然一把抱住我，我该怎么办？我该挣脱吗？我该在他脸上甩一巴掌吗？还是我该害羞地接受他的拥抱？这样是不是进展得快了点儿？

苟小莲正胡思乱想着，稻草人却没有继续靠近，保持着一个不远不近的距离，他粗重的气息喷在苟小莲脸上，她的脸热辣辣的，心就要从嘴里跳出来了。

然而，稻草人慢慢拉开了距离，缓缓坐回到石凳上。

苟小莲呆了一瞬，随即清醒过来。她暗暗吐一口气，心底闪过一丝失望，很快她就为自己的想法感到羞愧，更加敬佩稻草人了，觉得他是个正人君子，是值得交往的人。

夜里，苟小莲翻来覆去就是睡不着，满脑子都是稻草人，那修长的身影、温柔的语气，那些诗句那么顺畅地从他嘴里流淌出来，哪里像是即兴之作呢？诗的内容，那么优美，就像贴着你的心写出来的，这才是真正叫人心动的地方。还有他吟诗的姿态、表情，那么温柔动人……更重要的是，他打动了苟小莲的心。在苟小莲的人生经历里，还从来没有一个男人这样近距离地走近过她。少女苦闷的心扉向他敞开了。

苟小莲发现自己爱上了他。尽管这一发现叫她很吃惊、慌乱，然而，她确实爱上稻草人了。她已经心心念念难以割舍了，真是恨不得时刻都能见到他，听他吟诗，看着他沧桑与英俊交织的脸庞。

苟小莲有自己的秘密了。

七

苟小莲向超市要求她只在下午上班，虽然这样只能拿到一半的工资，但上午有半天的时间她就是自由的，她可以去清水湖畔，经历一番焦灼的等待，然后他们围绕着诗歌热烈地交谈。稻草人每天上午都准时来，从未爽约。

苟小莲发现生活原来有很多美好的地方，只是这几年自己被巨大的家庭阴影笼罩，渐渐淡忘了这些美好。她和母亲相守的日子似乎只有忧愁，无边无际的愁苦笼罩在心头，生活的颜色灰蒙蒙的，她少女时代最美好的几年就那样熬过去了。她像在噩梦里游走的人，现在总算醒来了，她贪婪地呼吸着清新的空气，汲取着稻草人作为一个诗人带给她的震撼。她终于明白了，人活着不能一直沉浸在命运的不幸里难以自拔，那样付出的代价就太大了。

苟小莲活过来了。她知道还有一个人需要苏醒，需要别人拉她一把，将她从绝望里拉出来。

苟小莲回到家，她看见母亲正坐在树下埋头忙什么，身边摆着针线笸箩。她吃了一惊，母亲在做针线吗？这几年她几乎将针线活儿忘了。

这是个什么兆头呢？她悄悄凑近去看。

母亲不看女儿，她指着一堆粘好的鞋样子，说："这是你爸的，这是你大哥的，那两双是你二哥的，他要比你大哥费鞋子，我要给他多做一双。"

苟小莲看到地上有一些鞋帮子，还有一些鞋底子，都是男人穿的鞋。

苟小莲心里一颤，打量着母亲，母亲认真而执着地盯着鞋。苟小莲心里说："完了，她一定是神经出问题了，两个哥哥出事已经四个年头了，这会儿记起来做什么鞋子，可不是脑子糊涂了？还有，父亲苟百梁自打有了杜蓝蓝，早就不再穿母亲兰叶子做的手工鞋，她为什么要给他做？"

苟小莲不敢多问，只呆呆地站在身后看着她忙碌。

一阵阵冷风从墙头上越过来,在小院子里打转,风一来树叶就淅淅沥沥落一层。母亲身下积了厚厚一层落叶,连头上、肩膀上也落着几片落叶。

看着满院子堆积的落叶,忽然苟小莲心里有着说不出的萧瑟。这些日子她沉浸在自己的情感里,冷落了母亲。记得最近一次陪母亲在梨树下默坐,树叶子还碧绿碧绿的,转眼已经全部变成了黄色。母亲什么时候纳出这一堆鞋帮子和鞋底子,她竟然都没有注意到。

她心里忽然感到很愧疚,这个叫兰叶子的女人,被苟百梁抛弃后,又被自己遗忘了,她一个人是怎么熬过这一个个漫长的日子的?不能再这样下去了,自己得想办法帮她挣脱出来。可是有什么办法呢?哥哥是活不过来了,父亲苟百梁也是不会回头了,还能有什么弥补的办法呢?苟小莲的心情变得沉重起来,她发现自己真的没有办法帮上母亲。

这个被残酷的命运打击后的女人已经变了,她每一天都是在沉默中度过的。现在,她似乎已经成为沉默的一部分。

苟小莲看着母亲的脸,这张脸早就爬满了皱纹。一条条皱纹横七竖八地交织着、纠缠着,如蛛网一样。

苟小莲忽然觉得自己这些日子的欢乐,在母亲面前是那么渺小,轻飘飘的。

伤害母亲的不仅仅是命运,还有男人,一个叫苟百梁的男人。所以苟小莲恨苟百梁,恨所有像苟百梁一样的负心汉。那么,有朝一日,稻草人会不会也辜负他爱着的女人呢?

苟小莲心里乱乱的,她说:"我想这问题干什么?他又不是我的什么人!"

第二天，苟小莲不再去清水湖畔，而是直接去超市加班。她忽然不想再见稻草人了，她想趁自己还没有陷入爱情，及早断了来往才好，再说人家也没有明确表示什么，如果等自己欲罢不能的时候才知道这一切只是她一厢情愿，那样受伤害的只能是自己了。

苟小莲坚持了一周没去清水湖畔，每一天她都像丢了魂一样，心里老是悬着，心心念念记挂着什么。有两次顾客等着称东西，她忘了给人家拿塑料袋，经理见了劈头就是一顿批评；第二天她又把好几个牌子的化妆品摆在了一个货架上，自然又招来一顿臭骂，还被警告说再这样就要扣工资。

夜里，她睡不好，辗转反侧到十二点，头疼得就要炸裂，但心里悬着，空落落的，好像缺少了什么。

可能这就是相思的滋味吧。她苦涩地想：自古人人都说相思苦，原来只有亲身尝试了才知道这滋味真是苦。

尽管她一再克制，可她还是爱上了稻草人。她发现自己那么想要见到他，看到他俊朗的面孔、沉郁沧桑的笑、满地落叶间独自行走的身影……一切的一切，都已深深烙在她的心底，再也无法割舍，怎么办？她该怎么办呢？难道这就是爱情？她曾经憧憬过无数次、想象过无数次的爱情，就这样偷偷潜入了心底，等到发现时，她已经难以自拔了。

她感到说不出的害怕，怕母亲发现自己内心的挣扎，又觉得无比孤独、迷茫。她开始写日记，躲在哥哥们睡过的套间里，对着日记本不停地写，把稻草人吟过的那些诗一一写出来，落在纸上，然后她望着一行行黑色的文字禁不住走神，看着它们就又想到那个人皱着眉头苦苦吟诗的情景了。

八

这天兰叶子坐在梨树下纳鞋底,自来水公司的退休工人老万进来了。他被公司返聘来帮忙收这一片的水费。

老万多长日子没来收水费了?有一年多了吧,兰叶子想着,忍不住看了他一眼,这个人过去可是脚步很勤的,这一年来怎么啦?

老万看了水表,记下数目,掏出一个计算器算了价钱,开了条子递过来说:"你看看。"兰叶子说:"你放下吧,我不看,我又不认识。"她掀起衣襟,在兜里摸钱,摸出一把毛票子,一张一张地数了递给老万,然后埋头纳鞋底,一根麻绳绕在手背上拉扯得刺啦啦响。老万看了几眼,再看看鞋的样子,忽然叹一口气说:"这样的布底鞋,可是少见了啊。现在的女人,谁还愿意花精力做布鞋呢?"说完转身往外走。他走出去的时候忍不住回过头看了一眼,这一眼就撞上了兰叶子的目光,兰叶子也正看着他。

老万看到了一个发傻的女人和一堆寂寞的鞋子。

女人的身上落满了阳光,午后的阳光金灿灿的,披了女人一身,连那脸上的汗毛也毛茸茸的,女人的轮廓被晕染了,她显得那么端庄、安静、好看。

老万心里一动,忽然觉得这个女人很特别。关于她生活里的变故,他是知道的,他就住在这一片。老式家属院多少保留了一些农村式的生活方式,人们念旧,坐在一起就家长里短地闲聊,所以邻里间互相都是熟悉的。

老万忽然想到了自己的女人。

老万四十七岁没了女人,本来想再续一房,可忙着给几个儿子娶媳妇、买房子，手头紧得要命，就断了这念头。再说女人也不好找，城里的女人条件都高，一听他没有什么存款，住的还是六七十年代的破烂家属院，谁愿意嫁过来过苦日子呢？老万就一直独身。

老万又把步子迈了进来，他犹豫着走上前来，蹲在旁边看女人做鞋。老万这一看就一直看到了天黑。

过了几天，兰叶子还是在树下做针线，大门开了，老万走进来说："我记起来了，上回的水费我算错了，多收了你两块钱，现在还回来。"说着将两块钱放在兰叶子面前。

兰叶子说："错了就错了，还害你又跑一趟，多辛苦呀。"

老万忙说："不辛苦不辛苦！"说完了却不走，他打量着小院子，看到了厚厚的落叶，说："这么多叶子，叫人看着心里不亮堂。"他也不征求女主人的意见，拿起了扫帚就扫起来，一会儿工夫就扫起一大堆。他又看到下院角有几十块破砖头，便过去捡了，又把它们码放整齐，这才咳嗽着走过来，坐在兰叶子身边，看她做针线活儿。

过了一阵子，兰叶子将一只鞋子做好了，递给老万说："你穿上试试看。"

老万乖乖接过来，脱下脚上的黄胶鞋，一股臭味蹿出来，老万急忙把脚往后藏，有些难为情地说："我这臭脚别把你新鞋弄脏了。"

兰叶子没吭声，但依旧把鞋往前推，意思是叫他穿上，老万就穿上了，他捏捏鞋头，试试后跟，说："哎呀，这鞋就跟照着我的脚做得一样，真是再合适不过了！"

兰叶子没吭声。老万感到了尴尬，将鞋脱了放下，坐着看兰叶子做另一只鞋。

太阳渐渐西斜下去，兰叶子做好鞋，将两只鞋放到一起，看了看，递给老万，叫他再穿，老万没有嫌麻烦，乖乖地穿上，左看看，右看看，左右两只鞋都很合脚。试完后，老万准备脱鞋，兰叶子说："不用脱了，穿着吧，送给你了。"

老万张大了嘴，有些意外，木呆呆地看着面前的女人，只见她慢慢收起针线笸箩，说："我本来是给我男人做的，可他不会穿了。有年轻女人陪着他过日子，他怎么还能看得上这粗布鞋呢？那个女人给他生了儿子，他的心就被牢牢拴在那里，再也记不起到我这里看一看。唉，天不早了，我要忙晚饭去了。"

老万呆呆地听着，兰叶子站起来了，他还待在原地，手慢慢地颤抖起来，将鞋子摸了又摸，说："你的手真是巧，现在能做出这样细致的布鞋的女人不多了。"说着他去看女人的手，兰叶子的手属于单薄而小巧的那种，虽然是一双饱经艰辛的手，但一点也不丑，老万觉得很中看。

老万将鞋脱下来，抱在怀里往外走，边走边揉眼睛，喃喃说："这是正儿八经的布底鞋，一针一线做出来的，我好多年都没穿过了，这一双臭脚啊又要享福喽。"

大门一响，苟小莲下班回来了，老万有些慌乱地抱紧鞋，不揉眼睛了，故意放大声音说："这秋风啊，成天价吹，把人眼睛都吹疼了。"

苟小莲笑着打招呼说："老万叔来收水费啊？"

第二天，第三天，连着几天，苟小莲都遇上了老万。

有一天苟小莲忽然发觉不对劲，她望着老万匆匆离去的背影疑惑了，心里想着："不对啊，老万怎么能天天来收水费呢？"

她想问母亲，但母亲神色平静，默默地忙自己的事情。苟小莲忽然不敢问了，心里有种预感，母亲是同意老万来家里的，至少是默许了。可老万究竟来干什么呢？

第二天下午，苟小莲请了假，提前一小时回到家。

走近家门口，她忽然心里有些害怕，害怕什么？她不知道，慢慢地靠近大门，门没有关，只是轻轻闭着，一道门缝很宽，她将身子隐在一边，眼睛沿门缝往里看，只见梨树下坐着母亲，对面坐着老万。两个人没有说话，就那样坐着，但是苟小莲觉得他们之间有一种默契，一种说不出来的感觉。老万将鞋帮一个个拿出来，往底子上比划，看看合适了就放下，又把鞋帮和另一个底子放一起，看看合不合适，不合适的话就重新找合适的。

母亲的线绳用完了，老万眼尖，他伸出手指勾住线，母亲将线一股一股地往老万指头上绕，一会儿工夫，老万的五个指头上绕满了密密的白线。母亲说："远点，再远点。"老万像个孩子一样，乖乖地往远走，眼看就要撞到南墙上了，母亲才说："够了，这么长行了。"母亲搓绳子，老万勾着线配合。两个人默默搓着，谁都不再说话。

一根线成了，母亲把线往针眼里穿，穿了半天，就是穿不进去。母亲叹了一口气，说："我这眼睛呀，算是瞎了，连根针也穿不进去了。"她丧气地松开了手。

老万说："我来吧，我眼睛比你好。"他就把线从母亲手里接过去，对着太阳穿，穿了三四下就穿进去了，递给母亲，看着母亲一针一针地上鞋，他也叹一口气，说："你呀，再不敢哭了，那么没日没夜地哭，啥样的好眼睛也能给毁喽。"母亲没有接老万的话，两个人同时叹了一口气。

苟小莲忽然心里一亮，说："我笨死了，这两个人不是很般配吗？"

于是，她就大大方方推开门进去，笑着和老万打了招呼，又进屋给老万端了一杯水。母亲和老万的神情都有些不大自然，似乎他们干了对不住苟小莲的事，苟小莲装出一副不谙世事的样子和老万闲聊，有意无意地将老万叔喊成了万叔叔，一口一个万叔叔，叫得亲热极了。

苟小莲看到老万脚上的布鞋是崭新的，像母亲的手艺，但她不敢贸然问，就笑着说："万叔叔的儿媳真孝顺啊，给您做手工鞋穿，这鞋是哪个儿媳做的呢？看来手艺不错。"

老万支吾着要说什么，母亲咳嗽一声，老万不说了，搓着大手，只是笑笑。

一会儿老万起身告辞，苟小莲送到大门口，说："万叔叔有空再来啊，陪我妈说说话儿，解解闷儿，等月底发工资了我给您买条羊毛裤，天凉了，您那老寒腿可不敢叫风吹着。"

母亲听见了，当作没听见，进屋做饭去了。

吃过饭，苟小莲在衣柜里乱翻，翻出一条父亲的旧毛裤，扔在地上，说："这个人多长日子没来了？看来他真不管我们的死活了。"

"现在他眼里只有那个女人，哪里还有我们呢？"兰叶子愤愤地说。

苟小莲趁机说："妈，要不你们离婚，有啥大不了，离了他，我们也能活得好好的，比他好的人多着呢！我看你没必要在一棵树上吊死。"

兰叶子没吭声。

苟小莲一看母亲不像过去那么激烈地反对，心里想着："有戏，得继续！"

第二天苟小莲休假，吃过早饭她带母亲去逛商场。在服装区她看上了一件风衣，要母亲试试，母亲不愿意，说颜色太艳了，不合适。苟小莲拽住母亲的手撒着娇，说："妈，你也太保守了吧！其实穿得太素了一点不好，让人看着寡淡，心里凉。你看这衣服，看着心里就暖和。"说话间她硬是将暗红的风衣穿在母亲身上。

兰叶子扭捏着不愿意穿，被苟小莲硬拉到镜子前，她看到镜子里的自己顿时精神起来，卖衣裳的女人趁机在身后连连说好，说人显得年轻了不少。苟小莲更是极力夸赞这衣裳好，就像是为母亲定做得一样，合身极了。

兰叶子这才动了心，答应买下。苟小莲要母亲别脱下，既然买了就要穿，深秋时候天气凉，正是穿风衣的时候。

下午，兰叶子就穿着这件风衣在梨树下和老万闲聊。

老万乖巧，两个人说了好一阵话，他就是不主动提这件衣裳，兰叶子撑不住了，主动说："老万你看看，你看这衣裳，是小莲买的，这猴女子硬要把我打扮成这样，穿得这样鲜艳，真怕别人见了骂我像个老妖精。"

老万看着兰叶子的脸，认真地说："要我说嘛，你不老，一点也不老，穿这件衣裳正合适，把人衬得年轻了不少呢！"老万的眼睛亮闪闪的，似乎眼睛也能说话，眼睛里饱含了很多难以说出口的话。

兰叶子脸红了。

一阵风吹来,梨树上残留的几片枯叶落下来,落在俩人身上,两个人像石雕一样一直坐着,时间静静流淌着,直到傍晚到来,霞光染红了天。

九

这天吃过早饭,苟小莲告诉母亲自己要去商场逛逛。

因为是周末,商场里人特别多,熙熙攘攘的。苟小莲随着人流往里走,在一楼转了转,又上了二楼,最后乘着电梯上了三楼。很多红男绿女在琳琅满目的商品前穿梭着,到处都是人,然而她觉得心里装满了孤独。她根本没和人有约,她只是想一个人走走,随便去哪里都行,只要不让自己觉得心里的孤独那么强烈就行。她本来准备在商场里胡乱地逛逛,在人多处借着别人的欢声笑语,排遣自己内心的寂寞。

然而转悠了一阵,她心里更烦了。乱哄哄的人群像没头苍蝇挤来挤去,却没有一个人是她要找的,是她渴望见到的。她恍恍惚惚出了商场,沿着街道往南走,心思很乱,她也没想要去哪里,完全由脚步牵引着,最后信步来到了清水湖畔。

湖边柳树的叶子全都落光了,枝干光秃秃的。落叶有的积在树下,有的落进水里,有的被风刮到远方。苟小莲踩着落叶,干枯的叶子在脚下咯吱作响,她听着这声响一路朝前走,来到石凳前。有一个人早就来了,正坐在凳子上看着她。

苟小莲看到一张颓废的脸。那一瞬间,她觉得自己的心脏停止了跳动,这不正是她日夜思念的人吗?

稻草人望着苟小莲,说:"你总算来了,你知道这些天我是怎么过来的吗?我差点疯了,我满世界找你,跑遍了这个城市的大街小巷,就是找不到。我只能天天来这里等你,我相信有一天你还会来的。没错,你来了,我终于等到你了。"说着,他张开双臂,将苟小莲揽进怀里,紧紧抱住,一双胳膊那么有力,抱得那么紧,苟小莲感觉简直喘不过气。

苟小莲没有挣扎,任由这有力的臂膀抱着。她埋下头,将脸埋进他的臂弯里,任眼泪尽情地流着。在半个月的时间里,她和自己抗争,坚持不来这里,下了决心不再来见这个男人,然而,无论多么强大的意志也无法战胜内心的情感,她还是来了。

令她欣慰的是,稻草人也是爱她的,他向她表白了。

她觉得幸福极了,现在她不再是一厢情愿的单相思,对方也是爱她的,世上还有比这更幸福的事吗?一定没有,她为终于降临的爱情陶醉了。

稻草人拉着苟小莲的手,说:"去我家看看吧,我想对你说的话太多了,一天一夜也说不完啊!"

苟小莲含笑望着他,任由他大而瘦的手牵着自己的小手,踏着枯叶一路走过湖畔,走进郊区的一个小院子。

走进稻草人的家,苟小莲看见院子中间的小花园里还残留着一些花儿,看来这些花儿是在晚秋时节开放的,然后就被霜打了,冻得失去了水分,花瓣薄薄的,像纸做成的,一大朵一大朵地挂在枝干上,远远看着像是商店橱窗里卖的绢花。苟小莲一眼就喜欢上这个小花园了,她着迷地趴在花墙上看花儿。

诗人的家的两间平房极为简陋，家里陈设也很简单，看得出日子是清贫的。

苟小莲疑惑地想：难道这就是诗人稻草人的家？要不是亲自来看，她不会相信一个本地有名的诗人家里会这么寒酸。屋子中间是一个铁皮炉子，炉子上有一把铁皮水壶，炉子和水壶的表面都脏兮兮的，一看就知道是使用多年的旧东西。吸引人的是靠在墙根的一个大木柜，是那种老式书柜，里面摆满了书。

稻草人看到苟小莲被书柜吸引，顿时高兴起来，打开柜门让苟小莲参观。苟小莲看到了整整一柜书，书脊一律向外，分了类，有诗歌、小说、散文等，古今中外的书都有。

"这么多书啊！"苟小莲惊叹道。在她的印象里，只有学校的图书馆才会收藏大量图书，想不到私人家里也会保存这么多书。这得花多少钱去买，得需要多长时间呀！

她看到刊登着稻草人作品的杂志和报纸了，书柜里整整摆放了一排。她抽了一本翻开，找到了署有稻草人名字的诗歌，还配有个人照片。照片上的稻草人站在风里，头发向后飘去，凝望着前方，眼里噙着她熟悉的那种忧伤。

苟小莲翻看了很多本，她发现所有刊登出来的照片都是同一张，都是稻草人站在风里向前凝望的那一张。

苟小莲盯着照片里的人，望着这神情，不由得痴了。

稻草人在身后搓着手，忧郁地说："小莲你别笑话我，我现在穷得只剩下书了，只剩下精神食粮了。你千万别笑话我啊，我就是一个穷诗人。"

苟小莲回过身来看着他，认真地说："我为什么要笑话你？

你的诗歌能在这么多大杂志上发表,说明你确实达到了很高的水平。虽然我不懂文学,但我相信你一定很厉害。"

稻草人听了,眼神顿时亮闪闪的,望着苟小莲的面颊吟诗:

静静站立在阳光下,
你的身影是最薄的一片叶子。
我悄悄许诺,
给你金钱、珠宝和最好的房子,
可是,我只是世上最穷的男人。
我的姑娘啊!
此生拿什么爱你?
……

他轻轻读着诗,一步一步走近她。苟小莲觉得手臂慢慢酸软了,手里的书也拿不住,滑落在地,他们都没有去捡。稻草人用双臂紧紧拥抱着面前的女孩,苟小莲的脸颊靠在他胸前,她闻到了男人的气息,那是混合着汗味、烟草味、诗歌味的男人味。他滚烫的嘴唇轻轻吻住了她,她觉得心神在摇荡,感觉走进了一个梦境,她不知道梦的尽头等待自己的是幸福还是痛苦。

屋外,稻草人的花园里,那些尚未枯萎的花朵在微风里轻轻摇曳。

十

黄昏,苟小莲进门看见母亲在搓麻食,一块小小的木板上雕刻着一排排细密的木纹。母亲用指尖捻一个面球儿,在上面一蹭,一个小巧的半圆面卷儿就滚落下来,苟小莲拿起一个细看,面卷儿全身都是花纹。

母亲说:"莲莲,妈想和你商量件事。"母亲的神情怪怪的,赔着小心,有些惧怕女儿。

苟小莲说:"你不用说了,我早盼着这一天了。"

母亲愣了,一阵沉默后,她说:"我还没说呢,你怎么知道是啥事?"

苟小莲从母亲手里抢过木板,自己学着搓,也捻一个面球儿,往下一蹭,也滚出一个面卷儿,可是,花纹并不好看。

"这木板是他做的吧?"

"嗯。"

"他倒是手巧得很。"

"嗯。"

苟小莲搓了几个面卷儿,都不好看,不是花纹走样,就是卷儿不够圆润。

母亲说:"还是让我来吧。"

苟小莲看到家里有了变化,都是细微的地方,如果不是她对这个家十分熟悉,可能就不会发现这些变化。沙发套、电视罩、茶盘里的垫布,显然都被洗过了,这几年积攒的污垢淡了,家里有了焕然一新的气象。烧水壶、蒸锅的盖子、茶杯、茶盘也都有了变化,很明显是母亲用抹布细细擦过的。

母亲脚上多了一双紫红色的棉拖鞋。

母亲有些害羞地将脚往后缩,她不看女儿,但是苟小莲看到了她的难为情。

麻食煮出来很好吃，里面放了葱花、姜末、肉末，还有一些香菜。母亲将作料、菜、肉和麻食一锅烩，这样做出来的麻食带着一股特殊的香味。

苟小莲吃了一碗半，母亲吃了两碗。吃完，两个人舔着嘴唇，互相看着，然后同时吐出一口长气。这是这几年里，她们母女吃得最香的一顿饭。母亲去洗碗，苟小莲坐着没动，透过窗户，她看到院子里的梨树下多了两个小马扎。两个小马扎是军绿色的，它们很紧地挨在一起，像一对腼腆的孩子，默默地守候着彼此。今年开春没有倒春寒，梨树长得很繁盛，连枝干都压弯了，树身沉甸甸地往下趴着。苟小莲仿佛看到两个人坐在树下的小马扎上，聊天的间隙会抬头看一看树上的梨子，满树的梨子也在看着他们。

这一夜，苟小莲翻来覆去地想心事。床的另一边，母亲也没有睡实，过一会儿就翻一个身，显然也是满腹心事。

清晨，苟小莲给苟百梁打电话。电话通了，那头的苟百梁一听是女儿的电话，口气立即淡漠下来，温吞地问："莲莲啊，有事啊？"

苟小莲不再犹豫，说："您有空的话上一趟民政局吧，我和我妈在那里等你。"

苟百梁一惊："上民政局干啥？你娘儿俩放着消停的日子不过，又想瞎折腾啥？"

苟小莲无声地冷笑着，苟百梁的心思她明白得很。他娶了杜蓝蓝后，母亲气得不行，有一天不知道是谁给母亲出了主意，母亲回来就对苟百梁说她要上县政府告他，他这是重婚，保准叫公家开除他。苟百梁肯定在担心这个。

不过，父亲的态度倒是叫她瞬间就下了决心，她决定不再犹豫了，说："我妈同意了，你们去离婚。"说完最后一个字，苟小莲就挂了电话。她没有勇气听父亲在那边饱含惊喜地"啊"了一声。

苟小莲站起身，抹去脸上的泪水，装作若无其事地走出屋子。

母亲在做早饭。

苟小莲说："妈，不用做了，咱们去外面吃好的，我请客。"

母亲不同意，说："好好的，花那冤枉钱干啥？"

苟小莲拉着母亲换了新衣，她们出门没有步行，而是打了辆车径直往民政局赶。

到了门口，老远就看到苟百梁站在前面。

母亲明白了，她看了一眼女儿，苟小莲说："妈，别难过，明儿咱再领新的证，旧的不去，新的不来。"母亲有些木然，被女儿牵着进了民政局的门。

苟小莲看着工作人员将一对红色的小本子收回，又拿出两个新的红皮本子，在上面盖了印，递过来，父亲一本，母亲一本。父亲拿起来看了看，合上本子，把它装进了口袋。母亲站着没动，苟小莲替她拿了，装进口袋。然后，一家三口往外走。

在门口要分手了，母亲忽然问："你们……的儿子乖吗？长大些了吧？"

苟百梁一愣，接着笑了，说："乖得很，乖得很，小家伙开始走路了，一天到晚要我拉着小手教他走路，可把我累死了。"

母亲的神情忽然变得闷倦，苟小莲忙拉着她走，母女俩都没有再回头看一眼。

进了家门，母亲瞅着离婚证默默淌眼泪，说："莲莲，你说妈这辈子图了个啥？搭上自己几十年时间，就换回个小本子，想不到我最后还是把你爸爸给跟丢了。"说着，她的眼泪像水一样漫下来。

苟小莲看着心酸不已，她强咬着牙，说："他电话多少？我叫他过来。"

母亲说："谁呀？我不知道。"

苟小莲扑哧笑了，蹲在母亲面前说："都这时候了，您还遮遮掩掩的。我是谁？我是您女儿啊，您还想往下瞒啊？"

母亲终于撑不住，抹一把泪，笑着，说："桌上那个本子上写着呢，那是他留的电话，我又不识字，留下有啥用啊。"

苟小莲不理母亲的唠叨，慢慢拨通了电话，喊了一声万叔叔。

十一

苟小莲发现自己离不开稻草人了，一时都舍不得离开，可是为了养家她得天天在超市里打工，晚上还要回家，母亲一个人在家会孤单的。另一方面，她怕母亲察觉自己交了男友，并且他们已经越过了男女间的界限。母亲是农村妇女，尽管在这小县城里生活了十来年，但思想还是很保守，平时看到大街上那些女孩子穿着露大腿的裙子，都会念念叨叨数落个不停，说现在的女子没教养，要是叫她知道自己的亲生女儿和一个男人已经睡到一起了，还不把她给气死。她已经够可怜了，苟小莲实在不忍再往那颗心上插进一把刀子。

她想先瞒着母亲，等时机成熟了再告诉她。她不是随便的女孩，她是用一颗真心去爱的。她想拥有自己的幸福，她已经到了追求自己幸福的年纪。现在，她开始考虑自己和稻草人的将来了。

稻草人似乎十分迷恋苟小莲的身体，只要两个人在一起，他就紧紧抱着这单薄但充满青春活力的身躯，吻着苟小莲尚有些稚嫩的脸颊，他显得那么激动，难以自控。苟小莲在他耳边说："你一定要娶我，我这辈子谁也不嫁，跟定你了。我要你为我写诗，写一辈子。"

稻草人喃喃地说："我为你写诗，只为你一人写诗，写好多好多诗。小莲你要相信我，虽然我现在很穷，无法给你幸福的婚姻，但是你要相信，这样的日子终究会过去的。有一天我会出名，我的诗歌会得到社会的公认，我会成为中国当下最优秀的诗人，我会挣来大笔大笔的稿酬，更重要的是我会获奖，获国家级奖项，得到丰厚奖金。到那时候，我就可以带着心爱的女子浪迹天涯，我们的足迹将踏遍祖国的大江南北。"

苟小莲听着这发自内心的许诺，幸福极了。她觉得自己拥有了世上最难得的东西，就是心爱的男人的一颗真心。贫穷怕什么？没钱怕什么？只要两颗心真心相爱，并且不离不弃，就足够了。父母的婚姻让她看怕了，她觉得女人如果想要一辈子幸福，就得找一个真心爱自己的人，并且一辈子不离不弃。现在她找到了，这个人就是稻草人。

稻草人这段日子状态非常好。他常常文思泉涌，趴在桌子上一口气就能写三四首诗，甚至是十几首诗，写完了他便朗读给苟小莲听。他有时以女人的五官为题写诗，有时候以四肢为题写诗，并且打算以乳房、头发、耳环、背影等为题写诗。他说这些以女人为题材的诗歌要结为一本诗集，名字是《女人：一座神秘的城堡》。

他说苟小莲就是他灵感的源泉，他这是在为自己心爱的女人写诗，留下爱情的见证。

苟小莲听了这些诗歌，觉得有几首好，有几首有些肉麻，可是不好意思说破。

这天，苟小莲下午休息，但她骗母亲说自己加班。她赶来和稻草人相会，稻草人一见面就激动地拉住她的手，说："亲爱的，告诉你一个喜讯，我的诗歌将要登上《诗刊》了，你知道这是多大的刊物吗？这是国家级大型诗歌刊物，这几十年里咱们县城就从来没有人能在这上面发表作品，我是第一人！《诗刊》啊，我心中的缪斯女神，我终于征服你啦！哈哈，我终于前进了一步。"

苟小莲推开稻草人，问："你吃饭了吗？"

稻草人有些为难地说："没米没面了，我本来想去买的，可最近手头紧。不过不要紧，再等几天我的稿酬就来了，来了我请你吃饭，咱们吃城北老米师的生汆面，你最爱吃的。"

苟小莲摸着稻草人单薄的肩，心里酸楚极了。说实话，通过和他相处的这些日子，她看清了这个人的生活现状。他虽然是县城小有名气的诗人，然而他的生活很贫寒，甚至可以说是穷困潦倒。他从山里的老家跑出来，借住在他舅舅郊区的房子里。他没有车，连辆电动车也没有，进城买东西只能骑辆破自行车。他最大的愿望是有一台自己的电脑，连上互联网，他说那样他就能随时给各个报刊投稿了。现在，为了发一封邮件，他得骑着车子到城里的网吧，花两块钱才能完成。

"你为什么要从老家跑出来呢？这样孤身一人，不觉得苦吗？"苟小莲捧着他胡子拉碴的脸，无限怜惜地问。

"小莲你不知道我在老家有多痛苦,我每天下地干活,累得要死,回家趴在炕上就像瘫痪了一样,我哪里还有力气写诗呢?诗歌需要贴近生活,字里行间要充满泥土的馨香。可是小莲你不知道,真正的好作品并不是农民能写出来的。我需要超越,超越你懂吗?我的诗歌来源于生活,可是要高于生活。如果我为了一日三餐碌碌无为地劳作,那么我的锐气、我的才思、我的灵感都会被不断重复的苦役给消磨完,我最终会变成一个一事无成的人。我需要逃离那样的生活状态,需要挣扎,需要寻找灵感,需要不断经历磨难并且超越磨难,这是一个优秀诗人必须为心爱的诗歌付出的代价。就像海子,他最终选择了自杀,别人都在替他惋惜,其实海子是幸福的,当你达到了诗歌的最深的境界,自杀便是诗人最好的解脱方式。"

姐姐,今夜我在德令哈,夜色笼罩。
姐姐,我今夜只有戈壁。

草原尽头我两手空空,
悲痛时握不住一滴泪滴。
……
今夜我只有美丽的戈壁。
姐姐,今夜我不关心人类,我只想你。

苟小莲呆呆地听着,稻草人脸上的神色很奇怪,有神秘莫测的笑,也有发自内心的痛苦,那是一种混杂着希望与颓废的情绪。这是苟小莲之前从未看见过的,似乎有些故意地做作,可是她又觉得这想法对不起诗人,他的痛苦分明是真实的,是发自内心的。他说:"睁眼看看吧,看看我们生活的现状,小莲你告诉我,我们的生活究竟怎么啦?谁动了我们的幸福?我满腹才华,苦苦写作,我付出了多少心血?我的诗歌又有谁读呢?没有几个人读诗了,大家都在忙着弄钱呢,人们的眼睛里就剩下钱了。"

苟小莲看他脸红红的,眼睛也红红的,似乎瞳仁里含着火焰,要将他和他身边的一切都给灼伤。苟小莲说:"你别说了,我知道的,我都知道的。"

稻草人抓住苟小莲的肩膀,说:"小莲你知道吗?我其实不是好人,我是坏人,天底下最大的坏人。我骗了你,有一天你会发现我骗了你!我为什么不在村里待着呢?我是待不下去啊,我得罪了村支书。村支书你知道吗?他就是村里人集体喂肥的一条恶狗,他办的淀粉厂排出的黑水把村里的河给污染了。满河都是臭水,泛着白沫子,臭得我们不敢出门,不敢去河边喂牲口,而从前我们都是在河里洗衣裳、游泳的。村支书发了大财,就在城里买了房,把全家都搬到城里去了,但他的厂子还在那里,还在污染我们的河流。只要一刮南风,我们满村子都是臭气,臭得人吃不下饭。

"大家不敢得罪他,都选择了忍气吞声。我忍不住,我是上过高中的人,我是有文化的人,我不能眼睁睁看着全村人受害,于是我找村支书理论。你猜他怎么说?小莲你猜猜!你猜不着。我是在他家淀粉厂门口堵住他的,我说了自己的意思。可是他根本就不想听我说完,他打断我的话,笑眯眯地说:'你不要以为自己写了几首狗屁诗歌就敢来跟我叫板,啥狗屁诗人,说白了就是个傻瓜,你就是个傻瓜!你这样的,连我厂里一个小打杂都不如。谁告诉你我污染河水了？难道你没看到我的贡献吗？我带头办厂，带头致富，好几个村子种的洋芋都被我收购了，我要不收购，你们敢种吗？种出来没人要，就只能全部填沟。所以说我没有破坏环境，我是你们大家的靠山、财神。要不你去上面告我呀，要不写几首小诗骂骂我呀，我等着！'

"没有几天，我们家的低保就被取消了。我父亲气不过，问会计，我家这么穷，正是吃低保的对象，为啥要取消，会计说是村支书交代的，低保给谁，他只听村支书的。我父亲气病了，睡在炕上骂村支书，又让我去送礼，说肯定是我家没有给村支书送礼才被取消低保的。我知道根源在哪里，可是我不敢说出来，我也不想去送礼。

"村里我是没法待了，我就出来了。再说我早就梦想着离开村子，我需要不断地寻找、经历，引起内心的震撼。为了写出好诗，我已经离开村庄四年了。小莲你说我傻不傻？有时候我自己都觉得自己挺傻的。这年头了，有谁还为了纯粹的诗歌而坚持，和自己较真儿？诗人都干啥去了？改行挣钱去了。我还在坚持，因为我觉得人类不管到什么时候都不能少了诗歌。只要灵魂没有死，只要人还活着，诗歌就不能消亡。

"……可是小莲你告诉我，我该怎么办？我生在这样的时代，这是个物欲横流的时代，人人眼里只认得钱。我没钱没权，我花费心血写出的诗歌连自己的生活费也赚不回，我常常饿着肚子写诗，多么荒诞啊！有时候我真觉得自己还不如一只流浪狗活得幸福……"

苟小莲听着，傻眼了。她抱着稻草人，直到他说累了，没力气说了，她才出门到附近商店里买了一袋面粉提回去，给这个伟大而饿着肚子的诗人做了顿饭。

十二

这天半夜，母亲起夜，她下台阶时一个跟头栽倒了，当时疼得晕了过去，到后半夜醒过来，喊屋里的小莲。苟小莲惊醒后赶出来，发现母亲倒在地上，她怎么也搀不起来。情急之下，她给老万打了电话，老万当即就赶过来，雇来车子，拉了娘儿俩赶往医院。母亲拍了片子，医生说她小腿骨折而且已经错位，要动手术，苟小莲一听傻眼了，手术费要一两千元呢，这叫她到哪里去凑？

老万回了趟家，回来之后，他掏出一沓钱，说："不用愁钱，只管动手术就是。"

苟小莲看着他的脸，心里感慨万分，想到了父亲苟百梁，他这会儿在干什么呢？他在陪着娇妻爱子过幸福日子，能想到她们吗？

她忽然有种冲动，想给他打个电话，说说母亲的事，看他什么反应。好歹夫妻一场，难道他真能眼睁睁看着不管？可到了医院外的电话亭，她却没有勇气走进去，更没有勇气把电话打过去。

母亲在医院住了半个月，可把苟小莲给忙坏了。母亲动不了，她就守在床边伺候着，一步也脱不开身。当母亲睡着的时候，她禁不住焦灼地想，稻草人现在在做什么。

出院这天，还是老万叫的车，把兰叶子拉回了家。兰叶子腿上打着石膏，下了车后无法迈上台阶。苟小莲身子单薄，母亲个子高，加上石膏很重，苟小莲搀扶着也无法把母亲送进屋。娘儿俩正犯愁呢，这时，老万上前一把抱起兰叶子，稳稳地上了台阶。进了屋,把兰叶子放到炕上,再给她脖子下垫上枕头,做完这些,老万这才坐在炕边喘气。这一顿忙,可把他累得够呛。

天黑了,老万要走,苟小莲说:"吃了饭再走。"兰叶子也说:"吃了再走,你一个大男人笨手笨脚的,做顿饭多麻烦。"老万受宠若惊地留下了。饭熟了,兰叶子没法坐到餐桌前吃,老万将一个纸箱子搬上炕,给她当炕桌用,还把小菜碟子也端上来,他就坐在兰叶子对面吃。他一口气吃了两碗饭,直夸小莲手艺好,做的饭可口。吃完饭,外面夜色降临,老万起身告辞,苟小莲说:"多谢你啊万叔叔,这些日子把你拖累了。"

老万不说什么,只是搓着手笑。他笑着走到门口,看着兰叶子吩咐:"夜里千万小心,不敢自己下炕解手。"又给小莲说:"夜里瞌睡轻着点,给你妈操着心。"看这娘儿俩都说记下了,他才转身回去。

苟小莲看见母亲目送老万时目光很平静,看不出其中的意味,就叹了一口气,说:"家里没个男人真不行啊!那天夜里你起不来,我急死了也没办法,多亏了万叔叔,他一来我心里就踏实了,觉得有靠山了。"

母亲也叹了一口气,说:"老万这个人啊,看着不错。可是莲莲你不知道,我这心里还是有个疙瘩,解不开。"

苟小莲忙说:"妈,你不是常教育我说人要知足吗?我看你就是不知足,人家万叔叔哪点不好?你别老拿他和苟百梁比,他这么好一个人,我觉得你心里就是揣个冰疙瘩也该被人家捂暖了,融化了。"

母亲没有接茬,娘儿俩都沉默了。

累了这些天，该好好补补觉，明儿还得去超市打工呢，半个月没去，还不知道人家还要不要自己呢。可是，苟小莲睡在枕头上发现自己睡不着，又起来坐在客厅里写日记，有多少天没见稻草人了呢？她翻开日记本子看，从12日开始到现在，已经过去半个月了。这半个月她都是在医院陪着母亲，没空去清水湖畔走，也没空去郊区小院找他，不知道稻草人想她了没有。她想起那天他对着自己说过的那些话，心里烦起来，隐隐觉得自己做错了一件事。尽管内心在极力地逃避，可是她似乎真的做错了，那就是不该那么轻率地委身于那个人。

尽管他一次次发誓说一定要娶她，等有钱了就马上娶，给她一个幸福的家。可是，只要一想起他那天说过的那些话，她头就大了。乡村回不去，郊区小院是别人的，他没有工作，没有收入，这不要紧，一个身强体壮的男人，找一份下苦的活计，挣几个钱养家糊口应该不成问题，可是他不像个肯下苦的人。他是诗人，他的大部分时间都消耗在阅读上，然后费尽精力往纸上写写画画，在别人看来一首诗也就短短几行、数十行，可是苟小莲亲眼看到它们的诞生是那么艰难，需要反反复复地推敲、修改、润色、誊录。她看出来了，作诗哪是穷人能干的呢？这分明是富人才有时间和精力玩的东西嘛。稻草人是一个穷光蛋，整天写诗，自然是越来越穷。

嫁给这样的穷光蛋，她能幸福吗？不吃不喝，不穿衣，不花钱，就抱着诗稿傻兮兮地吟哦？

然而，苟小莲还是舍不得离开稻草人，她想：我要好好打工，多挣点钱帮助他，让他能静下心专心写作，等到有一天他真的获了大奖，我们就会苦尽甘来的。

第二天，苟小莲忐忑地走进超市，经理迎面就说："你被辞退了！今天工作不努力，明天努力找工作，这道理跟你们说多少遍了，你当耳旁风呢！"苟小莲看着她刻薄的嘴脸，想起平时受她的那些气，心里倔强起来，头也不回地离开了。

她该到哪里去找工作呢？小县城地处偏僻，当地的经济支柱只有农业，没什么大的公司可以进去干。她惶惑地走在街上，想着总不能承包一段马路扫地吧。她悄悄摸了摸自己的脸，知道自己无论如何都是没勇气真去干这个的。

苟小莲决定先去找稻草人，顺便问问他自己该找份什么工作。

小院子门开着，苟小莲熟练地推开门，进去又反手将门关上，免得稻草人一兴奋就抱住她亲个没完没了，而她老是担心万一有人进来被撞上。

房门上原来那个脏兮兮的灰布帘子没了，换成了一个粉红的，上面是几朵大红花。这个稻草人，肯定是得了一笔稿酬，不然他哪有钱换新门帘呢？苟小莲心里无声地笑了笑，掀起门帘进了屋。

一到屋里，苟小莲就愣了，屋里的人也愣了。一个女人正趴在桌边绣十字绣呢，她抬起头望着苟小莲，一脸疑惑。

苟小莲结结巴巴地说："我没有走错吧？"

女人看起来四十来岁，她脸上神色变平静了，站起来说："你是谁？来找谁？我不认识你呀。"

苟小莲忙说："这是稻草人的家吧？喔，不，这是稻草人他舅舅的家吧？稻草人去哪里了？"

女人不耐烦了，说："啥稻草人麦草人？谁是谁舅舅？我不认识，这房子是我们租的，租了一年，房租已经交了，一次性全交清了。"

苟小莲打量着屋里的摆设，发现女人没有说谎。屋里的摆设已经不是以前的了，旧木床、白木桌子、椅子都不见了，窗帘也换成了新的，墙壁明显被重新粉刷了，白了不少，一股潮湿的白灰味很明显。在那个肥大的淡红色皮床头上方，贴了幅巨大的塑料贴画，画面上是一个胖嘟嘟的小子，正在冲着屋里的人笑呢。

苟小莲慌乱了，忙说："大姐你别误会，我是说以前，以前啊，你们租这里以前，住在这里的那个人，现在哪去了你知道吗？"

女人神色缓和下来，说："你是说那个男人啊？房东说了，那是个穷光蛋，脑子有毛病，老拖欠着房租不交，所以被赶出去了。我搬来前他已经搬走了，不知道去了哪里。"

苟小莲有些留恋地打量着房子，目光把每一个角落都扫到了，这才慢慢退出屋子。院中小花园里那几株干枯的花枝被拔掉了，那几朵枯萎后还留在枝头的花朵也不见了。她快步离开了这里，出了门大步走着，走着走着，眼里的泪水落下来了。

苟小莲没敢给母亲说自己被炒掉的事，第二天她早早地给母亲做了点早餐，放在炕边让她吃，就出来了，说去上班。她一直往南走，穿过清水湖，到郊区这一片来，挨家挨户地问有房了租吗，自己想租个房子。然后装模作样地看房子，和房东讲价钱。目光却扫视着，希望看到稻草人的身影。她一个上午就把这一片杂七杂八的平房区走遍了，没见到要找的人。下午，她的目标转移到了县城的街道，她从城南开始，一直往城北走。她觉得自己就像电视剧里的侦探，找了千万种借口，其实目的只有一个——找到那个人。她要好好问一问他为什么不给她打电话，为什么就这样莫名其妙地消失第五天，苟小莲走遍了县城的大街小巷。

为什么会这样？为什么她总觉得街上的每一个男人都是稻草人？可是仔细打量，发现每一个都不是。她就这样寻觅着，奔走着，慢慢地，她似乎记不清他长什么样了。在一个卖塑料制品的摊位前，她看着一个男人坐在阳光下吸烟，烟雾缭绕，一张脸被罩在其中，朦朦胧胧的。她忽然想，稻草人这会儿在干什么？吃饭了吗？会不会又穷得吃不起饭了？她走不动了，也实在没勇气沿着寻找过的路线再重新寻找一回。

她望着眼前熙熙攘攘的人流，一张张脸在人流中漂浮，每一张脸上的神情清晰又模糊，熟悉又陌生。她忽然想：我这样苦苦地寻找，有意义吗？即便真找到了，我能得到想要的幸福吗？

她再也没力气站起来，就坐在马路牙子上看人流，看男男女女、老老少少在人海中沉浮。

一直看到天黑才起身回家。

十三

母亲能勉强下地走动了，老万提议两人还是早点把婚结了，他也好过来照应兰叶子。兰叶子不同意，却说不出个拒绝的理由来。苟小莲站出来说："万叔叔，这事您别和我妈商量，要依着她的性子来啊，只怕你们再过十年也结不了婚。这样吧，这主意我帮我妈拿定了，不用再犹豫，马上给你们办喜事。"

老万一听乐了，兰叶子生气了，说："莲莲向着外人，连自己亲妈的话也不听了。"

苟小莲盯着她问:"我万叔叔难道是外人?这些日子里里外外的,他腿都要跑断了,妈,你说这话就太没良心了吧?"

兰叶子气得笑了起来,说:"好好好,你万叔叔不是外人,是家里人,行了吧。"

苟小莲连忙说:"这么说你同意和万叔叔结婚啦?"

五天后,婚礼终于在小院子里的梨树下举行了,简单而朴素。

本来兰叶子不赞同设席待客。老万说:"亲戚咱谁也不惊动,可是左邻右舍的,尤其我那一帮子老朋友,早就嚷嚷着要来的,万一人家听着信儿赶来,咱啥也不准备,场面就不好看了吧。要不咱简单地办个席面,也就两三桌人,简单招待一下,你看行吗?"话说到这份上,兰叶子不好再拂老万的意,就点头了。

结婚那天,院子里呼啦一下来了一群人,都是老万平日里的棋牌麻友,还有几位是曾经的老同事,一个个都是红光满面、弯腰驼背的老爷子、老婆子,他们围住兰叶子和老万这一对儿新人讨喜糖吃。

兰叶子淡淡笑着,那是一种把什么都看透之后的笑,老万则乐呵呵地,不断招呼着客人。

苟小莲穿梭在人群里,心头一阵接一阵的恍惚。

一连五天,她天天都去清水湖,在湖畔徘徊。初春的风里带着乍暖还寒的气流,但人们还是会走出家门,在湖畔看看刚刚解冻的水,看看草坪上探出绿意的青草。几个孩子在广场上放风筝,甬道上的几个女学生夹着书本边走边说笑着。苟小莲恍然看到了当初的自己,那么稚嫩,一个人挣扎在痛失亲人、父母离散的人生苦痛里,还有青春的迷茫和忧伤。

她慢慢走到湖畔的石凳旁,凳子空荡荡的,没有人坐。她一个人坐下去，石头的冰凉慢慢渗透了裤子，腿也冰凉了。

稻草人没有出现。她终于确定他是不会出现了，他是有意悄悄从她的生活里消失了，他辜负了她，可她还是忍不住等待着。

恨他吗？她问自己，问对面的湖水，问春风里摇曳的柳树芽，问身下冰冷的石凳。

"是啊，我恨他吗？"

她慢慢回想着和他在一起的那些温暖，还有那些诗歌，那些水一样流淌而出、火一样点燃了她少女激情的文字，这些她都牢牢记着呢。

别了，我的青春。

别了，我深爱的诗歌，还有为我写诗的男人。

她强打精神笑着，今儿是母亲的好日子，怎么能苦着一张脸呢？她决定独自舔舐伤口，一个人承受这份痛苦。母亲好不容易活过来了，她不想叫母亲再分担女儿的痛苦。

一个星期后，苟小莲决定离开小县城，到外面去打工，她想到更广阔的世界里去寻找属于自己的幸福。有人说时间是最好的疗伤药，只是不知道能否治愈为情所伤的心。

苟小莲坐上南下的火车，身边一个女孩在听歌，手机里的女声舒缓而忧伤。

火车像老牛在爬坡，吭哧吭哧地向前行进。苟小莲默默念着听来的歌词，转脸去看窗外，路边的风景在缓缓变化，风吹得树木不断地摇曳。车窗关着，风当然不会吹进来，然而，苟小莲感觉大风吹进来了，无遮无拦地吹进了她的心里，一颗心在风中晃荡着。

歌声在流淌。

一个人的地老天荒

想要问问你敢不敢,
像你说过那样的爱我,
像我这样为爱痴狂,
到底你会怎么想。
……

西窗看云的傍晚

  饭没有准点。早餐六点左右,有时候八点才来。午饭和晚饭也是这样,有时候下午四点半刚过,餐车就来了,有时候却六点了才出现。队需要早早排。一排湖蓝色凳子,每个都贴着床位号,搬出来排成一排,从门口往后,沿着护士台对面的走廊排。一个师傅是固定的,天天都在,算账快,人长得丑,有时候口气很冲,有时候忽然就温柔起来。心肠终归是软的,四块钱一盒的凉菜,她能给你装满,而早就装好的据说是在别的楼层卖剩下的。那些盒子里的菜,数量上明显欠缺一些。有几天她的搭档是个更丑的女人,说话不多,更冲,像机关枪,子弹直通通地射。她专管装菜,装完一份菜,喊:"下一位!"用词没任何问题,语气十分骇人。看她的脸,面不改色,看不出任何情绪。过几天又换了个小姑娘,也就十五六岁吧,扎着很短的小马尾,眉清目秀,身材玲珑,戴着口罩也遮不住她的青春和漂亮,她的模样让人想起"碧玉年华"这样美好的词。她也不笑,但脸没绷着,语言简短,语声不高,业务有点生涩,看得出是打下手的。打菜的"目光们"很快发现了小姑娘的清丽脱俗,有母女俩为此议论:"她多大?""中学生吧。""咋来送餐了?""假期打工吧,也不像。穿的是送餐专用服装,可能是新招的学徒。"那工装里裹着的小身躯确实好看,像一根嫩葱。只要她来,沉闷的打饭气氛会有变化,添了一抹清新。

一日三餐有多重要呢?刚进来的人是不能理解的,后面很快便会明白。进出医院有困难,除非家里人送东西来,隔着门可以拿到。除此之外,出不去。陪床家属要出去可以,做核酸检测并等结果出来,确保安全后再来。晚饭后,八点左右,吃药的时间,有个妇女会进来,她是地下超市的送货员。她用小平板货车推着几个大塑料袋,里头是零食、水果、纸巾等。大家像欢迎亲人一样热烈围上去,有些物品需要抢才能拿到。辣条、方便面、醋泡笋、瓜子、法式小面包……楼道里顿时飘满了辣条的味道。这味道像刚放学的小学生,一窝蜂地走过来,带来的一股地摊麻辣食品味。除此之外,只有一日三餐。因此,排队打饭成为要紧事。长日无聊,排队买饭,吃完饭丢餐盒,似乎也能抵消点寂寞。餐车带来的不仅有千篇一律的饭菜,还有一缕外界的新鲜感。新鲜感是随着餐车带进来的,这新鲜感不用花钱买,钱也买不来。门开了,进来了,门一关,飘走了。就这样,也挺好,毕竟接触到了外面的人。大夫们和护士们下班之前会消失几分钟,从不挂门牌的屋子里出来,换掉了纯白和浅蓝的褂子,女性有了别样的美,原来职业装能抹杀一个人的独有气质。楼道里转悠的"目光们"都眼巴巴送别,看着门开了,人走了,明早还会来,却不想他们有出院的一天,护士、大夫估计退休才能离开医院。他们为什么还要有一点不舍,或者羡慕呢?大概是自由。他们出去,能呼吸外面的空气。

自由是什么？大概每个人都想过这个问题，或者不把它当作问题去想，只是有过马上离开这里的渴望。至于出去了做什么，还不明确，反正觉得出去了肯定有很多的事要做，有很多的地方要去，有很多的好东西要吃，反正出去了就代表自由。有人把墙上挂的宣教栏看了又看。有人产生疑惑：不是明明写着，入院三天后根据病情可以申请出去吗？家属陪同，写请假条，可以出去活动一阵。有人就去问护士。你问了，他再问，轮流问，似乎这样就争取到了一点自由。护士说："疫情啊，医院都这样，封闭管理！"道理其实谁都懂，却还是忍不住犯嘀咕：别的楼层是不是没有这么严？这个科室特殊，所以才这样苛刻？有人想去别的楼层求证。最后出院的时候总算是自由了，可以去问一下了，却又没那个兴趣了。所以挺简单的一个事情，像一环死扣，套过很多人，以后又自动解除。

吃饭、睡觉，还有散步。散步是这里的特色。不管何时出去，楼道里都有人在晃悠，有坐久了骨头发软的家属，也有药物控制下昏昏沉沉的病人。一路直行过去，你能将家属和病患区分得一清二楚。脚步一律发飘，眼神呆滞、发直，不会拐弯的，是病人。行动有紧绷感，怕冷，又怕人的，是病人。沉浸在自己的世界，对眼前一切漠然不见的，是病人。散步能干什么？能缓解心头的慌，能消耗多余的精力，能顺便窥探到各个病房内的各种情景，能看到活动的同类，能让久坐不动的筋骨舒活。散步是没人要求的自发课程，大家都愿意自觉去完成它。三餐后是散步的高峰时段，几十个人挤在楼道里走，三五成群的，孑然独行的，母女拉手的……有些动作、神态和话语往往有了表演性质，都不再是为散步而做，是为了抒发某种情感，也为了尽可能地给他人一个好的感觉。散步的人大多数时候都是昏昏沉沉的状态，被别人的脚步牵引着，行尸走肉一般走着。忽然醒过神来的一个瞬间，会打战，有行走于恐怖片中的虚幻感，会质疑眼前所见的真实性。这阵势，有些骇人。狭窄的走廊空间里，几十具躯体在移动，或奔走。人与人之间交流不多，更多是亲人之间互相交流，或者个体独自活动。一个人本就是一个世界，像佛家讲究的"一花一世界，一叶一菩提"。这里的个体，将个人内心世界撑到了无限大，没有边际，别人看不进去，也摸不到边沿，只有自己沉浸在这个世界里。向内，或沉默，或伤感，或愤怒，或吼叫，或哭泣，或歌唱，或自语，总之将门和窗都关闭了，只留一个孔给自己呼吸，他人的目光透不进去。有时候脚步会骤然加速，看不见什么力量操控着群体，但控制感存在，他们都成了行尸走肉，都散漫而肃穆地奔走。严歌苓的小说《陆犯焉识》里有个细节，陆焉识在提篮桥监狱里遇到了监啸，半夜犯人们爬起来集体绕圈走，队伍越来越壮大，边走边发出呼啸声，情景恐怖诡异。楼道里的这种散步，有监啸的初级神态。如果真的这样无休无止地走下去，他们会怎样？会不会发生踩踏？或者夺过护士的门禁卡，然后冲出那扇铁门，集体奔逃？

好在状态在可控范围内。走累了，该吃药了，卖货的阿姨来了，送饭的来了，有新病人来了，都能打破不良气氛的那层罩子，好像这样就能呼吸到几口外界的新鲜空气，焦躁的情绪能就此平复。然而新鲜感过后，他们依旧昏昏沉沉地迈着散乱的步子，把一眼就能从东看到西的走廊反复丈量。就在这往返重复中，生人变成了熟人，有些脸甚至来回相撞，变得比自己的脸都熟。

老太是外省来的，高个，精瘦，病号服挂在身上，给人感觉是衣服在行走，直挺挺的，不转弯，遇到人，人绕开她；遇到墙，墙和人两不相让，人一直走到墙跟前，直直地看着墙。墙不说话，人终于察觉到自己倔不过墙，转个身，又直直地往后走。有时候走到护士台里去，傻愣愣瞅着护士们，或者往护士办公室里走，护士会赶紧往外赶。只要是有门的地方，她都会往里走，闯进一个又一个病房，直走进去，愣愣地看看每个床上的人，再直走出去，不说话，不笑，不怒，任何时候都没有表情。公共娱乐时间，别人做操，她似乎也兴奋，前后左右地乱闯，步频急促得像随时都要一头栽倒。有一次护士拉着她做操，努力了半天，只教会她用左手拍右手。任何时候你去楼道看，她都在，在走动，已经不是散步，是不能停歇的一种状态。她准备一直走到力竭而亡吗？如此思量，让人不寒而栗。有一回为了让她回去休息，三个人拉，那么瘦的人，居然力气很大，几双手越拉她，她越往后退，纸片一样薄的身躯忽然迸发出巨大力量，直愣愣地跟你磕，不回去就是不回去。最后被推回去，用束缚绳捆了起来。第二天她依旧在楼道里晃悠，好像永远不知疲倦，看来要至死方歇。有一天大夫在楼道里问她话，她一直佝着的脖子居然有一点点软度，稍稍抬起，眼睛还是不看别人，看空气。大夫问她有几个儿女，是谁伺候她，怎么来这里的，记得回家怎么走吗，她含糊不清地回答。全靠她儿子在边上"翻译"，大家才半真半假听清她说的是四个娃，由老二伺候，还说出了名字。大夫再问她记得回家的路吗，坐啥来的，飞机还是高铁，她忽然扭头看向出口的门，口齿清楚地说："那个门，那个门，门不开，不让出去。"大夫还在问她坐啥回家，"电梯！出去是电梯！"旁观的人群里，有人瞬间心酸。对自由的渴望，只有住进来的人才知道。老太有痴呆症,却记得通往自由的出口。

  与老太相反的,是单纯少女。据说她十一岁,个头比她母亲还高,目测有一米六。肤色匀净,没有任何斑痕,五官偏甜美,爱笑,一笑就成了眯眯眼。最大特征是随时随地撒娇,当然,得看她自己高兴不高兴。不高兴的时候嘴巴撅着,给她妈下命令:"找大夫去,把没收的平板和手机要回来!问大夫啥时候让我出院!"她妈像被反复揉搓的一疙瘩面,早就没了人的脾性,任由女儿揉搓。女儿高兴了,见了人就笑眯眯,对每个女性都送上赞美词:"哇,你好漂亮!哇,你太漂亮了!"第一次被她夸赞的女性,还真有禁不住暗喜的,毕竟爱美之心,人皆有之,被夸总归是好事。等她们被夸第二次、第三次,或者亲眼看到她跟另外的女性说一模一样的赞辞,就会明白这小姑娘的夸赞原来具有普遍性。有一次几个家属在一起闲聊,说到小姑娘的病,有人笑,说那小姑娘有看人下菜碟的本事,欺负她妈很顺手,昨天还给肚子上踢了一脚,叫护士给绑起来了,她爸一来,咋不见她要啥平板啊手机啊。那娘俩最经典的亲子互动,就是随时随地拥抱。只要她愿意,就往她妈怀里扑,她妈习惯了这节奏,也能随时随地给女儿当架子,抱着她,嘴里喊着"宝宝"。这"巨型宝宝"嘴里嘟囔着,往她怀里顶,好像母女俩久别重逢,实在激动。大家都适应了这随时会上演的节目,也早有了免疫力,都会绕着走。

  与单纯少女有点相似的,是少妇。她有三十岁吧,中等身材,肥瘦适中,皮肤还好,有些斑点,披一头及腰长发,叉着外八字腿走路,穿着拖鞋,走到消防栓跟前站住,对着玻璃梳头。你搞不懂她的梳子从哪里冒出来的,忽然就握在手里,大大方方地梳,从上到下,一下又一下。一边梳,一边唱,歌词依稀是"你到底爱没爱过我"。梳一阵,迈着大步走了,拖鞋拍得地面噗噗响,长发在身后甩,飘飘然,有些仙女的气质。如果她迎面碰到你,会忽然跟你说话,口气开朗,跟多年老邻居一样,待你赶紧回敬一个笑脸,或回以问候,她已经走远,目光很直,只看前头,绝不顾盼,也不回头。你便讪讪地走开了,才明白她压根就不是跟你说话,她在自说自话。有一次大家在脑功能治疗室闲坐,她来了,不听大家说话,笑嘻嘻看了一圈,站到一个男人身旁,忽然就拦住他,两只胳膊环抱,吊在他肩膀上,大方地撒娇,大家才知道他是她男人。男人受不了,要走,她像一串干菜,随着他直戳戳地走,就那么被吊着拖走了。她一边走,一边大声地撒娇,那情景和单纯少女跟她妈闹腾一模一样。这些年中国人的恋爱观念开放了,当众秀恩爱的花样不少,小青年们在地铁上、公园里都敢接吻。跟他们比,这妇女纠缠男人的举动,算不上过分,但确实不雅,有种难以说清的别扭,就好像早该断奶的孩子,还叼着她妈的奶头上吃奶一样,让人看了心塞。

给人感觉刘小光是被老婆遮蔽的男人。或者说,他活在老婆的身后,像个影子一样。你满耳朵能听到他老婆在絮叨,吃饭的时候尤其动静大,在叨叨数落什么,吃药时间也会提高调门。老婆子六十三四岁,自称退休了,老头子也刚退休。听口气他们在煤炭或者铁路行业工作,有退休金,属于生活有保障的群体。既然老年生活不用愁吃愁穿,那不好好享受退休生活,为啥住这里头来了?老婆子愁得眼睛小了一圈,摇着头叹气,不过也挺乐观的,能一边叹气,一边笑着给你描述事情的来龙去脉。她说:"好不容易退休了,儿女大了,早成家了,孙子也有了。好日子才过了没几天,这就糟心起来了，天天夜夜地闹，啥时节是个头儿哩！"老婆子把凳子搬到窗户边，对着窗玻璃说。身后床上躺着刘小光，他高个，黑瘦，五官老是扭成一团，好像总在发愁。老婆说自己的，他不参与，也不计较，好像张扬出来的家丑和他无关。大多数病人都爱看手机，明显沉溺网络。他不，他几乎不看手机。他不爱动，就躺着，身体侧得像一张细弓，单薄而孤独。他沉浸在自己的忧愁世界里，不愿和人分享。远看让人感觉挺可怜的，一个大男人，那模样和神态竟像个长期受欺负的小童养媳。他愁什么呢？忧国还是忧民？他老婆比较豪爽，就一句话，说："忧个屁！他有那么大度量？他愁自己吃不下饭！"这就怪了，每顿饭都见他在吃，老婆子将饭菜打回来，他们头对头，老婆子不停地给他夹菜，他还评说饭菜做得咋样，看上去吃得挺享受啊。老婆子变得愤慨，说："他每顿饭比我吃得多，他大份，我小份，我还给他拨饭，你说能饿着他？他就是担心，老是担心自己吃不下饭，他说自己在变瘦，还说自己的消化系统在整体坏掉。"听的人忍不住偷着乐，他白天能吃能喝，夜里也看到他挺能睡，一夜能睡到第二天早上七点多，那状态实在不像有坏掉的征兆啊。老婆子更气愤了，"就是说嘛，给他说多少遍了，我说你没事，你好好的，你不会饿死，也不会瘦死，你能活一百岁。看看，他还是愁，一天从睁开眼睛一直愁到黑，不爱出门见人，也不爱跟人说话，也不关心家里的人，连小孙子也不正眼看，就愁他自己吃不下饭这个事。""从前不是这样的吧？""从前啊，不是，从前好着呢，就是话不多，但知道挣钱养家，也照顾我和娃，人缘也不错哩！现在说变就变了，六亲不认了。"女人们被逗笑。年轻人抑郁得多，似乎可以理解，亲情关系啊，社会关系啊，学业啊，恋爱啊，工作啊，都会存在压力，都可能导致抑郁。再说，现在的年轻人普遍心理抗压能力差，看看这里头住的，十个里头有五个青少年，基本上都是心理健康出了问题。老年人抑郁的则相对少，来这里接受治疗，大多是因为睡不着觉、焦虑，演变成心理问题。这老爷子，人生的大半辈子都活过来了，按道理就业、婚姻、儿女等该有的大坎儿也都跨过来了，为啥会在退休后颐养天年的时候，出这样的状况？这让人难以理解。孩子是不敢质疑的，病了就病了，做大人的心里有多焦灼、难受，也各自揣着。这大人变得这样不可思议，似乎是可以谈论谈论的，也敢偷偷地、善意地笑话一下。老婆子很豪爽，她自己带头笑。笑一阵，她的情绪低落下去，眉头愁出一道沟，说："半辈子熬过来了，本来我能每天开开心心去跳广场舞，买菜做饭，带孙子玩，日子美得很，谁知道来了个这！这怂毛病怕是好不了了，我后半辈子都要跟他滚疙瘩了。"

"滚疙瘩"是个有意思的说法，看来是老婆子的独创，这也充分说明她半年来和老爷子在病情面前的抗争。人吃五谷生百病，什么样的病，都没有这里的病难治。看得见摸得着的，疼痛的，出血的，能动刀子的，都来得快去得也快，病人经历一番疼痛后就能解决问题。这心里头的病，你急也没用，他被病折磨得死去活来，你被他折磨得死去活来，好像用最钝的刀子割肉，让你疼，让你煎熬，让你哭不出来，让你也想跟着一头跳下万丈高楼而粉身碎骨，从此一切都一笔勾销。看看楼道里那些神情呆滞的孩子身旁陪伴的母亲吧，几乎每一个都带着病态的疲倦，入院前她们早就经历了大同小异的折磨，若不是走投无路，一般不会轻易就医，更不会住院。

老爷子为吃饭发愁，却拒绝吃药。每次吃药前，护士推着小推车喊三五遍,他装听不见。老婆子兑好温水,端着水瓶,带他出门吃药。他总是要发脾气,听不见在骂什么,他音调低沉,忽然就冷飕飕地冒出来一句。听老婆子给人解释,他是说自己消化系统坏掉了,吃治头痛的药,没用,瞎折腾,他头又没坏!要劝说一个自认为开给自己的药不对症的人心甘情愿吃药,是困难的,刘小光每次都要和老婆子吵一架。看到老婆子端着水瓶,守着他求他吃药的场景,让人想大笑,又想大哭,这都是什么事儿啊!一个大男人,看着不缺胳膊不少腿的,却这样让人费心劳神,伺候这样的大人,比照顾小孩还难。老婆子的头发染过,森森地黑,鬓角前额又冒出新发来,森森地白。黑掩不住白,白顶破了黑,黑白相映,更加触目惊心。

也有养眼的事。口罩男挺帅的,瘦高,白净,寸头,长相挺正能量的,却在胳膊上弄了两片刺青。文身不影响他的帅,反倒添了酷的味道。大长腿一晃一晃地,满楼道走。嘴上永远戴着口罩。就算疫情以来,国人戴口罩成了常态,可住进来后,就都摘下来了。天这样热,深居楼中,酷暑的热气也是能渗进来的,大夫、护士有时候也摘了口罩"裸奔"。他从来不摘,所以你看到的永远是一个有保留的神秘帅哥。口罩下的他是英俊潇洒,还是五官有残缺?凭想象去猜测吧。也许是为了免得祸国殃民呢,戴着口罩都这样帅,真要摘了,会不会有女生马上血压升高、病情加重?当然,这是开玩笑的话。

口罩男俊颜祸水。有一次,一个女孩忽然当众扇了他一巴掌。掌声脆亮,引得所有人回了头,傻愣愣地看着。女孩挺漂亮的,属于那种要不是住在这里,你根本看不出她有病的类型,至多以为她为人有点高傲，喜欢走路仰着头。一对挺般配的男女发生纠纷，女生还给了男生这样狠的一巴掌，只能说明他们有了感情纠葛。口罩男捂住脸，看着女孩。女孩似乎低声骂了句什么，甩头走了。事情就结束了，从没见他们再公开有过亲密举动。第三天，女孩消失了。一个熟悉的人忽然消失，只有一个结果——出院了。痊愈与否不知道，还需要服药多久也不知道，后面会不会复发、加重，来个"二进宫"也不知道。反正这一次她出院了，是好事，这次的时间熬到头了。口罩男和一个小个儿女孩高调恋爱起来。他们是如此不协调，他们又如此如胶似漆。一高一矮，一瘦一略胖，一对身影反复刺激人们的视觉神经。

  坏情绪是能传染的，像某种弥漫性毒气，等察觉的时候，已经笼罩了整层楼的所有空间。一般是晨起早饭后的时段，脑功能诊疗室开始运行，低频脉冲和经颅磁刺激同时开动。一个大屋子，进去分三个空间：外间坐一圈病人，头上都戴一个大圈，那就是经颅磁刺激仪。一个里间躺两个人，机器发出噼噼啪啪的敲打声，这个叫低频脉冲治疗。机器一旦开始运转，就要让名单里接受治疗的病人轮流做治疗。有护士专门负责这个，四处跑着"逮人"。晨起似乎都有起床气，或者一夜睡眠让病情加重了，一个个都不怎么愿意主动做这个，需要一遍遍喊，一次次催。有个护士很泼辣，她不进门，站楼道里喊，某床，某某某——大概被点了名挺羞臊的，人就出来了，眼睛直着，脚步直着，"飘"进治疗室的门。如果遇到一个腼腆且柔弱的护士值班，叫人就困难。她要钻进一间间病房，按床位催，病人忽然都透出精明来，和她"躲猫猫"，有蒙头睡的，有进厕所的，有站在窗帘背后看着窗外发呆的，有慢腾腾地吃早就没了温度的早餐的，还有埋头看手机的。"你，快去治疗。""某床，轮到你了。""不去，不去不去，烦死了！"病人都是抗拒的。偏偏这护士耐心好，笑着站在那里等你，你不去她就不走。有狡猾的病人捉弄她，说："我做了，刚回来。"护士对着手里的本子看，终于嗓门高了："你哪有做？快往治疗室走，不走让大夫给你延长住院时间啊——"这是杀手锏。不管多不听话的病人，听到"延长"二字顿时就像被点了死穴，乖乖往治疗室跑。

不怕延时的只有12病房1床的刘嘉依。嘉依姑娘人高马大，胖得走路时腿肚子上的肉直晃，一张脸长得俊俏，脾气却很暴躁，入院半天就把陪同的家人骂跑了。她放下住院的一应物品，然后躺进被窝里，好像这就踏实下来了，接着往出打电话，可能将通讯录里的联系人一一拨打了一遍。就听得她调门儿高高的，在埋怨对方："你猜我在哪？爷们又住院了！你都不关心，还是不是亲友？""第几次住？哎呀，第三次啦！这次不想来，是他们逼着进来的！他们叫的救护车，直接把爷捆上车的！""为什么？哎呀，药吃多啦！爷们就想死给他们看啊……"可能有的人实在忙，没时间陪她聊，匆匆说几句就道了别。她不受打击，继续给下一个打。她基本上不起来活动，吃完了睡，睡起来再吃，作息时间和所有人错峰，夜里十二点过还在看手机，半夜三四点爬起来啃苹果，嚼得咔嚓咔嚓响，躲进厕所吸烟，开着换气扇也没用，烟味很快窜满病室。早晨九点多大夫查房时，她却在酣睡。药是护士进来给她喂到嘴里，再喂水让她吃进去的。上午的治疗她是最后一个去的，十一点半才去的。护士拿她没办法，谁值班都哄着她。大夫看样子也没辙，三个女大夫和两个男大夫，还有簇拥在周边的实习生，大家围着她的床很严肃地讨论病情。主治大夫拿着病历夹，一口气念出一页半病情，她鼾声依旧，睡得好像在另外一个空间里一样。有时候翻身，忽然就把被子蹬掉，露出穿着小背心、大裤衩的身体，背心勉强护住了双乳，裤衩短，缩上去就露出底裤。隔壁床的陪护妇女看不惯，一边摇头苦笑，一边给她盖被子，一天当中能盖几十次。

刘嘉依住进来第三天，早上分发药品的是一个男护士。男护士少见，偏偏又是位很帅的男孩，他推着小推车挨个病房走，轮到哪一床他就喊名字，病人就端着水杯出去吃药。男病人和男陪护普遍没什么反应，不少女病人和女陪护眼睛顿时发亮，好像看到了与平日不一样的风景。男孩把头发挑染成一绺绺黄，衬着雪白的脸，还有一双眉梢上挑的眼睛，就算口罩遮住了口与鼻，他的帅气还是形成强大的气场，将人一下子就笼罩住了。男孩长得帅不要命，要命的是他知道自己长得帅，就耍帅。别听他跟你说话挺和气的，跟别的医护人员一样客气，其实那张脸是冷的，没一点笑意，好像他已经干累了这一行，有职业性的厌倦，刻意和你保持着该有的距离。奇怪的是，这反倒增添了他的帅气感，是一种高冷中透着那么一点痞气的酷，这得多要命呐！有人吃了药不进去，站在门口看他，有人跟随他往前走。花朵小姑娘仗着自己小，早就喊他乔哥哥了，一路从东头跟随到最西头，把所有病室走了一遍。乔护士唯一愿意搭理的，就是花朵了，看起来他们很熟，两个人说说笑笑地走来。

不知道刘嘉依是怎么知道今早当值的是乔护士，忽然就从睡梦里跳起，没有任何过渡，下床就蹿进厕所了。这举动吓了邻床的妇女一跳，她替刘嘉依买了早餐，稀饭都要放冷了，刘嘉依迟迟不睁眼起来吃，是什么力量让她瞬间打了鸡血一样？刘嘉依梳洗完出来了,又上床,不睡了,坐着看手机。她扎了一对小辫儿,衣服也换了,整个人顿时清爽,俨然换了个人,是个挺漂亮的女孩。刘嘉依忽然问对面的海姐:"海姐,你看我漂亮不?"相处三天,她第一次有礼貌。海姐赶紧点头:"你很好看啊。""嘻,我的乔乔来了,当然得打扮得好看点!"海姐看见她眼睛笑得眯起来,一副害羞样。"乔乔是谁?""乔晨啊,海姐你真土,连这个都不知道!等会见了,你就知道他有多帅了。"这时候门外车轮骨碌碌响,一个男声喊:"刘嘉依,吃药了!"刘嘉依对海姐笑:"来了来了,我的乔乔来了!"说着便撒丫子往外跑。新鲜了,刘嘉依要主动吃药了。海姐也觉得送药的换了个男的挺新鲜,就跑出门去看。一个瘦高个子男生,正给病人取药。她进屋换了父亲再出去,这里特殊,药品不会全部交给病人,由护士站统一管理,每顿药由护士挨个儿分发,看着病人吃下去才算结束。父亲挺乖的,每次吃药都不反抗,像吃豆子一样丢进嘴里,不等喝水就咽下去了,然后张开空嘴给护士检查。等父亲吃完药,海姐又把父亲搀回病房。

身后乔护士忙得不抬头,只是喊:"刘嘉依——"

"人家早来了,就你眼睛看不见!"刘嘉依笑吟吟地回答。她嗓音清脆,笑容甜美,不再是傻大姐,像个情窦初开的大姑娘了。

乔护士瞪眼,说:"知道你来了,香水味儿冲死人,张嘴——"

刘嘉依早张大嘴巴乖乖等着,像婴儿等妈妈喂食。

海姐又出来观看,看到刘嘉依这样配合,真叫人感慨:相比之下,女护士给她掰开嘴喂药的那个艰难啊,你看了都不知道说什么。

"喝水。"乔护士说。

刘嘉依吸一口手中塑料杯的吸管,然后张开嘴:"啊,你检查,咽下去啦!"

"舌头抬起来。"乔护士命令道。

海姐觉得乔护士有点啰唆,都吃进去了,水也喝了,没必要看舌头下面,怪腻人的。

刘嘉依不觉得有什么,伸出鲜红的舌头,像小狗一样吐了吐,又左右转转,带着耍赖的语气说:"看看,看看,舌头有啥看头!"

乔护士满意了,看着刘嘉依的脸,说:"过会儿你第一个做治疗好不好?"

刘嘉依好像被鼓励了,扭着冲天小辫说:"好啊好啊,乔乔你来做,我保证是第一个。"

旁边叫花朵的小姑娘吐了一下舌头。

护士和病患间的交集也就吃药和治疗。药吃了,乔护士转身走了。刘嘉依在前头扭着屁股进屋,身后海姐看见她刚进屋就把头一低,吐出了什么,说:"苦死了,爷才不吃哩!"海姐发现是两片白色药片,一片已经被唾液溶解得小了,另一片保持原样。她赶紧俯身去捡,说:"你咋能吐出来哩?不吃药病能好吗?"刘嘉依抢在前头一脚踩碎了药片,说:"不想吃,就是个苦,这里头大夫坏死了,也不给爷弄点甜药来。"海姐哭笑不得,说:"良药苦口利于病,是药都苦嘛,你说你这么大的人了,咋这样哩!你家里花钱让你住院,这里一天下来要一千块钱哩!你不吃药等于白住。""我住个屁,我压根就没病!他们两口子害我,把我弄进来,他们好清闲一段日子!哼,爷也是为了能见乔乔才配合他们进来的。"说完她开始吃早饭,草草吃几口,主动出门去做治疗了。海姐转身看身后,父亲又躺下了,面朝里,留给她一个冷漠的后背。他干瘦的身躯像一具从古墓里挖掘出来的干尸,带着历经千年的忧伤,孤独地睡着。别人都是吃药以后迅速发胖,他反倒是越来越瘦了。连主治大夫都说这有点奇怪,是少见的病例。

她出门去隔壁,看刘小光夫妇。果然,早饭后那刘小光又睡下了,睡姿和父亲一样。区别在于人家身上有肉,睡姿虽然也孤独,却不会让人产生惊心动魄的担忧。老婆子坐在塑料圆凳上面朝外看,玻璃窗外是大街,街上有车有人,马路好像因为车流的滚动而活了,扭动着长长的身躯。两个女人默默看了一会儿十九楼下的街景,海姐伸手按住对方肩头,轻轻捏了捏,问:"我叔又跟你生气?"老婆子扭头瞅一眼身后的床,说:"哼,他不生气才不正常嘞!早饭他吃了一碗稀饭、三个包子、一碟小菜,还有一个茶叶蛋,我洗碗回来他就愁上了,说自己迟早要活活饿死,吃不下去东西嘛!"

两个女人笑起来。笑声里有她们都会意的内容。

"你爸呢,还不愿说话?"

海姐点头,眼里有了泪光,忧虑很快漫上来压住泪意,说道:"姨,你说这住院有用吗?都住了四十多天了,他还是那个样子,一天一千块医疗费啊,钱像水一样哗啦啦淌哩!我感觉没信心了。"

"谁也说不准啊。"老婆子带着年长者的笃定:"你们再住些日子吧,听大夫的,既然来了,就坚持做完一个疗程,说不定再坚持几天就见效了。"

门外护士喊病人去做治疗。

海姐跑回去搀父亲。

治疗室里坐满了人,有正在接受治疗的几个人,还有等待的病人,更多的是家属。好多家属不等护士喊,就把病人带来了,好像来了多坐一会儿,也是有好处的,能让病人获得疗效,至少心里能踏实一点。

父亲进套间做治疗了,海姐到家属们中间坐下。这间房东西走向,有三个大病房那么大,西头是低频脉冲治疗室,东边是24小时多功能睡眠监测室。窗户挺大,一律装了粗大的护栏。窗台低矮,很宽,像小型榻榻米。家属们齐刷刷坐在窗台上,像等待挨宰的家禽,神情肃穆。海姐左边有个中年男子正在说什么,海姐插进来后,他一度中断的话题又接上了,海姐有心无心地听了下去。中年男子说:"都是疫情闹的,不然早带他去北京了,北京安定医院才叫好医院。"海姐注意力集中起来。左右的人都看着男子,眼神里都有赞同,因为"北京"这一名称有权威性,自然有说服力。"北京和咱这里的治疗办法一样吗?"有人问。海姐看了一眼,那是一个女大学生的父亲。这父亲高大而瘦,皮肤泛红,走路弓腰,平时话很少。"哪能一样?!"男子反击,口气肯定,好像带着首都的权威力量,恰如见识了大世面的人,鄙视小地方乡亲的狭隘和无知。他把一条腿跷起来,搁到另一条腿上头,脚丫子上挂着人字拖鞋,一晃一晃地甩,小腿上的毛黑森森的。对于看不见摸不着的事,海姐没兴趣,就起身离开。身后的中年男子还在发言,说去上海也不错,至少比这里强。女大学生的父亲可能跟海姐有同样的想法,对于够不到的东西不抱希望,也起身走开。一个小媳妇凑近,填补了海姐腾出的空位。她好像昨天刚来,丈夫是病人。"你照顾的是个博士?既然都是博士了,装了满脑子知识,咋就得这个病哩?还有啥看不开的?"小媳妇五官玲珑秀气,问话直接,问了一串问题。海姐又靠近过来,是"博士"两个字吸引了她,不由得在病人中扫视,想看到博士。病人都是看熟了的，没有生面孔。这中年男子应该刚来不久。中年男子苦笑，似乎被切中了要害，拍着腿说："我也说呢，好好的博士嘛，一出来就要进科研机构，一个月工资比我们一年都多，吃啥不香？喝啥不美？他倒好，书念出来了，人废了！"

海姐想到了在湖北上学的儿子。别的她不懂，她忽然渴望儿子以后工作也能进科研机构，也能挣很多钱，到那时候她就带父亲去北京看病。可惜儿子只是本科生，要是个博士就好了。

"博士是你啥？儿子？兄弟？"小媳妇又问了一串问题。

"嗨，小舅子，我是他姐夫！我丈人一家子忙生意，只能我帮忙带他住院了。这烂怂病，一住院就跟进了监狱一样，判多少天，医生说了算嘛，没个一两个月，甭妄想能出去。"

他是陕西人，语速一快就带出方言了。

父亲出来了，海姐赶紧去扶，搀着轻飘飘的一把老骨头的父亲，她心里在思考那个博士的事情，那农村小媳妇确实问得好，都那么高学历了，怎么还能抑郁？以前她以为抑郁的人都像父亲这样，一辈子活得苦，苦着苦着，受不了了，又不会自我宽慰，心里有一根弦就断了，就崩溃了。如今看来，这个病不分年龄、性别，也不分学识渊博还是疏浅。

单纯少女吊在她妈膀子上走来，身后跟着女大学生。现在的单纯少女看上去完全是个正常人，眼神灵动，表情丰富，看来今儿心情不错。女大学生永远都没表情，小心翼翼地迈着内八字碎步，悄无声息地走进来，忽然伸出手来抓住海姐的手，看样子要表达亲昵，但脸上的五官不听她的，做不出喜庆样儿，外表那层皮紧绷着，把她的情绪控制住了。"我们两个做好朋友好不好？"她沙哑的声音里透出娇弱,像个乖巧的女孩在给男朋友撒娇。海姐早就想接近她了,她好奇一个女孩子考上了大学,怎么就心理出问题了。海姐属于很皮实的那种女性,这辈子嫁人、生娃、离婚,如今父亲又成了这样,她风里雨里地扛着,水里火里地熬着,跌跌撞撞这些年,也扛过来了。这女孩子看着也是农村的,在海姐看来,没有啥能够轻易打倒乡村的女孩。她趁机也抓住女大学生的手,发现那个高个、高颧骨的老汉不在,就赶紧问道:"你究竟咋回事?"女大学生的神情忽然显得迷茫,刚才眼神里的一点点欢欣,现在变成了死水,她扯着海姐的手,说:"我们两个是好朋友,对不对?"海姐根据跟父亲打交道的经验,知道女孩的门对自己并没有打开,刚才她试探了,对方的门始终没有敞开的意思,试探只能到此为止,再努力也不会有好效果,也许反而会招惹她做出过激反应。答非所问,或者干脆不理不睬,是所有精神类病人的通用交流方式。你千万不要纠缠不休,因为没任何作用,只能刺激到病人。女大学生已经松开手走了,她的手凉凉的,不像青春少女的手,莫名地让人联想到八十岁老太太的手。海姐揉搓着自己的手,也许是错觉吧,是她投入太深了。她愣怔一阵,一抬头,长发少妇站在眼前,正笑嘻嘻地看着她。海姐心有点颤,这女人悄无声息地,吓人一跳。长发少妇看海姐有了反应,她就没兴趣继续搞怪了,甩着长发走开,一梳子一梳子地梳着头,短裤里的圆屁股一扭一扭的,歌声从嘴里飘出来。

所有人治疗完,已经是午饭时间了。这个科室基本上不输液,以吃药为主。刷卡自动门一关,在这层楼的空间内,病人都是自由的,可以像游魂一样随时到处逛。爱逛的却不多,大部分病人除了打饭、饭后散步和公共娱乐时间,其余时间都蔫蔫地,躲在病房里。

打饭之前要排队,刚来的家属总是不理解,楼道里为什么老早就摆出一排圆塑料凳,像一个个倒扣的塑料桶。他们住下以后很快就会知道,那是在排队,人会累,凳子不会,所以凳子替人排。有时候提前一两个小时就排上了。有时候凳子上齐刷刷坐一排人,一律背靠墙,望着护士台,眼神里是大面积的沉默,好像对世界没有任何欲求,又像对世界都是欲求。时间在他们身上停滞了,他们驮着凝固的时间重负,活得沉默而沉重。他们让人联想起幼儿园里排排坐,等着分果果的孩子们。凳子们相处得很好,没有争抢,也没人随便挪动别人的凳子。

　　花朵小姑娘从不午睡,她更像一朵正午开放的花。这个时段精力旺盛,她挨个儿串门子,进门笑眯眯的,和谁都能熟起来,搭讪这个,招呼那个,问这个啥时候出院,告诉那个她再有几天可以出院了,再住就把功课耽误了。还有,她是班长,她不在这些日子班里都乱了,老师和同学都等着她快回去呢。要是谁愿意多聊几句,花朵的话就更多了,叽里咕噜说个没完,说她得了多少奖状,参加了多少课外活动,交了多少朋友,反正是个很优秀的孩子。她的社会适应能力和自我认知能力都挺强,学习和人际关系都很好,怪不得当班长呢。小姑娘长得很饱满,肤色和神态都是青春少女该有的,透着灵性,娇嫩而张扬。她像夏日午后蓝天上的白云朵儿,飘到哪里,哪里顿时清爽。她最后串到12号病房来了,进门后自然而然地奔向刘嘉依的床位:"姐姐,姐姐!"海姐趴在床头犯困,白天床位总被父亲占着,他永远背对她睡着,像永远看不到女儿一样。做女儿的不好意思和他挤一张床,只能在地上转动,转累了趴在床边眯一会儿。海姐抬头看着漂亮的小姑娘。这是个城里姑娘,长相、肤色、举止都透着城里孩子才有的那种气息。她没穿肥大的病号服，一身纯棉家居服包裹着娇小的身躯，一张脸水嫩嫩的，笑容热烈而带着选择性的高傲，热烈是给刘嘉依的，另一种意思是对待旁边那个女人的，她只扫一眼就能确定想和谁说话，同时冷落谁。海姐不在意，毕竟孩子亲近孩子，同龄人玩起来方便，她四十多岁的大婶了，孩子不喜欢很正常。

刘嘉依从枕头上抬起头，看见是这个小姑娘，眼神一冷，说："我要午休了，你别处玩去吧，实在不行也可以缠着乔乔去，走吧走吧。"她的语气很不友善。

花朵可能还从来没有遇到过这种待遇，神情顿时黯然，愣了一刻，没有停留，退出门去了。

海姐心里过意不去，追出去想安慰一下小姑娘。

小姑娘一出门就跑起来，回自己病房去了。

海姐回屋，对刘嘉依摇头，说："你呀——"接下来不好说了。这姑娘阴晴不定，有时候一句话噎死人不偿命，自己没必要招惹。但刘嘉依在等她，有些得意地嘿嘿笑，说："小狐狸精，人还没长大呢，就跟我抢乔乔，还跟我装单纯，这里医生护士谁不知道我爱着乔乔。这种人，我不会对她客气。"

海姐再次哭笑不得，她"70后"，刘嘉依"00后"，这中间隔了多少代沟呢，反正有时候要理解她很困难。你和她热火地聊着天呢，她会冷不防蹦出粗口来，撞得你顿时傻眼，她才不会照顾你的情绪呢，好像这世上除了她自己，别人都是陪衬，可以随时踩在脚下。

刘嘉依缠着海姐讲她的乔乔。她爱上乔乔了，第一次住院就爱上了。"第一眼就动心啦！我掉进去啦，没药能救啊，啊，啊，啊！"她夸张而幼稚地表达着心事，没有丝毫掩饰。"可是他不爱我。"她陡然转了口风。海姐骇然，心里说人家不爱你，你还爱个什么劲儿？还满世界宣扬，难道不觉得尴尬？"我乔乔有对象呢！"刘嘉依再次语出惊人："他手机里存着合影呢，他女朋友可漂亮了。人家是郎才女貌，天生一对。"海姐没法劝这个"女单相思"，只有默默聆听的份儿。"反正我不管，我就是爱乔乔！我第一次住院住了四十天，医生说出去不用再进来，过了几个月我又住进来了。哈哈，我只要把手腕子割个口子就能进来了，我进来看我的乔乔啊——当然这次不是专为见他，但进来就能见到他，想想还是挺开心啊——哈！哈！哈！"随着笑声，她身子倒下去，在床上翻滚，笑得肉颤。

海姐留心看父亲，他就像一具骷髅，永远用那个姿势躺着，不受外界的任何干扰。刘嘉依就是把屋顶掀了，他也绝不会回头看一眼。

绝望浮上心头，有种喘不过气来的闷胀感在胸口积压。一天的住院费用上千，理疗的费用不能报销，这样下来能报销的比例很低。住在这里等于烧钱，一天哗啦啦投进去十张百元大钞，想想她就心焦，恨不能马上出院。可四十多天住下来了，大夫说还需要继续住，一住就是两个月的大有人在，病人能否出院得根据病情决定，不是想出院就能随便出的。

她不敢擅自做主出院，出院意味着中断治疗，谁知道以后父亲会变成什么样。她自然盼着他好起来，哪怕好转一点点，能够料理自己的基本生活，也就够了。可是她看不到希望。大夫换了几次治疗方案，不停地试着调药，都没明显效果。大夫说他不仅仅是深度抑郁，还有阿尔茨海默病的早期症状。真痴呆了就更难治，余生得有人一直照顾。他才六十八岁，真要变成傻子，后面谁知道还要活多久，如果十年、二十年甚至三十年地活，她这辈子就全搭进去了。这个预测让人欲哭无泪，感觉未来顿时没了光彩，一片黑暗正等待着她去面对。

忽然楼道里传来骚动，脚步声凌乱地交错响起，像有疾风贴着地面迅速扫了过去。海姐跑出门看。护士台那里站着花朵，她在跺脚，在跳，在甩手，嘴里发出巨大的叫声。叫声像在哭，像在吼，像在咆哮。她妈赶上来，和几个护士一起拦她。小姑娘成了大力士，没人拦得住，她拳打脚踢，逮谁伤害谁，一副命都不要了的架势。各病室的家属闻讯纷纷跑出来，个别对世界还保持好奇心的病人也探出头来。

"束缚带，束缚带！"有护士喊。

一个实习生匆匆跑进护士站。

"多拿几个！"

护士拿出三根扁平状棉线带子，看来她们对这类突发状况并不陌生，知道怎么很快地应对。几个人忙乱地合作，把发狂的花朵按在一把软背椅子上，将带子前后上下缠绕，很快捆成像粽子一样的花朵。花朵怎么肯轻易服输，手脚还在挣扎，身子在扭动，嘴里在号哭。被惊动赶出来的人很多，护士们像保护某种隐私一样簇拥着花朵快速进了病房。门一关，什么都看不见了，吼叫也平息下去了。大家像木偶一样转身回屋，似乎什么都没发生。

海姐脸色苍白，步履有点艰难，慢慢挪回病房，心里还在难受，不能接受一个花朵一样的姑娘忽然暴露出来的疯狂。就算那姑娘平时挺高傲的，对海姐这样的乡村妇女从不好好搭理，但海姐还是替她心疼。那孩子是整个科室住院部最不像病人的病人。她长得喜人，热情，跳脱，面颊饱满，五官清秀，小马尾扎得干脆利落，衣服很整洁，身材也只是微胖，一点都没有得这种病的人普遍会有的肥胖、懒散和邋遢。尤其是她的眼睛，如果说别人的眼神是空洞的，没有神采，没有光亮和热情，那么她是例外，她看上去就是再健康不过的人。海姐看到她就好奇，心里说，为啥一个明明看着没病的人也来住院。刚来的时候，她坐在护士台后面，和护士们说笑，还帮护士的忙，收血压计和温度计，给病人称体重、量身高，给借指甲剪和针线的家属拿所借物品。没见过多少世面的海姐就以为她是没穿护士服的护士，心里羡慕人家这么年轻就工作了。海姐参加公共娱乐活动的时候才知道她是病人。有这么漂亮的病人？海姐目光不停往那女孩身上溜，十五六岁的样子吧，清爽得像一朵还没开放的花骨朵儿，看那信心十足的样子，应该是走到哪里都是佼佼者的角色，怎么会得这种病？几乎所有的病人，你都能看出他（她）的症状，可花朵看不出来。海姐觉得人是经不起惦念的，她心里才好奇了几天，那姑娘就让大家见识了她的病。再看床上化石一样蜷缩着不动的父亲，海姐庆幸病了的是他——一个老人，而不是她的儿女。这样想好像不厚道，但她是发自内心的，相比之下，已经走过人生大半路程的父亲，和她那两个刚开始走人生道路的孩子比，她当然希望病的是父亲。孩子真要变成这副模样，她肯定熬不到现在。

旁边床上的刘嘉依没出去，无论什么样的热闹或者变故，她这种人都没兴趣。兴趣越淡，病情越严重，在自己的世界里沉溺得越深，好像只要有自己的世界就足够了，用不着关心任何外界的事情。

海姐觉得有必要告诉刘嘉依,花朵那孩子发病了,病情原来挺严重的,三四个人才控制住。刘嘉依在看手机,一边看一边笑,笑起来像个男人一样粗豪。她戴着耳机,海姐听不见她究竟看什么能这样好笑。她默默坐了一会儿,心里觉得花朵突然发狂和刘嘉依之前拒绝理睬有关,可能刺激到了花朵。这种病人就是这样脆弱,丝毫的委屈都受不得,好像外界掉落一根针,在他们心里引发的就是一场海啸。

  关于父亲的抑郁起因,她跟大夫探讨过,大夫认定是她老家的拆迁问题起了主导作用。本来她家和隔壁李家面积一样大,赔偿款应该一样多才对,结果人家的面积硬生生多出来二百平方米,拿到的钱是父亲拿到的两倍。赔偿结束,真相在风言风语中浮出水面,都说隔壁李家走了拆迁赔偿组长的后门,连院子里的狗窝、鸡窝、草棚子、大茅厕也算成室内建筑面积了,怪不得拿到的补偿款是别人的两倍。更不可思议的是,墙这边海家院子里的一个牲口圈,赔偿小组说不算建筑,只按院子的面积进行了统计,现在却听说那牲口圈被算进了隔壁李家的建筑面积。风言风语像大风一样满村子吹,父亲听到后就陷入了沉默。短短几天时间,头发白了一大片,人忽然就老得不成样子。父亲本就是个言语迟缓的人,这辈子和李家是隔墙邻居,没少受李家人欺压,本来觉得拆迁后彻底离开李家,这受欺负的日子也就出头了,谁想到最后关头吃了这么一亏。海姐听说后也很气愤,不过她看得开,劝父亲也不要在意闲言碎语,毕竟是流言嘛,没凭没据的,说不定是李家吹牛呢!世上哪有那么美的事,拆迁队又不是他家的,公家的钱也不是大风刮来的,哪能随随便便就让他占到那么大便宜!可是已经迟了,事情已经长在父亲心里，他放不下了。她想到了举报，可老家已经被推倒了，不管海家还是李家，都被推成了平地，这时候还咋要求人家重新测面积？再说，乡间口头流传的闲言，本身就不能全信，总不能拿这个做上访的凭据吧！父亲怀着心事搬进了拆迁置换的新楼房，她以为事情就算过去了。她做梦也没想到，父亲一天天深陷其中，无法自拔，变成了今天的样子。大夫说：“抑郁症有好多种，很复杂，每个患者都不一样。你父亲性格内向，加上你们过去长期和隔壁邻居不和，在这个过程中，他心里肯定在不断地积压负面情绪，又没有及时有效地发泄，最后这次算是爆发了。这就好比一直紧绷的一根皮筋，终于承受不了拉力，现在崩断了。"

那一刻，海姐感觉自己的心里有一根弦也快要绷断了。陪着病人煎熬的这种感觉太难受了，好像他正在通往无尽黑暗的路上，你怎么都无法挽留，他走得义无反顾。身边的人都奢望喊醒他，拉他回头，可努力是这样的无用。她已经陪着他跑了好几个医院，前后折腾了两年多，病情越来越严重，到了她日夜都不敢离开的地步。因为他在想办法自杀，还用在乡村扫盲班学来的十几个汉字加拼音，连写带画圈地给她和弟弟留下了遗书。遗书写到一半就停了，他对世界的兴趣减退到连临死前的一封信也不愿意写完整。

批评刘嘉依的欲望忽然就减退了。她悄悄望着刘嘉依，心里无比遗憾：刘嘉依才多大呢？和父亲比，她还有漫长的一辈子要走，就已经得了这个糟糕的病，她以后怎么办呢？看着真让人可惜啊！这个年龄，正是在大学里活蹦乱跳、无忧无虑地享受青春年华的时光，她却一次又一次在这里荒废青春。看她暴饮暴食、喜怒无常的样子，你只能说这个人这辈子都没啥希望了。以后她能自己养活自己吗？能好好谈对象吗？能好好结婚吗？能好好拉扯儿女吗？能处理好复杂凌乱的家庭关系吗？能撑起属于妇女的半边天吗？能给父母养老送终吗？父亲已经完成了他人生的所有大事，娶妻生子完成了，奉养父母完成了，嫁女儿和娶儿媳妇也完成了。说句残忍的话，他就算现在彻底放弃了生活，也没什么遗憾了。刘嘉依不一样，刘嘉依的人生才刚起步。

　　隔壁又吵起来了。女人的声音大，男人的嗓门低沉，女人数落五六句，男人才顶出一句，但那一句的杀伤力更强，有四两拨千斤的功效，气得女人又坐到窗前发呆去了。海姐轻轻绕过去，拍拍她的肩，示意她不要太生气，忍忍就过去了。她不看海姐，看高楼下的麻雀一样小的人在行走。天下熙熙，皆为利来；天下攘攘，皆为利往。原来觉得世人都是那么庸俗，现在想来，那庸俗和劳碌显得多么珍贵，人生更需要这些内容。在这些内容间奔走，喜怒哀乐交织，人是鲜活的、生动的、有灵性的，哪怕是庸俗的。人一旦停止对世界产生兴趣，不为利益奔走，逐渐收缩触角，躲进自己的小世界里，他们对世界的门就关闭了。门外的一切他们没了兴趣，门里的世界，对于别人是关闭的，不会轻易打开，你甚至窥探不到里头到底是光明还是黑暗。就算是最亲近的关系，比如她和父亲，她也没法推开父亲心里的门。恰如这位刘家阿姨，她现在就没法走进与她相伴大半辈子的枕边人的内心。刘小光跟她的父亲一样固执又孤独，刚才经过时，海姐匆匆扫过一眼，他气鼓鼓地躺着，也是头朝里，把脊背留给别人。

　　"啥也不爱，不要说爱我了，连钱都不爱了！"刘家阿姨忽然愤愤地抱怨："年轻的时候可爱钱了，五毛钱、一块钱，都能在兜里揣着,当命根子一样舍不得花!每个月工资发了,拿回来都交给我,他是个耙耙,耙回来就交给我这个匣匣,得靠我精打细算才能把日子往下过啊。我从工资里拿出五毛钱给他买烟抽,他欢喜得那个样儿,哎!像娃娃过年得了压岁钱!"

她抹了一把脸,抬头看海姐,说:"你也坐下嘛,坐下歇歇,我看你那个老爹也不是好伺候的人!"

海姐依言坐在窗台上,叹了一口气。

"你说我们都造了什么孽,遇上这种糟心事?"

刘家阿姨说着,拳头在窗台上猛砸了一下。用力很大,海姐心里真替那只手喊疼。

"难道是遭了报应?"

一旦把问题归结为宿命,海姐就没法回答了。她心里说,病就是病,和报应扯不上关系,她父亲那个人这辈子活得比谁都善良、胆小,能造什么大孽呢?要被这样报应!

聊天还得继续下去。为了把死局盘活,海姐勉强一笑,带着年轻人在长辈面前特有的狡黠,问道:"我叔年轻的时候真的爱你?"

果然是一颗石子投进了一池死水,立时激荡起一圈波纹。刘家阿姨发直的眼神活络过来了,"嗐"了一声,笑了,"年轻那会儿啊,他追我。厂子里百十来号女青工,他就相中了我。在下班路上等我,送各种礼物,在车间挣了大红花,也送给我,反正就是想尽了办法对我好。他身材好,高高的,很精干,嘴巴能说,口才在厂里演讲比赛中得过奖,还好打扮,反正在当时那一拨男工里头是拔尖儿的人才!"她嘴角噙着微笑,往事在眼神里兜转。海姐看出来了,她是爱他的,就算到了今天,爱还是有的。只是不知道经过前半辈子的耗损,剩余的爱在如今这糟心的状况下,还能支撑多久?

"哎哟,你说人那会儿哪能想到今天呢?那会儿就是高兴,干啥都高兴,心里亮堂堂的。打死也想不到有一天他能变成这个样子!"

海姐干笑,有些尴尬。身后就是床,床上就躺着那个人,阿姨这样公然叫骂,他们自己受得了,海姐倒是觉得挺为难的。

有人来了,正好解了围,是东头那个病房里的一个女人。海姐住进来后,有几次见到她来跟阿姨聊天。两个人显得很投契,聊起来往往好几个小时。女人四十来岁吧,面相骨感,表情总是生硬的,海姐想凑上前加入她们,却在那个表情面前却步了,她缺乏跟人见面熟的能力。今天是她后来,海姐就不退出了,含笑看着她。女人面容显得很憔悴,整个人有种马上要塌架的感觉,一屁股坐在海姐让出的窗台上,手抱住膝盖,说:"姨呀,怎么办?明儿出院,我又心慌起来了。"说着抚摸前胸,好像她的心慌得要跳出来,需要她拿手堵住。

海姐带老父亲看病这两年,见的都是心理和精神方面的病人,见识了从前做梦也想不到的病症,听说了以前根本无法想象的病名。这个女人心慌,铁定是焦虑症,这个病就是心慌气短,夜里睡不着,人无精打采。一年前她在另一个医院的神经科排队时,和前面一个中年妇女聊,那妇女说她三十多岁,但面相远比四十岁的海姐苍老,脸上的皱纹像被乱刀砍过一样多而杂。更骇人的是头发,居然已经脱落得头皮都露出来了,剩余的一点稀薄头发不是黑的,而是灰中泛白的。女人挠着头皮,说:"睡不着啊,整夜整夜失眠,把世界上的羊都数光了,还是没用,太痛苦了,药量越吃越大,药越来越没作用了,只能又来换药。"那时候海姐对失眠还没什么认识,她说:"夜里失眠,那你白天睡吧,把夜里缺的觉给补回来。"女人笑里浸出苦味,说:"夜里睡不着,白天更难睡着啊!你知道吗?我这次又是四天四夜没合眼了,连死的念头都有了。世界上最重要的事,哪怕是联合国的事,都不如让我闭上眼好好睡一觉!"她那笑容给人一种她随时要破碎的感觉,给海姐留下了深刻印象。

"你慌啥哩嘛!"刘家阿姨用母亲嗔怪女儿的口气说道。她用手拍着女人的膝盖,说:"不慌,咱不慌啊,出院是多好的事,出去就自由了,想吃啥吃啥,想去哪儿去哪儿,在自己家多自在!圈在这里,人都快疯了。"

看来女人是特意来寻求安慰的,被抚慰后脸上有了一点笑意,说:"哎呀,我也觉得我太怪了,天天盼着快出院快出院,好不容易熬了一个月,现在大夫通知可以出院了,我这心里反倒不踏实,好像不愿意出院了,不想离开医院回家。"

三个人都笑起来。

隔壁房里传来砸东西的声。

海姐赶紧跑过去看,是刘嘉依在往水泥地上摔东西,水杯、塑料碗、勺子、一盒小番茄,都乱七八糟地碎在地上。旁边的父亲总算被惊动了,坐起来看,眼神却依旧是漠然的,好像就算这姑娘拿刀子杀人,他也不准备拦着。

海姐一看要拦也迟了,就没吭声,拿了笤帚来扫,怕汤汤水水的,回头父亲滑倒。

刘嘉依呜呜地哭,把头发扯乱了,披在脸上,样子像个女鬼,对着手机又哭又闹。她在骂人,用混杂着网络时髦脏话的攻击性语言一句接一句地甩给对方，好像电话里那人是八辈子的仇人，需要她拿语言的毒刀子狠狠地扎。

视频电话本来就声音大，刘嘉依又故意不避人，海姐听到电话那边是一个男人的声音，在恳求刘嘉依，他把刘嘉依叫依依，说他这就去买依依砸了的东西，立刻送到医院来。"我不想见你！"刘嘉依吼道。

海姐出了病房，想转转，透透气，心里实在憋得难受。这里环境就这样，成天鬼哭狼嚎的——这样说好像不厚道，但事实就是这样，你哭了，他笑了，她闹着要出院，我痴呆呆地在楼道里没完没了地散步……她太想念外头的世界了，太渴望回到正常人的生活环境当中去，就算每天都要面对各种烦心事，人人都在为生活忙碌，鸡零狗碎，鸡飞狗跳，满地鸡毛，累死累活，也比困在这里强啊！

如果没有疫情可能会好一点。下午六点以后，部分病情不严重的病人在家属陪同下可以出去，家属就更自由一些，可以出去买东西，亲朋好友也可以来探视。现在呢，只要住进来，病人再也不能出去（出去做检查有护士带领），家属出去要做核酸检测。为了省钱，她进来后就没有出去过。

现在她觉得恍惚，好像没那么渴望外出了，也没那么想念孩子们了，更是把家里的丈夫给忘了，活在世上的任务简化为成天守着老父亲。如果大夫现在通知自己，说明天可以出院，她会高兴吗？好像不太会。她有一点理解那个患焦虑症的女人了，好像真就不愿意回到原来的环境了。她感觉困在这里的这些日子，生活被过滤了一遍，只剩一种内容了，已经没有勇气重新面对外面那无数杂质重重混合的生活了。刘嘉依可以对着自己父亲发那么大的脾气，而自己呢？除了忍受，还没给谁发泄过情绪呢，这世上没人倾听和容忍她。她隐约觉得有个怪异的念头在心里滋长，得病的是自己就好了，父亲给她陪床，她就可以冲他撒娇、发脾气，或者闹腾。她是这样孤单，满世界没有可以承接她情绪的怀抱。这念头让海姐不再坚强，她觉得自己正在一点点变薄，薄到像一个行走的瓷器。这个瓷器不管碰到什么，粉身碎骨的肯定是瓷器本身。她躲着墙和门，躲着人，躲着父亲，躲着凝重的空气。下午的公共娱乐活动她没去，也没强拉着父亲去。所谓公共娱乐活动治疗，就是先在楼道里排队做半个小时健身操，再去治疗室自由活动一个小时左右。

就这么个过程，她看收费单里写着费用是五十元，一天五十元，十天五百元，一个月就是一千五百元，住两个月的话，要花三千元。每次想到这个数目她就心疼，觉得钱白花了，大夫不参与，护士们用一个音响放音乐，吆喝大家出病房来活动，拿出棋类、折纸、油画棒和画纸等让大家使用，氛围倒是挺好的。家属基本上全来了，病人大多数也能来走一走，连一些平时几乎见不到的病人也会被家属哄来。有下棋的，有折纸的，有画画的，大家好像回到了幼儿园，在这些活动中消磨时间。病人们几乎不爱交流，家属们热衷于聊天，这里好像一个小世界，让大家放松放松。海姐第一天就参加活动了，父亲被她拉出来做操，老爷子拒绝举胳膊抬腿，站在最后一排看大家做。拉他去下棋，死活没拽进治疗室的门，后来他连出去站着看看都拒绝了。每次做操海姐就使劲做，心里想着既然花了钱，就好好锻炼锻炼身体，下棋的时候她和人下跳棋，也参与折纸，她不会画画，就看一个女孩画漫画。只有把一个多小时消磨在集体活动中，她才不那么心疼那每日五十元的费用。

下午六点餐车来了，海姐去排队，她没有拿凳子排队的习惯，去了就站在最后一个，老老实实排队。排队的过程中她就看人，整个科室的病人或者家属，几乎都会出来买饭。看到他们，她心里就能多一分踏实感。嗯，他还在，住得比我们久，还没出院；哦，她也在，说明她儿子也没出院；这个人看着面生，是今天住进来的吧？不知道病人是哪个？具体啥病？严重不严重？花朵又出现了，笑着挤在队伍里，隔着老远和护士台里的护士打招呼。留美博士的姐夫也买饭来了，脚趾头趿拉着人字拖，一副天不怕地不怕的样子。海姐看他身后，再没人跟着，那博士始终不见露面，真不知道躲在病房里做什么。她回头看一眼博士的姐夫，装作很无意的样子，问："咋没见你小舅子出来？难道躲在病房里没日没夜地耍手机？"姐夫鼻子抽了一下，笑了，笑得有点得意，笑完了才回答说："不玩手机，他要是对手机有兴趣就好了！他那种人，脑子比我们普通人复杂，脑回路多得多。他把世上的知识都学完了，他懂游戏编程，参与过游戏的开发，游戏咋回事他一清二楚，你说他还能对游戏有兴趣？"

这一问，把海姐给问住了。她脑子里想象着博士的学识和博士的样子。她没法想象，自己一个村妇，初中文化程度，距离博士差十万八千里吧。好在博士也跟所有病人一样要吃饭，吃的也是餐车里推进来的快餐，说明博士也是人嘛。她就在心里悄悄地自我调侃了一下。

她买了两份，一份给父亲，一份捎给刘嘉依。那姑娘时好时坏的，总体来说病挺严重的。乔护士一周只出现一次，听说主要是在急诊科帮忙。只有他出现，刘嘉依才能主动起来梳洗和吃药，他一旦离开，刘嘉依就退回原状。无论如何，饭总得吃吧，海姐就经常帮她带一份。海姐自己呢，隔三岔五地舍不得吃这顿饭，医院的饭价格不便宜，量也不大，她觉得划不来。海姐心想不如晚上吃泡面吧，过会儿负一楼小卖部那个女的会上来送货，大家要什么提前写在护士台前的小黑板上，六点半小卖部的那个女人会按照要求送上来。她写了三桶方便面。等她把两个饭盒端到病房，打开一个，把一次性筷子的塑料包装撕开，把筷子掰开，端着饭凑到床头边，说吃饭了。父亲睁开眼睛看了看，慢慢爬了起来。这个爬的姿势让海姐莫名心酸，分明是一个骷髅架子撑了起来！他接过饭盒，拿起筷子就吃。不看海姐，也不问怎么不见她吃。这就是现如今的父亲，一个封闭起来的父亲，像软体动物把身体完全缩进硬壳，硬壳里就是一个完全关闭的世界，拒绝任何来自外界的交流，包括亲生骨肉。他最大的症状就是冷漠，好像这个世界已经和他没关系了，这个世界上的一切都伤透了他的心，他再也不愿意睁开眼睛好好地看一眼。

　　吃饭只是他如今保留的本能之一。吃饭、睡觉、发呆、上厕所，这就是如今活着的全部。他的语言功能之门完全关闭，一天当中跟她说话超不过三句，都是她逼着问，问急了，他才哼一声"嗯"，这就是全部。好像他返老还童了，语言能力回到了刚出娘胎那会儿。其实连那个都不如，初生的婴儿至少还会哭，倒提着拍打几下，就哇哇地哭。如今的父亲，估计拿刀子扎肉也不会哭。天亮了，她问："睡得好不好？"他不理。她再问："你睡得咋样？"他不理。她不气馁，故意追着问："你睡没睡着，咋听你老翻身？"他抬起眼皮瞥了她一眼，还是不吭声。她就气哼哼地抬高嗓门喊："我说你夜里睡得咋样啊？"这已经是准备吵架的声调了。他狠狠地瞪她一眼，说:"嗯。"他好像点头了,又好像压根没动脑袋。那哼出来的一声,恶狠狠的,好像对她怀着一肚子的仇恨。她不甘心,就不相信他能仇恨自己,她可是他的亲生女儿啊!她继续引逗他,问:"吃饱了吗?"他没反应。她又问:"我说你一碗饭够吃吗?"还是没反应。她再问:"你吃饱了说句话呀!"好像她问的是空气。她的手在颤抖,又气又恨又绝望,真想把手里的碗砸到他头上,将他枯瘦的脑袋开了瓢,看看他那里头都装着什么,究竟是什么魔力掌控了他,让他能这样绝情,对自己的亲人都可以像冰坨一样冷,形同陌路。她可是他亲生女儿啊!从前他最疼这个女儿了,儿子惹了祸他会拿着牛鞭撵着打,女儿做错了事,他大嘴一咧,嘿嘿地笑。多大的事,这么一笑就过去了,气得哥哥经常嫉妒,说她是爹亲生的,而他这个儿子是半路上捡来的。按理说随着年龄增长,他应该越来越慈祥,对女儿越来越疼爱。

可他完全像换了一个人似的。如果她不干涉他,不催着他吃啊喝啊,出去走走啊,和人聊聊天啊,要求他像正常人一样地活着,那他和她的关系就是互不相干,她做什么他都不关注,他只沉浸在自己的内心里,默默睡着,望着空气发呆。这怎么可以!她开始干涉他,试图把他拉回到正常的轨道上来,她让他陪着她吃饭,让他吃完了出去走走,让他跟她说话,让他想吃什么跟她说,让他出去见了啥人、听到了什么新闻回来告诉她,让他去棋摊上下棋啊,让他去广场上和大妈们跳舞啊,哪怕是和大爷大妈们去药店买保健品,去超市排队领免费鸡蛋……就算谈个黄昏恋也可以啊!可他哪儿也不去,就缩在拆迁赔偿的单元楼里,除了睡觉,就是坐着发愣,似乎要把全世界的事情都琢磨透。她察觉出不对劲后,就着急起来,她从劝他,到哄他,到开导他,到数落他,到唠唠叨叨地骂他,到哭着恳求他,到最后失控般大声吼他……就差拿家伙打他了。可他不是她的孩子啊,作为女儿她又怎么能对老父亲下手!他一天比一天沉默、懒散、冰冷,最后像一个活死人,除了能正常把屎尿拉进马桶,连饭也不知道吃,有时候脸也不洗,更不洗澡,长久不换衣服,内裤的臭味别人都能闻到。他正在变成一个废人,在放弃自我的路上迅速滑落下去,而下面是一个看不到底的黑洞,这黑洞最终会吞没他!意识到这可怕的后果后,她再也不能等了。哥哥和嫂子住另外一个单元,不常来,来了也就是转转,然后回去过他们的小日子。他和父亲不亲,这和父亲半辈子偏爱女儿有关。哥哥说:"你是亲生的嘛,他活着你得照顾他,等他活到头儿了,我来送终。"她本来就是个热心肠,何况病的是父亲,她不跑前跑后地带他求医,难道还能推给别人?

　　问题远比她最初预想的复杂。她带着父亲从县医院到省医院,然后跨省到西北最有名的医院。越看,父亲的病越严重。她感觉她和父亲遇到了人生的鬼打墙,这是父亲的劫难,谁能说不是她的劫难呢?花钱是一方面,更让她无奈甚至心酸的是,父亲对她的冷漠在与日俱增,他把自己关进一个世界,连她也拒之门外。刚开始的几个月她很有信心,坚信世上没有治不好的病。她抛下丈夫,带着父亲四处跑。除了在正规医院看大夫之外,她还信了不少迷信,听到哪里有高明的民间人士就赶去求助,什么老中医祖传秘方啊,阴阳道士啊,和尚半仙啊,只要听到牵线的人说有用,包治疑难杂症,专捉妖邪鬼祟,她就不怕山高路远地赶过去。一番折腾下来,父亲的病不但没丝毫起色,反而加重了。她那个后悔呀,再也不相信什么民间高人了,这次直奔西北最大的医院。

父亲吃饭很快,埋头一阵扒,几乎连声响都没有,吃完后他拿手背抹抹嘴,表示已经结束了。望着空了的泡沫餐盒,海姐心里一阵难过。两菜一汤,一份米饭,他都吃了。他没问她吃不吃,她少买了一份饭,那她吃什么?他好像眼里看不见。这在以前是不可能的事。以前父亲吃什么都先惦记着女儿。用哥哥的话说,就是吃只苍蝇,也要给他宝贝女儿劈条大腿。父亲变得这样自私,这种自私让人没法接受。封闭在这狭小的病区,他有床睡,她夜里租个小床凑合睡,白天连个歇口气的地方都没有。父亲从来记不起将床让出来一会儿,让女儿舒展腰腿喘口气。她丢了餐盒,心里只有难过。出了门,拐进隔壁治疗室,这个点儿大家都在吃饭,治疗室没人。

哦,有一个人,坐在窗帘跟前,被淡粉色化纤窗帘布半遮半掩着,她才没有看到。那是个青年男子,头歪着,在看窗外。她想离开,一男一女同时待在一间房里的话,她感觉不太合适。万一自己不走,人家站起来离开,那自己很没面子。转念间,她掉头就走,无意中余光扫见一个修长的侧影。她瞬间腿软了一下,要离开的念头没那么强烈了,有个声音在心里劝她:既然来了,着啥急呢?看看再说吧。脚下迟滞着,目光飞速看过去,看清楚是个二十岁左右的青年。他没有看她,留给她的只是一个侧面。仅凭侧面,海姐就看出他长得真好,她知道正是这种好吸引了她,让她不想马上走人。小伙子真秀气!"秀气"这词形容男性不太合适,但她想不到还有比这更恰当的词语。他是怎么长的呢?能长得这么好?她忽然感觉到眼睛发紧,好像有烟呛着了,她使劲眨了眨眼,眼眶深处产生一种疼痛的感觉,这感觉让她觉得是一种享受,她原来也喜欢看好看的男人。活了这半辈子，还真没发现。以前和丈夫一起走路，要是碰上漂亮女人，丈夫眼睛会发直。她就笑着打趣，说他好色，不是正经人。她呢，除丈夫外，还真没对别的男人动过心。一方面丈夫本身长得不赖，算是个乡村帅哥；另一方面是生活劳碌，她几乎没有多余的精力关注家庭之外的男人。男人嘛，都那样儿。住院这几十天里，她看到那么多来来去去的男人，抽烟的，吐痰的，头发脏得出油的，眼睛边上挂着眼屎的，说话粗声大嗓的，裤腰松松垮垮的，走路摇摇晃晃的，满肚子赘肉还不锻炼的……老年人愁容满面，中年人油腻肥胖，小青年不是流里流气，就是见了人不愿搭理，只顾低头看手机。她就没见过这样秀气、文静的男子。他像什么呢？那么安静而投入地坐着，像一幅画。对，此时此刻，此景此人，确实像一幅画。她眼眸忽然有些模糊，是惊喜交加造成的。她有点想说什么的欲望，和他随便聊聊什么，让他看一眼自己，问问他啥时候来的，是病人还是家属。她当然不希望他是病人，这么好看的男孩要是得了精神方面的病，就太可惜了。他应该有正常、美好的生活，有更光明、更幸福的未来。就像他正注视着的天空一样。

在治疗室护栏和玻璃的双重隔绝之外，是西边的天空，夕阳就要消失，层层叠叠跌宕绵延出去的高楼之间，隐约有远山的影子，夕阳正努力往那山影的怀抱里落去。大朵大朵的云，好像夕阳边赶路边匆匆褪下的棉衣，一律染了夕阳的血，有的红得发黑，有的红得炫目，有的滴着湿漉漉的鲜血，有的浸泡在血河里漂浮，也有的血色已经淡了，泛着褐色或者粉色。暮落时分的光竟然这样烈，把整片朝西的玻璃映得红彤彤的，浅白色大理石窗台也染了色，男子坐在一片红当中，好像他既坐在一片毯子上，又披挂了一身暖洋洋的红袍。他看得很忘我，双手、脖子和侧脸等露出来的部位，肤色白净得能看清皮肤下的血管，他没有胡须，干净得像一个清洗过的白萝卜。

海姐轻轻地离开了。治疗室外的楼道里已经有些昏暗，灯被打开了，负一楼的女人上来了，拎着几大黑塑料袋的小商品，顿时各个病室的人乱纷纷往出涌。

晚间查房的正好是父亲的主治大夫，他看到2床病人后好像猛然记起来了，把海姐叫到门外，说2床海有财的治疗效果不理想，调了几次药也没见好转，他考虑做咨询可能会有帮助。咨询海姐知道一些，早在省医院的时候，就做过几次。"那要做多少次呢？还有咱们医院怎么收费？"她得先把该问的问清楚，因为她知道咨询费不便宜，她得提前想好怎么凑这笔钱。大夫指着护士台对面的宣教栏，"那里写着呢，你先去看看，考虑一下，觉得能接受的话，我们明天就安排上，争取赶在你们出院前做上十几次。"大夫交代完就匆匆离开，走出几步又站住，说："你得先跟病人沟通好，要他本人愿意才能做，病人不好好配合的话，就没法做。"海姐赶紧点头，表示她一定能做通父亲的思想工作。

海姐在宣教栏里看到了心理咨询的介绍，效果是根据病情来看，一般十次左右起作用，严重患者需要三十到五十次，甚至上百次，才能有作用，费用是一次二百。如果父亲做十次，那么两千块钱就够了。她决定做，只要父亲能有好转，不向痴呆的方向发展下去，她就不愿意丢手，她要紧紧拉住他。

第二天，早饭还没结束，有护士来通知，说2床病人，家属陪同，去3号咨询室外等候。父亲已经吃完了，刚准备上床躺着，海姐顾不上吃了，拉起父亲连哄带哀求地，一路拖到了3号咨询室外。所谓咨询室，也就是医生办公室对面的几个小房间，看上去白门关着，门牌上写着"咨询室"。"进去好好说啊，千万千万不要啥也不说，爹呀，我求你了，你知道吗？这一进去可是要花钱的，一个钟头二百元呀——"海有财木然地站着，由于高大、枯瘦，他越老腰越弯，像一张曲着的弓。他脸上的表情仿佛千年不变，不怒不喜、不悲不伤，茫然地看着空气。"爹呀，咱就听一会儿话成不成？我真的求您了——"

这时候那个自称姐夫的中年男人来了，手拉着一个人的手，应该是拽，因为被拉着的手的主人明显很不愿意，身子一个劲儿往后沉。"得去，得去，这咨询得做，你就敞开了跟咨询师聊，说不定她学识还不如你呢，拿出西方最先进的心理学理论来给她讲讲，你就当是来做心理学交流好了！"海姐已经看清楚了，姐夫拉来的，正是那个俊秀异常的青年，那个独自一人坐在窗边看着西天走神，始终没有回头看过她的青年。当时她就隐约觉得他应该是个病人，还真是个病人。她在心里默默期望过，他能拥有世界上所有的好，一辈子都好下去。可是，残酷的现实摆在眼前，他已经不好了，那个"好"字所包含的一切，他可能已经无法完整拥有了。尽管所有的大夫都会告诉你，这种病康复的概率还是很高的，但没有哪个大夫敢肯定地说，你能完好如初。

老太早就满楼道做僵尸行走了，撞到谁，谁就得躲。撞到墙，墙沉默。她对着墙面壁几秒钟，然后转九十度弯，接着再直线行走。单纯少女又开始闹腾了，拽着她妈的胳膊，冲进医生办公室，理直气壮地问："我什么时候出院？不出去可以，把我的平板和手机还我！"

　　他来了，侧身而过。海姐低下了头，没勇气，也不忍心看他。昨天傍晚在他身后三步外望着他的时候，她好像回到了少女时代，心里春波荡漾，怀着一抹羞涩，动情地想：就算全世界的男人，她都可以视而不见，她只想嫁给这个看一眼就深深动心的男人。

　　他谁也不看，只看着他自己的正前方，像穿过丛林一样艰难，一步一趋地走着，被姐夫拉进了1号咨询室的门。

苏小河

苏小河回来了。

苏晓山高兴得两眼放光,吩咐我快快地煮鸡、炖牛排骨,操办一桌丰盛的饭菜,他马上要去请她来。"我得向她借钱!"他搓着手掌,自言自语:"她现在可是真正腰缠万贯的富婆,我跟她张嘴,估计她不好意思不借。"

我把一塑料袋牛排骨泡进凉水盆里,然后将两只刚宰回来的大白母鸡拔毛、掏内脏……就这样只忙自己的,我不搭理苏晓山的话。天气冷,前天下的一场雪几乎没化,四面的山都被积雪覆盖着。这样冰天雪地的,他心急火燎地请客,这会儿心里想的全是钱。

"开多大的口哩?"他扭着瘦屁股在屋里走,边走边自己跟自己商量。屋里的炉火可以燎毛,但味道难闻,满屋子都是骚味。我提着拔光毛的鸡到炕眼门边,一边烧麦草,一边把鸡架在火头上燎。乡里人拾掇鸡都是这个办法,将外面的大毛拔掉,贴肉处的细绒毛拿火燎,顺便把嘴巴、爪子都烤烤,烤软和了就能将外皮褪掉。燎过的鸡会变得硬一点,这时候再拿指甲盖细细地掐那些脖子、翅翎、尾巴尖上的硬毛茬，就省事多了，这样能拾掇得干干净净。

说句难听的话，此刻的苏晓山好像屁股里夹了一疙瘩刺，痒得难受。他就扭着屁股不停地走，从屋里跟出来，走到炕眼门跟前来了，嘴里反复念叨着意思差不多的话："借五千也是开口，一万也是开口，开一回口不容易，要不我就把口开大点儿？"他扭过头看我，嘴边挂着一个大大的问号。我知道他并没有征求我的意见，他是在问空气。这个人走火入魔了，想钱想疯了。我得泼点凉水替他醒醒神。"既然开了金口，那就借上一大疙瘩钱，十万有点多，五万估计她会答应，毕竟你和她关系不一般嘛——"我故意压慢语速，悠悠地说。

相信傻子都能听得出我在说反话。钻进钱眼里挣扎的苏晓山今儿偏听不懂，他撅着屁股凑到我面前，笑吟吟地说："你也觉得五万差不多？啊？这个口不大，对不对？"

我知道这个人没救了。鸡内脏被我顺手丢到狗面前，狗看着一大块冒热气的肉欢喜傻了，来不及撕扯就大口往下吞。狗被卡住了，仰着脖子跟自己较劲。看到狗，我就想到了我们这里流传的一句俗语，叫"狗吃油渣，心汪得很"，意思是狗妄想吃榨油时候榨出的油渣块儿，太过妄想了。现在的苏晓山可不就是那传说里妄图吃油渣的馋狗。

燎完后，我把灰烬踩灭，提着鸡回屋，接下来要清洗，然后就可以煮了。我伸手按下开关，鼓风机呜呜地叫起来，炉子上坐着一个巨大的铝锅，里头有半锅水。牛排骨已经泡好了，半盆清水成了血水。我从血水里捞出排骨，把它放进铝锅，先让排骨煮起来吧，鸡洗完也马上放进去煮。囫囵鸡和剁成拳头大小的排骨，一起煮省事，煮出来的肉分外香，鸡变嫩了，排骨肉会平添一丝柔和感。

苏晓山又跟进屋里来，看样子屁股里那一疙瘩刺还在，他扭着胯子走步。"五万，我想好了，就借五万！钱一到手我们就买牛，不买大的，买三个牛娃子，一个一万左右，三个花上三万多吧，还剩小两万，我再买辆二手车，现在没辆小车是不行了，羊圈门哪个能踢起土的男人沟子下没压辆小车！我还开辆烂三蹦子，我缺气得很！"

他的样子有些哀怨，像一个受了委屈的妇女，寒冬腊月外头大多数妇女都穿上了暖和的大棉袄，就他一个人还衣衫单薄，叫他如何不抱怨呢！

我把手伸进豁开的鸡肚子里掏夹得很深的肺和一些残留的零碎，还有很多浓稠的血。心早就被掏出来宰了（这是我从小就跟母亲学来的，给鸡拔毛时先拨开胸腹部的毛，用刀割开两个口子，从上头把鸡嗉子取出来，从下面把心、肝、胃、肠子都扯出来，第一时间要把心宰一下，刀刃对着心脏切下去，嘴里念一句"比思敏俩习"。这个过程有一种神圣的仪式感，不能有丝毫马虎），手指挖到这些还残留着温热的碎肉，心里有一种奇异的感觉。我觉得残忍，浑身都微微战栗。几十分钟前还鲜活的一条生命，现在只有躯体任我摆布了，人真是最残暴的动物。事实上人一直都是无肉不欢，如今我们羊圈门人的日子好了，讲究就多了，只要待客，就非得牛肉、羊肉、鸡肉都上，似乎不这样就不能彰显好客之心。肉挺贵的，准备这么一次，没个三四百块钱办不到。

苏晓山蹲在地上，像哈巴狗一样看着我："媳妇媳妇，你咋看这个事？你咋这半天不吭声？你不吐核儿，我这心里不踏实嘛。"

手指终于夹住一片软软的肺叶,我把它扯了出来,肺叶颜色鲜艳,像用颜料染过一样。我往空中一抛,狗早就张嘴等着了,直接从半空接走了肺叶。"我说你的事情你做主嘛,用不着问我,我一个乡下妇女,没一点点见识。"

苏晓山屁股闪了闪,人像猴子一样扑腾着:"哎哟哎哟,媳妇你得帮我。首先你要同意这个事,毕竟五万,当然,最好是十万。反正是个大数目,对于我们家来说是大事,这么大的事,咱们共同拍板,才民主嘛。"

我冷笑道:"狗屁的民主,是想拉上我一起还账吧!"

他大叫一声:"媳妇媳妇你太伟大了,啥都骗不过你。"

我提起手中的鸡,说:"给你说清楚哦,做饭待客,我尽力。借钱的事,你咋张那个嘴,借多少,以后咋还,借到手咋花,统统都跟我没关系!"

苏晓山两个眼珠骨碌碌地转,转成一对斗鸡眼,点头道:"行,我先借,借到手再说其余的,你保证晚上能做一桌酒席?"

我说:"能,不然这十几年我给你们苏家做媳妇白做了。"

"那你得把她待承好!让她吃得高兴,浪得高兴!她只要一高兴嘛,我就好张嘴借钱了。"临走他又吩咐一遍。

看我认真点头,他才放心地扭着瘦屁股出门去请贵客。

我用大锅炖肉。肉放进水里,大火烧开,撇去血沫子,然后放红葱、生姜、盐疙瘩、花椒、茴香和大香等调料。然后盖紧锅盖,在最外面包一层塑料,用小火持续烧,过一小时翻一次,两个钟头就能煮熟。做完这些,我煮粉条,做凉粉,泡木耳、黄花菜、银耳等干货。每样我都准备得很少。因为我有预感,苏晓山不一定能请

苏小河

来苏小河。

事情是有逻辑可循的。苏晓山高兴得昏了头,我没有,我保持着清醒。

一来,苏小河刚回来。她离开羊圈门十七年,现在她刚回来,首先她该去看望她的亲人们。父母、哥哥、姐姐、弟弟、妹妹、爷爷、奶奶、叔叔、伯伯、姑姑、舅舅、姨娘……挨家转悠一圈,加起来也得二十多天吧。人大前天才到,难道能撇下亲骨肉不见,先来见苏晓山?在这件事上,苏晓山绝对是自作多情且没有自知之明。他以为他是谁?能先越过人家的一众亲属,把苏小河请到我家来。按血缘远近排序的话,我们应该在第三轮的时候去请她才合适。

二来,一别十多年,谁知道苏小河变化了没有。我们光听说她暴发了,有钱了,阔得不得了了,至于她现在还是从前那个苏小河吗?还愿意像从前那样跟我们亲近吗?我想苏晓山没把握,我自己更没把握。虽然我和苏小河曾经走得那么近,关系那么铁,但时间会改变一切,难道不是吗?

我在围裙上蹭净两只脏手,对着穿衣镜看,镜子里这个身材胖乎乎、皮肤松垮垮的人就是我。十九年前的那个我,一个刚嫁进羊圈门的小媳妇,早就没影子了。这十九年,羊圈门的日子把我过老了,羊圈门的饭菜把我吃肥了,我现在完全是标准的羊圈门妇女。苏小河呢,她变化了没有?也老了吗?有钱人的老,我一时不能完全想象得到。我是盼着苏小河老呢,还是盼着她一点都没变化?不,这些我倒都不在乎,但我希望苏小河能借钱给苏晓山。

来不及起面了,我用一瓦盆酵子发酵出一疙瘩面,兑好碱,打开电炒锅,开始炸油香。我知道苏小河今天不可能来,但是请客的东西我得备上，不然苏晓山跟前没法交代。我快速分开面剂子，一共十五个，也就是说我要炸十五个油香，苏小河不来不要紧，这点油香我们自己三两天也就吃光了。酵子面炸油香，确实不如起面好。揉、擀的时候手感都是僵硬的，缺乏起面的那种喧腾，进了油锅的效果也不够好，起面油香卖相更饱满。

面饼入锅，胡麻油发出轻微的噼啪声，我用一双很长的竹篾筷子拨动面饼，有油星溅上手背，皮肤轻微地疼痛。苏小河，苏小河离开我们十七年，想不到时间这么快，更没想到她现在归来的影响这样大，这是十七年前她离开时我怎么也想不到的。我还记得她跟我分别前的那个夜晚，她明确表露了以后要努力的人生方向，只是我没当回事，我以为她只是口头上说说罢了，谁知道她真的就付诸了行动。这个女人啊——我心里不由得柔软了一下。等过些日子，估摸着苏小河愿意来我家了，我一定好好用心准备，让她时隔十七年再一次尝到我的手艺。

苏晓山不知何时回来了，站到门口不进屋，直勾勾地看我从油锅里捞油香。虽然油香用的是酵子面，但火候把握得好，颜色不输给起面，油香都黄灿灿的。苏晓山的瘦脸也有些黄，"喊——"他从鼻子里喷出他的愤慨，咚咚咚跺脚，甩着门帘进来，说："收了收了，还炸啥油香，白白浪费清油！人家苏小河不来，咱们还准备个啥！"

我用筷子夹起一个油香，在锅沿边磕，让它发出爽脆好听的砰砰声，预示着它熟了，捞出来控控油，放进一个盆里。接着再擀剩下的面剂，将面剂揉圆，擀开，用刀刃点两个水眼，切一下，嘴里念一句"比思敏俩习"。从姑娘时候跟着娘家妈学习做饭起，我就学会了念这些,如今熟稔到骨子里。我知道我此刻显得很沉稳,完全沉浸在忙碌中,好像炸油香是一件很享受的活儿。对于苏晓山的念叨,我充耳不闻。

"哎哎哎——"苏晓山拿起笤帚敲案板,"你耳朵聋了吗?咋不理我?油香不炸了,把油锅砸了算了!"

我忍着心里的笑,故意一脸认真,说:"锅砸了做啥?拿啥待承苏小河哩?她那么远的路过来,新疆客嘛,我们总不能端几个干馍头。"

"去你的苏小河!"苏晓山把笤帚砸到我身上,瘦脸愤愤的,样子像要哭了,鼻子吸溜几下,说:"苏小河现如今不是早年的苏小河了啊!她有钱了,腰粗了,眼里认不得人了,哪还能把你我这样的人放进眼里哩!我站在跟前请了三回,她都不来,说忙得很,顾不上。你说她有啥可忙的?既然回羊圈门是来浪的,那去谁家不是浪,难道还挑肥拣瘦不成?我看她就是有钱了,不认我们了。唉!媳妇,我给你说啊,现如今的人难活得很,光景稍微不如人,就没人看得起你,如今人的眼都叫鸡屎糊了。"

笤帚是糜子头扎的,打到身上不疼,在我肚子上沾了一下,滑下去落到了地上。我把最后一个油香放进油里,扶着腰笑,说:"你个二百五,还真就是个货真价实的二百五,给你二百六就把你压垮了。你到底长没长脑子?人才回来,难道不应该先去看那些亲的热的,倒跑来看你我?啥都有个先后哩,你就把心扯得平展展的,慢慢等嘛。"

苏晓山揉皱的脸被看不见的手抚平了,翻着眼睛想了想,嘴咧开笑了,手拍了拍我,说:"媳妇还是你脑子够使唤,你分析得对着哩!细想还真是这么个情况,你说我咋就没想这么全呢?"他薄薄的眼皮有些滑稽地眨动着,脸上那些沮丧不见了,笑容灿烂起来。"看来也怪不着人苏小河嘛,是我没考虑周到。成,那咱就排队等,等苏小河先把亲的热的都看到了,转到了,浪到了,咱再请她,消消停停地把她叫到家里来。"他又看看锅里煮的肉,盆子里的热油香,泡进水里的木耳、蘑菇、宽粉条、细粉丝……他后知后觉,不好意思地笑了:"哟,那这些东西咋办?害你操办了这么多!"

"咋办?凉拌!"我捞起勺子朝他额头上虚敲一下,装作很生气:"准备好了咱就吃嘛,难道还能端出去倒沟里?"

"对对对,咱们吃!就当犒劳咱一家子了!"

苏晓山说完就跑走了。

我既好笑,又生气。他就是这么个人,四十几岁的人了,还像个没长大的孩子,风风火火的,浮皮潦草的,我拿他没一点办法。

肉煮熟放凉后,我把一包牛排骨和一只鸡藏进了冰箱深处。日子都是精打细算过的,虽然苏小河这次不来,但是下次请她还得准备肉,总不能叫苏晓山再去买吧,肉挺贵的,这个家的日子不富裕,容不得糊里糊涂地挥霍。一部分菜我们自己吃了。苏晓山啃着牛排骨,用油腻腻的腔调说:"哎呀妈呀,人苏小河现在了不得,那个气势你没见!穿的是貂儿,戴的是呢儿,坠的是玛瑙,蹬的靴子一尺高!说话口音变了,走路姿势变了,连看人的眼神也——"我狠狠地瞪着他。

苏晓山被瞪得愣了。我脸色不善的时候,他有点怕我,因为他最清楚咋回事,他又满嘴"跑火车"了。我瞪他,说明我又看穿他了,他自然就心虚了。他这个人,最让我看不上的,就是这张风风火火的嘴。我提醒他多少回了，男人就该有男人的气魄，行动稳重，言语沉着，一口唾沫一个钉，这样才有男人的威严，才能在男人中把自己的形象立起来。但是，江山易改，本性难移，我说破嘴皮子也没用，他生来就是这猴性子，他父母从小到大都没能扳正，岂是我一个后来者能改变的？虽然我想得通这个理，可动辄看到他在我面前耍猴一样疯疯癫癫地表演，我这心里就别扭，想自己咋就跟了这么个男人，又想已经跟了他了，没有别的办法了，那就尽量让他改好。努力的结果是，他说他娶的媳妇不像媳妇，像妈，动不动管他。

近二十年的夫妻生活把我俩的脾性磨合出了奇妙的默契，比如他一张嘴，我就看得出他说的是实话还是在吹牛。现在他就吹牛了，他替苏小河吹牛。世上的大多数人吹牛都是替自己吹，我家苏晓山吹牛有特色，他是逮住什么，就替什么吹。只要他高兴，只要他愿意，他就给所有能用语言描述的事物都包裹一层夸张的外衣，让其膨胀，超过原来的体积，以夸大且色彩丰富的状态转述给别人。他这个毛病我分析过，也不是他要故意扭曲什么，他自己也不能从中获得什么，他好像从骨子里就爱这么做。好像以这样的方式说话，对他来说就是一种快乐。

我瞪着他看了好一阵，用时比平时长。他估计心里发毛了，抹了一把嘴，说："你看我这张嘴，又惹媳妇生气了！我这就好好说话！那苏小河啊，也没穿啥好貂，就是羽绒服外头多了个毛领子，我估计那毛领子都不是真的，是人造毛的。还有那帽子，不是真毛呢，就是化纤的！还有耳坠子，肯定是地摊上的便宜货——"我忍不住在脑子里勾勒苏小河如今的模样。苏晓山吹牛是描述性的，从这些夸大变形的言辞里，我能拼凑出苏小河如今的大概样子来。苏小河的穿戴确实是有钱人的穿戴,甚至有点贵夫人的味道。貂皮、毛呢、靴子、耳坠,这些能体现女性有钱且贵气的物品,都被她披挂出来了。可是,这样的苏小河,还是苏小河吗?换句话说,苏小河能镇得住这些吗?那么精瘦的一个人,又大大咧咧的,跟我一样的男人脾气,一直以精干简练为主调,如今她真的变了吗?再说,那些值钱的东西,无一不是沉甸甸的,她披挂着,能撑得起吗?我忽然很想见苏小河。自从听说她回来以后,我想见到她的念头第一次这样强烈,想看看她究竟有钱到了何等地步,富贵到了什么程度。

第二场雪落定以后,苏小河踏着雪来了。时间与我最初预算的有偏差,她早来了十天左右。

"早就想来看你了,我妈、我大伯、我二爷、我哥、我妹子,还有婆家一串串亲戚,一圈子转下来,半个月就这么转没了。要不是这场雪大,把出羊圈门的路给封了,我还不能这么快来看你。"

苏小河一边迎面走来,一边微微笑着,跺着脚上的雪泥,一直走到我面前,对我说了句"色俩目",我却在等她的手"袭击"我。从前我们每次见面她都要对我来个亲昵的袭击动作,手抬起来在我右锁骨那里捣一拳,或者推我一把,笑呵呵地说:"哈,又见了,想你了!"然后我们两个在一铺炕上睡觉,一件外套换着穿,一碗凉皮子分着吃。现在见面,她还会有那些动作吗?还会说那些话吗?她的手藏在袖筒里,没有抽出来,也没有"袭击"我。

我在脑子里努力让自己转过一个弯儿:苏小河确实来了,不请自来,而我完全没有准备。没有一点心理准备,现实中的准备也没有。雪后大家都偷懒,家里乱糟糟的,我本人也蓬头垢面,穿了最家常的旧衣服正要扫雪呢,她怎么就这样冒出来了!她打乱了我的节奏。本来我想着等这场雪化完,她也就在她那些七大姑八大姨处转悠得差不多,到时候我把家里外打扫得干干净净,一家人穿戴整齐,体体面面张罗出一桌饭菜,从容不迫地把苏小河请来。现在你看这局面,在我们完全没有预料到的状态下,她就自动上门来了。

我接了句"色俩目",脸上拼命挤出笑。同时我一把丢掉了手里铲雪的工具,也跺掉了脚上的雪。我想好了,破罐子破摔吧,既然她已经将我家的真实境况都一眼看穿了,我就没必要掩饰,说白了无非就是一个字——穷。人活在世上,谁又能彻底摆脱这个字呢?没钱的人在有钱人面前,穷;有钱人在更有钱的人面前,还是穷。那些做了世界首富的人,难道就真的满足了?无欲无求了?生而为人,只要有欲望,心就是穷的。在羊圈门,我家的光景排中下等,不算太穷,也不富裕,日子凑合能过吧。这样的日子放到过去,那就已经很好了,至少不愁吃饭穿衣。但和现在的一些人家比,我们家就没那么好。比如苏晓山一直想买辆车,就是攒不够买车钱;我们想多养几头牛,暂时腾不出多余的钱。说白了都是人和人比较的结果。如今的人,就爱比着过日子,房子修得一家比一家体面,台子拿水泥打了,院子也跟着打了,连大门口也要打。原来的土墙一家接一家被推倒,拉来红砖砌起来,里外红灿灿的。我们如果要跟上这股风,就吃力了,跟不上嘛,人心里就不舒坦,总感觉在别人跟前抬不起头。如今苏小河来了,我家的日子,她一眼就能看个差不多。这不好不坏的样子,如果在我充分准备的情况下,我可能会自信些,可她就这么提前出现了,打了个措手不及。我还能怎么办?难道把上门的客拒之门外?只能调整自己,赶紧往里迎接。

进屋后,苏小河扭着胯先走了几步,寻找落屁股的地方。按道理应该让她上炕的,但我家昨夜睡觉的被子还没叠,炕上那么乱,我也不好意思让她上炕。她在火炉边的板凳上坐下,同时伸手摸炉子的边。我飞快地叠被子,趁机把脏乱掩饰过去。

"嫂子,咋不见苏晓山?"苏小河忽然问。我匆匆扫一眼窗外,满世界除了白茫茫的雪,哪里有苏晓山的人影儿。"我也不知道他死哪儿去了!"我笑,口气尽量轻松。说实话,我的这个男人就是这么吊儿郎当,到了冬天尤其游手好闲。一大早出去一看大雪压了全羊圈门,他乐呵呵地出去了,把满院子的雪留给我扫。他肯定去上庄子那几个年轻人家里了,三五个人凑在一起成天地打牌,不把身上揣的几百块钱输光了不回来。好在有我镇着,苏晓山这些年都只参与小赌,每个冬天输赢加起来不超过一千元,我能接受,他也不至于因为不参与而和男人们融不进一个圈子里。小赌怡情,这个现实道理我早就明白了。

"他呀——"我听见自己的口气不由得就带上了嘲讽,"他忙得很,他不去,虎子、大炮、秃三蛋那伙子人的摊子就撑不起来。你知道他咋说的?说没有他,一个冬天那么长,羊圈门的年轻人都能心慌死,好像少了他地球就不转!"

苏小河笑了笑,起身在地上走了几步,望着墙上挂着的相框里的照片,说:"他还是那个脾气啊,都过四十岁的人了,耍性子还不改!"

说完,她就专注于相片了。

我赶紧扫地、擦桌子、烧水,准备泡茶,同时从冰箱里拿出几包冻成块的肉,准备给苏小河做吃的。

"哎,嫂子,这照片你还存着啊!唉,那时节我们多年轻啊,这些相片我都找不到了,这十几年到处乱跑,早就把一些旧东西撇光了。"苏小河一边说,一边掏出手机,踮起脚尖对着相框里镶嵌的照片拍。手机发出轻微的咔嚓咔嚓声。她的口气,有惊喜,有遗憾,好像还有……微微的苦涩吧。

我没吭声,埋头忙我的。心里有一种挺怪的情绪,它拧巴着,让我的心说不出的别扭,好像是心里有一根看不见的线被拽斜了,我想伸手捋顺,可又做不到,只能忍着这拧巴感,别别扭扭地忍耐着。我告诉自己,我的听觉出问题了,听错了,这人是谁啊?苏小河,羊圈门人这几年都在传说的苏小河,她的语气里怎么会有苦涩感?该有的人是我,她那么有钱,还有啥不如意的?倒是我,你看看这日子,苏晓山这男人再这么不争气,只怕我们的日子会越来越难过了。我不由得想起自从嫁给苏晓山后的这些年的日子,往事一桩桩、一件件,袭上心头,全是不顺心的事儿。娃娃发烧了,我去耍牌的摊子上揪苏晓山;春种要买化肥,我到娘家去借钱;苏晓山骑个破摩托捎我去赶集,回来被冷风灌透全身,而别人家都是屁股下压着小车,"呜"的一声从我们身边擦过……我忽然觉得很委屈。这些年日子挺平静的,我以为我是幸福的,原来我有这么多委屈啊!只不过它们沉睡着,现在被苏小河唤醒了。

我坐在苏小河刚坐过的板凳上,从背后打量这个专心翻拍照片的故人。我试图从这个精瘦的身影里,捕捉到从前那个人的身影。苏小河怎么十几年都没变化呢?时间是一坑水,苏小河沉进去扑腾这些年,现在才露出面,她的身材还是那个入水时的她。那我呢?我还是那个我吗?我悄悄伸手摸脸,两只手互相摩挲,看看我的手腕、手指,所有裸露的皮肤都不再像十几年前那么光滑了。我是这样肥腻。跟苏小河比,她算少女,而我,是五十岁的老妇人吧。耻辱感从心底最深处翻上来,不多,细细的那么一缕,但滚烫,有灼烧感。是我命不好吧,嫁了苏晓山这么个没本事的男人,这日子真叫我操碎了心,我劳碌不停,不发福才怪呢,我要是像苏小河一样命好就好了……忽然有什么在心里卡了一下,胡思乱想中断了,我清醒地问自己,苏小河她真的命好吗?她的幸福,真的是男人给她的?不,她的男人我又不是不知道,她过去的生活我也最清楚,说她那时候命好,那就是睁着眼睛胡说了,那几年她在水深火热里熬着……要不是她能折腾,估计日子现在比我还难,都是她能折腾啊……

我嫁给苏晓山时二十岁。现在的姑娘二十岁还普遍被当作孩子,不是在学校里念书,就是在外头打工,离婚姻生活还远着呢。而十九年前,这个年纪的乡村女孩早就结婚了,好像除了结婚也没有别的更好的出路。书念了一点,父母重男轻女,做主给我拉倒了。养女儿养到二十岁,养出一个吃苦耐劳、贤惠勤俭、懂事听话的好女儿,就是为了嫁人做准备。

我嫁给苏晓山的同一天,听说苏家有个女儿也出嫁了。乡村到了冬天有很多喜事,苏家嫁个女儿很正常,我就没在意。七天后是新人回门的日子,我一大早穿戴好,等苏晓山陪我去。苏晓山找不到了,我等到日上三竿,婆婆生气了,大骂她儿子是个狗东西,回门这么大的事,也不上心,太不懂事了。她亲自出门去找,一会儿揪着儿子的耳朵回来了。苏晓山龇牙咧嘴、挤眉弄眼,说他本来记着这事儿呢,没想到一出门就碰到了苏小河,苏小河一个人在水井边哭,说准备一头跳到井里去。他苏晓山总不能眼看着一个人真的跳井吧,他就哄苏小河,哄得她不跳井了,他又把苏小河送到家里去，这一来就被事情缠住了，脱不开身。

这是我头一回听到苏小河的名字。那是谁？为啥哭哭啼啼？又为啥要跳井？为啥还肯听苏晓山的劝？这几天我已经看出来了，苏晓山这个人不够稳重，总爱嘻嘻哈哈。这样一个人，真能把一个寻死觅活之人劝得打消了念头？我不敢马上追问，当着婆婆的面，我还得保持新媳妇的矜持。

"呸！"我婆婆忽然啐了一口，骂道："苏小河这个碎妖精，不好好当她的新媳妇，跑到娘家门上成啥精哩？真要跳井，她婆家没井吗？偏偏跑到羊圈门来臊娘家人的皮！我看她就是作怪的毛病又犯了。"

我在边上听着，隐约明白了，这个苏小河，是苏家一个已嫁的女儿，现在跑回娘家来了，可能遇到啥不顺心的事了，所以闹自杀。

苏晓山用自行车驮着我，我们去娘家回门。路上我问起今早的事，苏晓山干脆跳下车，推着自行车走。我们慢慢上一道坡，他细细给我讲苏小河。

"我堂、堂伯伯家的女子！"

他把"堂、堂"两个字加重，放缓，特意强调出来。

这里头的意思我明白，"堂"一次，表示他们在家族血缘关系上远一层，"堂"了两次，那就是更远了一层。

"我们是堂、堂兄妹。我和她同岁，都属猴，我比她大了半个月。她不承认这半个月，从来不管我叫哥。不叫就不叫吧，反正又没有多亲，我也就从来没计较过。"

我急于知道最感兴趣的那部分，"快说跳井，究竟咋回事？"

"她就是个疯女子！"苏晓山哈哈笑了，头扬了扬，继续看前路，瘦瘦的脊背笑得一夹一夹的，"你不知道她有多疯！真主让她成了个女子，她的性格纯粹就是个男人！碎的时节天天跟在我们一堆男娃娃里头混，为这个没少挨她妈的烧火棍。有一回她妈气急了，打她，把一根顶门杠都打断了。她不哭，能跑就跑，跑不脱就站着挨打，打死也不求饶，问她以后改不改，她的嘴比铁还硬，就是不说个改字。"

我疑惑难解，问："她究竟犯啥错了？要这么打？我碎的时节也常跟男娃娃一搭耍啊，天天跟在我哥身后给他当尾巴，我父母咋没为这个打过我？"

"哎哟。"苏晓山又笑，瘦肩膀一夹一夹地抖，"你肯定跟她不一样，也不是说她父母不叫女子跟儿子娃娃一搭耍，是她那个人啊，耍起来就疯了，没边儿了，简直没法说！"

这时他这个人说话爱卖关子的毛病在我面前初见端倪，我不好意思直接告诉他这样吊人胃口其实不好玩，让人反感，就沉默着，等他自己想说了再说。他果然耐不住性子，又滔滔不绝地说起苏小河来。

见到苏小河真人，是在我离开娘家，重新回到羊圈门以后。

我和苏晓山进了庄口，看见羊圈门的大路上围了好多人，乌泱泱的，都在争相看什么。苏晓山把自行车往路边一靠，撒开腿就往人多的地方跑。车把上挂着一个布包，里头我妈捎给我婆婆的几个油香滚出来了，我忙弯腰去拾，然后我推着自行车走向人群。就算要围观，我也不能像苏晓山一样不顾个人形象，毕竟还是个新媳妇呢。我徐徐靠近，用目光探寻这里发生了何等大事，没人理睬我，大家都急忙往一道土坎子跟前挤，腊月的空气似乎也被这拥挤烘热了。

"咋了咋了？谁又咋了？"一个妇女气喘吁吁地跑来，老远就喊着问。

另一个妇女回头，迎向来者，稍微压低了声音，说："还能是谁？苏小河嘛，和她男人打起来了！"

问者马上反问："苏小河？她不是刚嫁出去吗？新媳妇今儿该回门了，为啥打起来？"

她一边问，一边哧哧地笑。

我一眼就看出来了，这位妇女她压根就不需要答案，她询问的口气和神态中都已经透露出答案了。询问只不过是一种情绪的抒发方式罢了。

果然，那个答话者也笑了，点着头儿，说："今儿是回门的日子啊，这不，我们的苏小河一大早就披头散发地跑回来了，后面撵着她男人。小两口儿像演大戏一样，愣是你追我赶地从冯庄跑到羊圈门来了。"

我听出这妇女说的是北山里的口音，句句带儿化音，舌尖儿说话，给人感觉像一只鸟儿在叫，无比灵巧。苏小河新婚第七天和她男人往娘家跑的阵势，经她的口音描述，让人觉得那不是一件坏事，反倒是好事、喜庆的事。好像那苏小河是一只百灵鸟儿，扑扇着翅膀就飞来了。

"哎哟，我就说嘛，这个苏小河啊，她要能乖乖地当媳妇，那才是怪事呢！看，这不是照着我的话来了吗？她要是不闹腾点事出来，她就不是苏小河！"

两个妇女一起笑了起来。

众多脚步踩踏，冬日的黄土路上浮土飞扬，我赶紧走开，往路边躲。

人群忽然就呼啦一下散开了，我来不及避，就见人分成两边，中间一个妇女拉着一个年轻女子的手，趔趔着往下走。

"妈你放开我，放开我——"那年轻女子两只手掰开老妇女的手，屁股往后沉，随时要一屁股坐下去，脚抠在地上不肯前行，嘴里连珠炮一样嚷着："我不跟伊麻子走！伊麻子家我不想去！伊麻子他大不是人，他一个老公公，半夜里不睡觉，趴在我门外听床哩！这世上有大伯听床的，有小叔子听床的，就是没有老公公也听床的！我不去他家里！"

一个小伙子跟在后面，两只手没地方放似的，时不时推一下，看样子想给年轻女子后背推一把，让她快快回去，但又不敢真的推。他的样子说不出的狼狈，一双皮鞋面上满是浮土，黑色西服裤子也沾了两裤腿的土。

拉着年轻女子的妇女我认识，是苏晓山的一个堂婶，用羊圈门的叫法，是麻麻，她男人排老六，她被苏晓山喊作六麻麻。

六麻麻趔趔着往前奔，一张脸哭笑不得。别看那年轻女子精瘦精瘦的一个人，力气却大得很，她一下又一下甩着，每甩一下，六麻麻就趔趔一下，两个人像黏在了一起，一个急于黏牢，另一个只想挣脱。

"当新媳妇才几天，就敢这么骂老公公，苏小河真是没治了！"

有人在议论。

"当女子的时节疯疯癫癫，把她大、她妈的脸丢光了，那时候她好歹是娃娃，现在可是大人了，还这么闹，有她娃娃吃亏的一

苏小河

天！"

我四面留意，四周应该都是羊圈门的妇女们。她们已经看出来了，今儿的热闹也就这样了，不会有啥更好看的。因为主人公是苏小河，对于这个女子带来的各种闹剧，大家早有免疫力了，见怪不怪，反倒为自己冒着寒冷跑出来凑这个热闹而深感懊悔。

人群三三两两地散去。

现在我对上号了，那个被六麻麻拉着的女子，就是苏小河，跟我同一天成为新媳妇，我嫁进羊圈门，她嫁出羊圈门。

苏小河看上去挺普通的，中等个子，偏瘦，一张脸干瘦干瘦的，也没有抹点粉，头上随便包了块头巾，头巾的两个角拉下来系在下巴处，系得太紧了，把一张脸勒得"原形毕露"，五官都小而干瘦，一点都没有刚做新媳妇的人该有的水嫩。因为正在跟她妈和她男人赌气，她颧骨显得越发高了，嘴噘着，鼻子一耸一耸的，新媳妇该有的矜持和羞涩，在她身上根本就看不到。

"穗穗你听话，跟我回家去，有啥事咱们到家里商量，你不要这么个样子了——"六麻麻一边拉女儿，一边声音低低地哀求，"这么多人看着哩，你叫人看笑话哩——"又望一眼身后的青年，一张下唇明显下垂的嘴越发说个不停，"人家伊麻子对你好着哩，不好的是你公公，又不是伊麻子，日子是你跟伊麻子过哩，又不是跟老公公过。"

她的话其实一点用都没有，相反像把一瓢一瓢的油泼在了火上，苏小河身子猛地往前一蹿，又往后一缩，挣脱了她妈的手，嘴里说："那么个老公公，这日子我没法过，那个家里有他就没我，我死也不回去！"

说完,她往人群里看去,看到了苏晓山,忽然笑了,向苏晓山跑来,说:"苏晓山,苏晓山,你得救我!"

苏晓山伸手拉住她,她好像愿意被苏晓山拉着,不跑了。身后六麻麻跌跌撞撞地跑上前,喊:"山,山,你跟你妹妹亲,你的话她听,你快好好劝劝她。"

苏晓山笑着点头,"六麻麻你放心,我一定好好劝,哎,穗穗——"

不等他多说一句话,苏小河截住他的话:"我不是穗穗,我叫苏小河!"

早在回娘家的路上,我就听苏晓山讲了苏小河这大名的由来,也算她身上发生的众多趣事之一。苏家在羊圈门属于大姓,大姓讲究多,一辈一辈的子孙,大名按一定的字辈起。到了苏晓山这一辈,都取一个"晓"字,什么晓山、晓河、晓树、晓粮、晓云、晓雨、晓才、晓财、晓华、晓升……有一天苏小河问长辈,为啥兄弟们都有大名,她咋没有,她父亲笑着告诉她:"他们都是儿子娃,长大了是大男人,大男人就得起大名,你一个女子娃,长大了是别人家的人,你叫个穗穗就好了。"

穗穗小姑娘龇着漏风的牙,反问:"凭啥我就不能有个大名?凭啥我长大了就得是别人家的一口子?"

她大不耐烦,说:"去去去,跟着你妈学针线茶饭去,你个小丫头片子,咋那么不安分哩!"

穗穗眼泪豆儿扑簌簌地淌,咬着嘴皮子想了想,说:"好,你们不给我起大名,我自家起,苏晓山那么个鼻涕虫,都能叫个山,那我就叫个河,我叫苏晓河。"

没人在意一个小姑娘的固执，都说她又发牛脾气了，过一阵子就好了。

过了一年，大家去学校念书了。穗穗混在一堆儿子娃伙里，打打闹闹去学校，老师给报到的孩子写名字，苏晓天、苏晓地、苏晓北、苏晓南……轮到穗穗，她张嘴就报：苏晓河。

老师停顿一下，说："苏晓河有了，你们苏家的女子不都叫花花草草的吗？你就叫——"

"我就叫苏晓河。"

苏小河不怕老师，一双小眼睛圆溜溜的，眼神无辜而真挚，热烈地望着老师。老师没辙了，总不能写两个苏晓河吧，他就做主写成了苏小河。

那时候的穗穗还不知道汉字里有两个"xiǎo"，高高兴兴顶着苏小河三个字开始了她的学生生涯。同学们也适应了两个苏xiǎo河在同一个班里共存。那些实在需要特别指明两人有所区别的情况下，就在大名前加一个性别：男苏xiǎo河、女苏xiǎo河，这样才能把两个人彻底区分清楚。

课堂上老师喊苏xiǎo河回答问题，男苏xiǎo河还在犹豫，女苏xiǎo河已经站起来了，嗓门清亮，回答："二加四减七，等于一。"同学们嘿嘿地笑。老师生气地说："苏小河你坐下，我没叫你，我叫那个苏晓河。"那个苏晓河还在犹豫，这个苏小河又站起来，说："马老师，你题出错了，二加四减七，减不过。"同学们又嘿嘿地笑。

苏小河常闹这样的笑话。窗玻璃被砸了，老师问是谁干的，同学中有人打小报告，说苏xiǎo河。老师说："苏xiǎo河，咋回事?"男苏 xiǎo 河还在迟疑,女苏 xiǎo 河又站起来,说:"马老师,不是我,我今儿一天都没挨近窗子。"老师说:"谁能给你作证?"苏小河想也不想,说:"男苏 xiǎo 河。"同学们又嘿嘿地笑。老师很生气,说:"苏小河你还是个女孩子,你看看你,哪有一点女同学的模样?你应该跟那个苏 xiǎo 河换一下,他当你,你当他。"同学们又嘿嘿地笑。苏小河就是这样快乐,她能给大家制造无尽的乐趣。她最大的特点就是像男娃娃,要不是脑后扎了个小辫儿,你简直不敢相信她这样的淘气鬼会是个女娃。

苏小河三年级的时候才弄清楚她的"小"字,和苏晓河的"晓"字,不是一个字。人家是"春眠不觉晓"的"晓",她是"大小"的"小"。她想找老师给改过来,她就是想要苏家所有男孩子都用的那个"晓"。这个心愿终究是没机会实现了,因为她从村小毕业了,也就是说,她的学生生涯结束了。羊圈门历来都这样,女子娃念书的不多,大多数女孩从能踩着板凳够到案板开始,就学着做饭、洗锅了,还要帮妈妈带弟弟妹妹,做力所能及的家务。这些女孩八九岁被送进学校,由于家里不重视,老师也不好好教,加上正是贪耍的年龄,糊里糊涂地就把初小阶段混过去了。然后就回家做农活儿,预备有朝一日长大了嫁人。更高的年级要去乡小学念,羊圈门这样偏僻,女娃们早早就断了继续念书的念头。

苏小河想去念四年级。父母拦不住她,只能由着她去了。学校太远,大家需要天没亮透就出发,顶着黎明前的黑暗,奔走在羊圈门通往山外的山路上。一到四、五年级,同龄孩子身体上的性别差异就显现出来了。苏小河要追赶上那些男娃娃,她需要付出更多努力。有一天,她跟平时一样奔跑在男同伴中,跑着跑着,她感觉身体好像漏了，有热乎乎的东西在往外流，她跑得快，就漏得快，一股一股的。她说不清楚哪里出问题了，就尽量当作没事人，甩着脚板跑过一道沟，跑完一段砂子路，跑到了小学门口。这时候大家的脚步集体缓和下来。苏小河舒了一口气，为自己又一次没有落伍而开心。

这时候有人叫了起来："苏小河，苏小河你咋了？"

苏小河被吓了一跳。对方不像在开玩笑。她疑惑地回头看。

"你屁股后头，淌血了！"

苏小河瞬间傻了，不由得伸手去摸，同时弯下了腰。手黏黏的，有潮湿感。她赶紧把书包转到后面，希望它能护住她的屁股。

"苏小河，屁股烂了！"

"哦，苏小河屁股淌血了！"

绝望中的苏小河明确感觉到了身体里的那个漏洞，而且血正热乎乎地往外流。

耻辱感瞬间炸开，吞没了苏小河。那是十多年来，她第一次向性别上的差距低了头。她忽然撒开腿就跑，跑出校门，和正在赶来上学的同学们逆向而行，她疯了一样冲出人们好奇难解的目光，向着远方跑去。她终于甩掉了人群，来到路边的一片杨树林里。她喘息未定，脱下裤子查看。果然是血，触目惊心的红色，让她深感绝望。她提起裤子，向着家的方向一步一步地走。她没有勇气回头望一眼那个留下了她耻辱的学校。

苏小河主动退学，不念了。苏晓山还在乡小学念四年级，他知道苏小河的血一度成为全校同学讨论的话题。对这个话题，十二三岁的少男少女们既敏感，又流露出这个年龄不该有的坏。他们集体嘲笑那个叫苏小河的女同学，好像青春期的耻辱感被她放大，并晒在阳光下被展览,她揭开了大家心里的遮羞布,好在苏小河本人再也不会听到这些了。

苏小河跟20世纪80年代初羊圈门的大多数女孩一样,她也早早辍学,跟着母亲学做针线,学做茶饭,继承乡村妇女该有的美德和吃苦耐劳、忍辱负重的能力。她唯一坚持的就是她一直认定自己叫苏小河。那个小时候由大人起的乳名穗穗,她不承认。谁喊穗穗,她不答应。连喊几声的话,她黑着脸,一本正经地告诉人家,她叫苏小河,不认识什么穗穗。几年坚持下来,"穗穗"这个名字在大多数人那里变成了苏小河。倒是和她最亲近的六麻麻,一着急就犯错误,穗穗、穗穗地喊。

苏晓山赶紧点头,"对,对对对,你是苏小河,你不是穗穗。哎,苏小河,要么你去我家里吧,跟我们好好说说话,你这心气可能就顺了——"说着回头给六麻麻挤眼睛。六麻麻看女儿不反感苏晓山,顿时高兴地说:"好好好,山,你好好劝劝啊,叫你媳妇也帮着劝,你们都刚结婚,应该能说到一起去哩!"

就这样,苏晓山陪着她往我婆家走去。我哭笑不得,又不好出面拦阻,只能推着自行车跟在他们后面回家。我婆婆热情地接待了苏小河,她一边做好吃的,一边不停地闲谈。她问,苏小河答。苏小河是个爽快性子,不怎么藏着掖着,很快她就把她嫁到冯庄的前后经过复述了一遍。作为新媳妇,我也陪在婆婆身边忙活,同时聆听着苏小河的讲述。这个过程我很熟悉,因为我也正在经历这些。

"他听我们的床。"苏小河加重语气,愤愤地说。

这个他我们已经知道是谁,他是她的老公公,一个刚做公公的中年男人。

"大娘，你说这恶心不恶心？"

苏小河盯着我婆婆发问，眼神固执极了，她在等答案。

我婆婆在捏一个包子，她往我擀好的面皮里头装一疙瘩萝卜牛肉馅，左手抓着，右手三个指头把面皮捏成一撮，夹着面皮飞快地打褶，转满一圈，松开手，面皮已经变成了一朵花。我婆婆端详着花瓣形的褶子，有些不满意，抿着嘴重新下手捏。她不管苏小河在不在等答案。

"大娘，你说你活了这么大岁数，你见过当公公的偷听儿媳妇的床的吗？这不是为老不尊吗？这不是人能做出来的事！"

我婆婆的头在原地停住，不点头，也不摇头。她有些苍凉地看着苏小河，说："娃娃，你是没经过世事，不知道老人的心。当老人的，操心的就是儿女，女儿给出去了，操心，盼着人家幸福。儿媳妇娶进门了，操心，怕人家小两口不和睦。整日整夜地悬心，就怕哪里出个差错。"

苏小河嘴一扭，反唇相讥："老人操心，也不能偷听儿媳妇的床吧？他啥意思？白天看上去人模狗样的，夜里就趴在儿子门外偷听我们睡觉，他还要脸吗？"

她气得手抖，劲儿太大，一个包子被她捏破了。她干脆不包了，把包子丢在案板上，沮丧地拍了拍手。她说："大娘你是站着说话不腰疼，换了你是新媳妇，你老公公趴在门外偷听，你心里咋想？"

"哟。"我婆婆不生气，慈祥地笑了，把苏小河捏坏的包子拿起来补救，说："穗穗啊，不是大娘嘴碎，你也老大不小了，二十多了，你该醒事了。"

她这是在和稀泥。老年人基本上都具备这方面的能力,不管大事小事,他们先给你上一铲子稀泥抹抹再说。

"我没法跟您老人家说了!"苏小河拍拍手,还真的不交流了,扭身进屋,去找苏晓山了。

我不敢撂下活儿离开,其实我心里很渴望离开。婆婆做活儿很慢,她的宗旨是慢工出细活儿,"又没有娃娃要养到裤裆里,急啥哩!"这是她的口头禅。在她强大稳定的气场笼罩下,我这个新媳妇除了暗暗地脚跟发痒,根本不敢随意脱离她的视线,躲起来偷懒,更不可能像苏小河这样敢想敢说,结婚才七天就从婆家闹到娘家来了。自由是闹出来的,就像那些穷人闹革命。可惜我胆子小,不敢学苏小河。

我婆婆抿着嘴继续捏包子,她嘴唇由外向里散射状分布着一圈皱纹,嘴抿起来皱纹更明显了。依我这段时间对她的了解,我知道这种状态代表她正在生闷气。

婆婆把包子放进蒸笼,然后烧火,我洗案板和一些灶具。她拉着风箱,忽然停了下来,扭头瞅一眼对面的屋子,那是我和苏晓山的新房。此刻屋里传来大笑声,苏小河和苏晓山两个人都在笑,听不见苏小河在说什么,他们叽叽嘎嘎地笑着,十分热闹。我想起看过的一本书,叫《红楼梦》,里头有个女孩叫史湘云,这苏小河应该和史湘云一样的性格吧。亏得他们是兄妹,不然这样亲密,我肯定要吃醋的。婆婆把烧火棍在锅台边敲了一下,咂了咂嘴,说:"哎哟,我的个真主哟,你六麻麻那么老实的一个人,咋就养了这么个活宝!哎哟,哎哟,那一张嘴哟,比刀子还快,机关枪一样,没遮没拦的,还不忍事,有虮子大的一点不如意,她就能嚷出一头牛来！"

看着被小辈的忧患煎熬得不知所措的婆婆，我想笑，又不敢，只能憋着。这是一种很奇怪的感觉，我自己没有勇气反抗现在的生活，对公公婆婆百依百顺，按他们的期望做着懂事孝顺的小媳妇，他们也乐于时不时送我几句夸赞的话。但我真的有些羡慕苏小河，有话就说出来，不用憋在心里，这多舒服。但是，强大的理智将欲望压得死死的，我知道我这个人成不了苏小河，这辈子都不可能。

苏小河躲在我们屋里不愿意出去，我端包子给她吃，她一口咬掉半个包子，瞪着眼吞咽，说："嫂子哎，你是苏晓山媳妇，我就该喊你嫂子。"她掉头看苏晓山，哧哧地一笑，说："苏晓山，你不要指望我会喊你哥，你比我大不了几天！但嫂子就是嫂子，喊嫂子是应该的！"

苏晓山龇牙，说："由你呗，反正你苏小河打小就长一口钢牙，我又不是不清楚。"

苏小河嘿嘿地笑，嚼着包子，说："苏晓山你瞅你那个没出息的嘴脸！难道还吃我嫂子的醋不成？我跟你说啊嫂子，这苏晓山就是个卡瓢子核桃，你得时不时地砸着、捶着，他才乖哩！"

我们三个都笑起来。我说："那我得准备个锤子了，砸起来容易。"

苏晓山摆手，喊道："苏小河你不要胡说！"又看我，说："媳妇儿，媳妇儿，你不要听她满嘴跑火车，她就是个跑江湖的性子，路子野着哩，你跟上她要学坏的！"

苏小河也不生气，嘿嘿地笑，伸胳膊揽住我，说："我偏偏要教她学坏，你能咋地？"

夜里,苏小河跟我睡。苏晓山倒是很乐意,他正好可以跑出去找那些同龄的男孩子,大家彻夜折牛拐子、炸金花,反正好耍的多着呢!

第二天做早饭时,我发现婆婆嘴角的皱纹更深了。当我端着早饭要送给苏小河时,婆婆狠狠把脚跺了几下,说:"害人精,害她大和她妈也就算了,结婚才几天就害得婆婆家不得安宁,现在又来祸害我们!"

吃不透她的话,我就不敢乱动,端着盘子站住,等婆婆进一步示下。

"你们才结婚七八天!"她压低了声音,有些神秘,又有些暧昧地说:"按老人们说的,这小两口结婚要四十天不能分开睡,这苏小河一来就把你们分开了,这是要冲你们的缘法!"

婆婆的嘴里带着一股葱味儿。昨天包子馅里我们放了葱。葱味儿隔夜又泛出来,早没了葱的鲜味,有那么一点难闻。

"叫她吃了饭快走人,有娘家,有婆家,躲在我们家里算个啥!"

我端着饭进去,苏小河还在睡。我拉开窗帘、扫地、叠被子,其实我已经忙完了很多家务,包括填炕、扫厨房、和婆婆做早饭。苏小河睁开眼,打个大哈欠,说:"起这么早啊?一个个真是早公鸡!"

我苦笑,心里说:我也不想早起啊,谁不知道热被窝里多躺一会儿舒坦,可身不由己啊!公公婆婆天不亮就起来做礼拜,然后公公念经,婆婆在一边听。只要天一放亮,老两口就出来了,就在门外头活动,咳嗽声一声接一声,我哪好意思继续装睡哩,只能爬起来去给老人做早饭。

"我天天睡到天大亮。"苏小河一边说,一边起来穿衣裳,露出两条胳膊来,肉好白,细嫩细嫩的。大腿更白,明晃晃的,她把腿往裤子里塞,说:"哎哟,没有男人打搅,可睡了个清静觉。"这话没法接,我就傻笑。

苏小河凑近瞅着我的脸,嘿嘿笑着说:"哟,嫂子,你脸红了?还真是个害羞的人啊!唉,我得警告一下苏晓山,叫他不要欺负你。当媳妇这些天了,你还脸红,是个正经人嘛!"她简单梳洗了,端起米汤喝,"不过也是好事情,苏晓山命好,遇到了你。"说着又喝了一口米汤。

我发现她这个人说话很跳脱,前一句和后一句往往间隔很远,有种前言不搭后语的感觉,但细想又能连上,这样我就总是跟不上她的节奏。

"我得走了。"吃完,她抹嘴,拍屁股,眉头有一点皱,忽然凑近我,刚喝过小米汤的嘴唇红润润的,牙齿缝里有米粒残留,她用这样一张带着人间烟火味的嘴告诉我,她再留着,我婆婆就要赶她走了。我有点尴尬,以为她听到了我和婆婆的对话。她笑了,说:"我大娘那个人,我还不清楚吗?精明得放个屁都透明,不糟蹋一点粮食气!"

这比喻真新颖,我想了想,才想象出一个透明的不带粮食气的屁,我们俩一起哈哈大笑。

苏小河走了。望着她睡过的被窝,我有一点走神。夜里她像个男人一样四仰八叉地躺着,还说梦话。她梦里在骂人,还磨牙,还把腿搭在我身上,一条腿忽一下就甩到我身上来了,我推下去,过一会儿又上来了。她有些地方比苏晓山还男人气,比苏晓山豪爽,比苏晓山敢想敢说。她应该是个男人的。

苏小河和她婆家的斗争史,成为未来两年我们枯燥乡村生活的调味剂。谁也难以预料她哪一天会忽然回来。作为新婚夫妇,别人回娘家时,一般都是十分恩爱的,最不济也能维持一团和气。苏小河只要出现在羊圈门,大家就知道她又有事了。她风风火火在前头跑,她男人像条忠实的尾巴,不离不弃地跟着,撵得上就劝她回去,撵不上就不停地撵。苏小河很擅长跑,她男人不是她的对手。于是小两口你追我赶的情景成为羊圈门的一道独特风景,也成为大众口中的一个笑话。

"咋不打呢?"我婆婆嘴巴周围那圈皱纹深成一朵莲花,花瓣层层重叠,花瓣最中间挤压出她的愤慨,"打倒的媳妇揉倒的面,穗穗女婿就是个孬种,我就不信还治不了那个女人了,给她一顿棍子,我就不信她不改毛病!一顿打不倒,就三顿五顿地打!我们那个时代的女人,谁不是这么过来的!"

我目瞪口呆地看着她,婆婆反而自己觉得不好意思了,摇了摇头,说:"唉,她是我们苏家女子,我是不该这么说她,可你看看,实在闹得不像话呀!这羊圈门哪里听说过有这么个活宝?!碎的时节就不听话,我叫你六麻麻打,你六麻麻那个女人话多心软,啰啰唆唆的,下不了重手。看看,愣是让她妈惯出病来了,越大越没治了。"

我默默在心里思量,我要是学苏小河的行为,只怕我婆婆早撺掇儿子收拾我了。如此看来,苏小河的命比我好,她遇到的男人比她老实,也不像苏晓山这样一味地听他妈的话,她婆婆也没有我婆婆这样厉害。我心里不平,就故意挖苦她,我说:"苏小河那个脾气,就怕不是棍子能降得住的,只怕一顿打完,不但不改毛病,再打出人命来,就算打不死,万一她自己再上吊吊死哩?喝农药也挺方便的。反正这种事她又不是没干过,你不是说过吗?小时候就有那么几回,她大打急了,她要跳崖,要上吊,要跳井,还要……"婆婆唇边的皱纹像刀刻得一样深,我赶紧打住。

"她呀。"我婆婆抬手拍打自己的膝盖,"哎哟,哎哟,哎哟,穗穗这个女子,我没法说了,得亏不是我养的,我要养出这么个活宝,我一头碰死算了。"

苏小河笑嘻嘻地出现在大门口,来找我。自从回门那次接触后,她只要再来娘家,就少不了要跑来看我。她来一回,我婆婆脸上的皱纹能深一层,她对苏小河的警惕和反感难以掩饰。有一回我和苏小河叽叽嘎嘎地说笑,中途我出去解手,门一开,外头窗户下坐着婆婆。见我出来,她尴尬地笑笑,起身走了。她在偷听我和苏小河说话。我倒没觉得有多大事,进去跟苏小河一说,她跳了起来,要去找我婆婆理论,要问个一清二楚。吓得我赶紧拉住她,央求她别嚷嚷,嚷出去对谁都不好。她犟劲上来比苏晓山力气还大,我根本拉不住。她嘲笑我太胆小了,有些事就不能忍,忍就只能吃哑巴亏。她说我婆婆这人阴着呢,明里暗里没少骂她,她早就不想受我婆婆的闲气了,趁着这个机会好好敲打一下。我彻底慌了,苏小河真要闹一场,最后她一拍屁股走人,我呢?这不是把我给搭进去了?以后我还得在婆婆眼皮底下过日子呀。听我这样说,苏小河泄气了,拍了一把大腿,一屁股坐进我家沙发里,说:"哎哟,你没救了,有人帮你撑腰,你还不领情!没救了!算了,就当我不知道这个事！"

苏小河一来，我真心欢迎，因为她能带来无尽的快乐。我们嘻嘻哈哈地说个不停，叽叽嘎嘎地笑个不停，满屋子都是欢乐。要是她心情不好，见面先骂人，骂公公婆婆和她男人，大姑子、小叔子、邻居媳妇……只要惹她不高兴的，她就拎出来骂一顿，数落着，忽然就笑起来，说："不提他们了，不提他们了，我们高兴起来吧。"

我们就高兴起来了。小媳妇之间，值得高兴的事还是有不少的。我害喜了，她大惊小怪地要摸我肚子，问我想吃什么，又要带我去葫芦镇上吃凉皮。她说不管酸的还是辣的，想吃啥就吃啥，别委屈自己，又瞅着我哧哧地笑，说我傻，给苏晓山这种男人怀娃娃不值得，苏晓山就是个孬种，日子长了我就知道了。下一回见面，她摸着自己的肚子，说也怀上了，吃啥吐啥，连苦胆水都吐出来了，她不吃不喝地躺着，婆婆做了饭端到枕头边，一勺一勺喂她。她高兴了，就吃；不高兴的话，就"哇"地一声吐出去，故意往婆婆怀里吐。听得我胆子缩小了一圈，苏小河的胆子也太肥了吧，怎么能这样！她摸着肚子笑，说没防住怀上了，等大点就去打胎，反正不能就这样傻头傻脑给伊麻子养娃。伊麻子是个老实蛋蛋，她还没想好要不要真的一辈子跟这个男人。

苏小河走后，我婆婆找我谈话，明确表示希望我以后远离穗穗。她说："她自家不学好，也把旁人带偏了，你一个不留心，就被她带沟里去了！"她嘴角的皱纹又深了一圈，口气愤愤的。

我就是再迟钝，也猜得出这个"旁人"所指何人。我只能表态，苏小河要是不来找我，我也不会去找她，就算她来找我，我也不会让她把我带沟里去，我有自己的定力。

婆婆满意地抿嘴点头,说:"这个苏小河不会看人,眉高眼低,她再来我要敲打敲打。"我不知道她老人家具体怎么敲打的,果然后面两个月苏小河再没来过,也是因为我们俩都身子重了,她连羊圈门也不来了。我又回归到婆婆满意的状态,安安分分做媳妇儿,等孩子出生。

我儿子过满月的时候,亲戚们来了不少,大家一边吃喝,一边闲谈,谈到了苏小河,说她的孩子也马上满月了,下周大家要去给她的孩子过满月。话还没凉下去,苏小河就出现了,怀里抱着婴儿,风风火火往她妈家跑,她男人在后面骑着摩托车,一边撵,一边给碰到的人解释,苏小河因为过满月的事和他父母闹翻了,满月也不过了,抱着娃娃回娘家来了。

过满月对于娘家来说是大事,需要拿一份重礼。苏小河的孩子的满月就这么黄了。苏家人商议好集体去恭贺的事,也就拉倒了。我婆婆一边逗弄刚满月的孙子,一边晃着头感叹,说:"那个穗穗,越活越糊涂了,都已经是娃娃的妈了,老毛病一点都不改,笤帚疙瘩大的一点娃,就提上往娘家跑。她自家刚出月子,天寒地冻的,要是落下病也活该,娃娃那么小就跟着受罪,真可怜。"

门外有脚步声,苏小河来了,又一次不请自来。我婆婆的脸立马就黑了。苏小河不看谁的脸,抖开怀里的襁褓,襁褓里睡着一个婴儿。她把娃往我的炕头一放,就脱鞋上炕,往热被窝里钻,根本不用我让。婆婆也看见了,这个亲戚还真不是我主动招惹来的,人家来了比主人还有主动权呢。

苏小河的女儿一点都不像苏小河生的,苏小河坐月子也没见养出一点肉,还是精瘦精瘦的一个人,孩子倒白白嫩嫩的,像一团刚蒸熟的糯米饭一样可爱。我婆婆见了孩子就忘了苏小河的不可爱，稀罕得不行，手忙脚乱地给缝了虎头帽戴上，还做了一个新围兜围到小肚皮上。苏小河不笨，看得出老人家喜欢孩子，她就沾孩子的光，赖下来不走了。这时候的我和苏晓山已经不存在分床不分床的讲究，也不怕被谁冲了缘分，苏小河夜夜跟我睡。两个孩子哭的时候一起哭，睡的时候一起睡，就像被我们养成了双胞胎。

我发现这时候的苏小河不怎么历数她婆家人的短处了，她没事就坐着想什么，想得很投入。一个惯会叽叽喳喳的人，忽然不爱说话了，倒让人心里不踏实，我就引逗她说话，问她有啥心事。她扑哧笑了，看着我，看得我心里发毛。我伸手摸自己的脸，说："脸上没长啥吧，为何这样看人？"她说："你看你肥成啥样了。"我倒坦然："奶娃呢，不多长点肉，哪来的奶水？"她伸手捏自己的脸，那脸当然还是瘦瘦的。她拿手拍脸，说："我们不能向自己投降，肥起来就是第一步，下一步呢，越来越肥！娃娃呢，生了一个，人家会要你生第二个、第三个！用不了几年，我们就跟她们一样了！"

我傻了。苏小河这是啥意思？

"你看看——"苏小河朝着窗外努嘴，"她们一天到晚除了围着男人娃娃转，再就是说闲话，搬弄是非，骂年轻人，活得一点质量都没有！"

士别三日，当刮目相看。我和苏小河有一小段时间没见了吧，她这思维节奏快得我完全跟不上了。

我明白她所指的是我婆婆这类中老年妇女，当然她们的今天也就是我们的明天。今天的我们终有一天也会变成她们那副模样，这是生活的必然，只要时光不倒流，没人能和自然规律抗衡。我们也会把儿女拉扯大，看着他们嫁娶，也会嫌弃儿媳妇的种种不足，也会东家长西家短地谈论世事，也会全身松弛，皱纹遍布，也会动辄抱怨，不知道哪来的那么多闲气。

我当然不想变成这样，但强大的生活逻辑已经把我拉下了水。生完孩子，坐完月子后，我胖了有二十斤吧，乳房沉甸甸地垂下来，几乎垂到小肚子。这样的体型，和我婆婆有啥区别？再看苏小河，全身上下都紧绷绷的，一点都没变形，哪像个生过娃的女人！

"那咋办哩？"我瞅苏小河。说实话我有点动心了，心里已经下决心要减肥。

"得走出去。"苏小河两眼放光，声音压低了，好像做坏事的人意识到自己在做坏事，"这两年我反复想了，也试了。只要我们还窝在这山沟里，我跟你说，就没一点点出路，一辈子都是这个样子！得往外走，外头世界大了去了，不出去看看，闯一下，咋知道外头多好？"她的口气，带着诱惑的味道，我心动了一下，但只有很单纯的那么一瞬间，紧接着就被现有生活的惰性和对未知的畏惧感给淹没了。

我摇头，说："那咋成？外头是男人的世界。人家两个肩膀扛一个嘴，出门就走了，有的是力气，走哪都能挣钱。我们女人家，拖儿带女的，能去哪？能做啥？出门就要受罪哩！"

"照你这么说，女人的世界塌了！"苏小河抽着鼻子鄙视我，"你已经完了，你这脑子跟她们一模一样了，我婆婆也是这么嘲笑我的，你婆婆肯定也这么认为的！谁告诉你的，女人出了门就活不下去？我还真不信！等这个娃娃断了奶，我就闹腾这个事。这几年再不出门,后头真要怀了老二,那我就真的被拖住脚后跟了!"

我发现我没法跟她继续聊了,我们的聊天聊到这里,寿终正寝了。

苏小河又住了几天。这期间她偶尔也回她妈家,也回她的亲爷爷家、亲伯伯家,他们叫她去吃饭,她留下孩子去了,夜里还是回来跟我睡。有时候一去好半天不回来,娃娃饿得哭,婆婆冲了奶粉,她一面给娃喂,一面絮絮叨叨地抱怨:"这个娃命苦,咋就遇到穗穗这么个疯妈,带孩子是一把屎一把尿拉扯大的过程,她那个疯疯癫癫的样子,娃娃有罪受啊!"

我心里想的是苏小河告诉我的事。说实话我也想去外头,这念头很早就有了。刚结婚那会儿,我受不了和公公婆婆、小叔子、小姑子一起过日子,做媳妇的免不了受委屈。我撺掇过苏晓山,让他出面跟父母谈判,带我外出打工。苏晓山这个孬种连跟他父母开口的勇气都没有,被我逼急了,他干脆把我出卖了。结果是我婆婆的脸拉得和鞋底子一样长,守着我进进出出,话里话外都在敲打我,我便乖乖地"缴械投降"了。我除了偷偷跟苏晓山闹了一阵子别扭,明面上啥也没敢表现出来。苏小河比我勇敢,她敢想的事,就敢干。真要到了外头,日子是什么样儿呢?我禁不住向往。

娃娃拉屎了。我婆婆提起小家伙,一边给她擦屎,一边骂:"鸭子下蛋不管蛋。这个穗穗啊,把她妈撒下就跑了,连自家下的羔都撒得下,她的心比筛子还大!唉,这一路子女人,不是好货,迟早出事!不信你等着看!"

鸭子怎么会下蛋不管蛋?我没见过。山村里缺水,没人养鸭子,据说那东西得有水才好养。像苏小河这种当妈的风格,我还真是第一次见到。怎么形容好呢?粗犷?潦草?马大哈?还是缺心眼儿?

好像都有，又好像都不准确。反正换作我的话，我根本做不到。娃是女人身上掉下来的一块肉，从娃一落地，就把女人的心分了一半，这心啊，没有一刻不记挂着孩子。苏小河在这方面也许真的有特异功能，我不得不佩服她。

"身为苏家人，不是我埋汰苏家的女子，穗穗这女子，真是太不像话了。人这一辈子，长得很，我真替她愁，不知道她要栽多少跟头，才能把那臭脾气改好。"我婆婆抱着苏小河的女儿，苍老的嘴像啄木鸟啄木头一样，啄着孩子的小嫩脸，嘴里发出感慨。

她没有等到自己的话应验的一天。苏小河这次回去后，不久就听六麻麻说闹家务哩，闹得很严重，娘家人被叫去调停。不久后，听说她去了新疆，由伊麻子陪着，孩子留给婆婆了。我婆婆听到这个消息，拍着怀里的孙子，说："她咋胡折腾都不稀奇，就是可怜那娃娃，还吃奶着哩！这就离开娘了。唉，唉，现在的年轻人啊，这一天天的，吃了酸的想甜的，戴了银的要金的，我们老喽，看不懂，也管不了喽。"

从此，关于苏小河的消息，我们只能从别人的传言中得知。这几十年里，我们这一带有好多人去了新疆，有定居的，有暂留的，有春去冬回的，也有书信来往的，现在又通了电话，要知道一个人的消息，也不是难事，但我们都忘了苏小河。我再次害喜的时候想起她笑话我的那些话，竟如谶语一样应验了。我果然生了老二，又生了老三，把自己变成了一个人口制造机器。婆婆病故后，我成了主持一家事务的女人，有时候会忽然想起苏小河的话，我的人生果然滑入既定的轨道，我越来越像婆婆。我会忍不住想象，苏小河现在怎么样？我要是当年听她的话，跟她一样折腾一下，现在又会是个什么样的人生呢？模模糊糊想一阵，觉得人生是没法同时走两条路的，想也白想，就干脆不想了。有好几年时间吧，似乎完全听不到苏小河的消息了。

我老公公去世后，因为他是上一辈的老人，生前又是个品行端正且对教门虔诚的人，所以他的去世就惊动了全部的亲戚，不管远近几乎每家都有人来送埋体。我忙得昏天黑地，等亡人入土为安后，我才松了一口气。夜里闲谈，苏晓山谈论起亲戚们，谁家来了谁，谁哭得很伤心，谁家没来人，东拉西扯说了一阵。他忽然想了起来，说："苏小河还记得吗？"我脑子里有那么一瞬间的空白，两眼望着黑夜，我说："哑！你这话问得，苏小河我咋能不记得？穗穗啊，那几年只要来娘家，就赖在我这里不走，叽叽喳喳，一说一车的话，让人欢喜得不行！你还别说，自打她去了新疆，我们亲戚里还真没有这么和我投缘的女人。"

"她离婚了。"苏晓山说："她公公来送埋体哩。唉，说到底是苏家对不住人家，就算婚已经离了，人家还认这一门亲戚哩，这么远，也赶来了。"

我在想，苏小河离婚了，这并不是意外消息，只是不知道是现在离的，还是刚到新疆就离了。

关于苏小河，从此以后又没人提起了。在六麻麻面前，那算是她家的羞耻，是极力掩饰的事，她们讳莫如深，我们更不好问。就这样，我们又慢慢把苏小河忘掉了。

大概又过了八九年吧，不知从何时起，苏小河在羊圈门人的言语间又出现了。我后知后觉，等到察觉的时候，人们正热烈地议论着这个人。六麻麻比十九年前更老了，瘦瘦的脊背弯得像一张弓，一笑一脸的皱纹，难看的氟斑牙间不知何时多出来两颗黄灿灿的新牙，咧嘴一笑时，那牙齿先龇出来亮相。大家都说六麻麻有钱了，镶金牙了。六麻麻不否认，只是笑。我好奇地问她那真是金牙吗，咋舍得花那大钱哩。

六麻麻幸福地笑着，说："哎呀，我哪有那钱来糟蹋，是穗穗啊，她给我发的钱，愣是叫我去装牙，装上了还要打视频给她看，她亲眼见我装了，才放心了。唉，穗穗犟得很，那个脾气说风就是雨，我不装她不答应，说是她的孝心，花多少钱也值。你也知道嘛——"六麻麻感慨地奋力晃着头，"你也知道穗穗有本事得很。现如今不缺钱，家里顿顿吃肉，羊肉根本不吃，说吃了怕胖，就吃牛肉。春夏秋冬的衣裳挂了一柜，光那脚上穿的，靴子啊，凉的，暖的，一个三层的鞋柜摆满了。"

六麻麻在我的印象里一直是个很弱势的女人，生得矮小，话又经常说不清楚，再加上家里一直穷，日子过不到大家前头，人就没有发言权了，属于遇事总往后缩的那类人。要不是她养了个不安分的女儿穗穗，估计我们更没理由留意到她这个人。回想早些年她追在苏小河身边劝女儿的那一幕又一幕，再看看现在这个得意得有些轻狂的六麻麻，真是叫人哭笑不得，想不起拿什么词儿来形容她。

苏小河成了有钱人了。羊圈门的人时不时地提起她来，大家喜欢提起她，讨论她的时候，表情变得古怪。这些从前看热闹的人，现在还是看热闹，只是口气变得复杂。一方面是难以置信，另一方面是禁不住地崇拜，那是对钱和钱所代表的更多的东西的崇拜，甚至是对一种从未看清楚过的东西的崇拜。夏天大家都忙，生计所迫，从春忙到秋，更多关注自家的事情。冬天一到，人们的目光开始更多地关注他人，苏小河这几年一到冬天就在羊圈门乡亲们的话语之间流传，她成了传奇。"钱多得很！"苏晓山朝我感慨："听说开着豪车，钱拿皮包装呢，一出门就带一包。"

我想起苏小河警告过我的话。她说苏晓山就是个孬种，我跟着这样的男人，日子没出路。现在看来，苏小河的话不是没有道理。苏晓山是他父母的老儿子，从小到大习惯了啃老，早年靠着父母的接济，日子才过得下去。自从公公婆婆去世后，这个家的生计就一天比一天紧，眼看着入不敷出，要不是我苦撑着，估计我和孩子们都要挨饿受冻了。可是，遇到这样的男人，我似乎没有更好的办法。离婚吗？我早就习惯了命运的这份安排，从来没有想过真要离，我也不敢奢望离了他，还能不能找到一个更好的男人。既然未来的命运不可预知，我更没勇气为这个不可预知去折腾。可我羡慕苏小河。谁能想到呢？她真能成功。早知道这样，我也跟上她折腾一回。转念一想，我又否决了自己。当初真要跟她一样闹，就得抛弃孩子，继而离婚，得罪婆家满门，给娘家脸上抹黑，这些后果我能承受吗？还有，这些年她究竟经历了怎样的奋斗历程？吃了多少苦？受了多少罪？谁又看见了？所以，我的结论就是，各人有各人的命，各人走各人的路吧，谁也替不了谁，谁也别羡慕谁。

六麻麻夏天做了胆结石手术，术后人更瘦了，据说一段时间不能吃油腻的，什么牛奶、鸡蛋、肉都不敢吃，只能顿顿吃稀饭、洋芋面。她在家里躺不住，成天捂着右边肋部，慢悠悠在大路上走动，遇到人就说她的这次手术，说得大家都烦了，她就换话题，说穗穗，大家顿时又有了兴趣。

"穗穗咋没来看你？"

"想来啊，顾不上，她做的是大生意，腾不开身。"

"哦，那给你打钱了没？"

"打了，咋能不打哩！动手术就是她打的钱，还给打了吃嘴、补身子的钱。啊，我的娃有孝心得很！不要看是个女子，比三五个儿子都顶事。"

听众里有人在偷偷撇嘴，有人悄悄地反驳。这都是钱的好处吧，没钱的时候谁不知道那就是个祸害！现在有钱了，就成宝了。

六麻麻不跟那些得了红眼病的小人计较，她深切想念她的穗穗，说冬天一来穗穗就回来了，新疆的冬天冷得很，生意就停了，只要生意停了，穗穗就马上回来，这话传开了。但是羊圈门的大多数人，都有些懵："穗穗是谁？"便有人解释："苏小河啊——"听者恍然："苏小河啊，那个疯疯癫癫的苏小河！当然记得她了！"除了后面刚嫁进来的一些小媳妇，大多数羊圈门人还是记得苏小河的。

我发现不知道从什么时候起，羊圈门的人们开始想念起苏小河了，好像那是他们的一个失散很久的亲人。现在他们很想念她，就盼着早一天能见到这个亲人。

这些年里头，羊圈门人的日子都好起来了。家家住新房，户户盖牛棚，牛羊一圈一圈地养，家用车、摩托车、农用车几乎家家有。大人们人手一部手机，吃穿都讲究起来了，家里也都有了一些存款。

但是，人们还是被苏小河吸引。苏小河的钱有多少呢？有人说她开了个公司，全新疆的大楼外墙保温工程都是她的公司承包的，别人只能从她手里转包才能讨一口饭吃。有人说她在煤矿里也有投资。说来说去，讨论的结果是，这些年羊圈门的落后确实禁锢了大家的眼界，让大家的思维只能停留在吃饱穿暖这样的层面。原来人还可以更有钱，就像苏小河一样。这世上有钱人那么多，为啥大家从来不曾这样花费心思关注过？因为距离太远，远到连想象的能力都没有。苏小河我们太熟悉了，一个很熟悉的人，从前跟我们大家一样穷，现在她的跨度这样大，怎能叫大家不好奇呢？

冬天一到，苏小河就要回来了。

冬天怎么还不来呢？

苏小河，她知道我们对她朝思暮想吗？她可是我们大家盼啊盼，终于盼回来的人。现在这个人就近在我眼前，我激动吗？说实话，没有。要是苏晓山在跟前就好了，可能我会稍微热情一点。毕竟更盼望她的，是一心要做她未来债务人的苏晓山。苏晓山屁颠屁颠跑去请的人，到我这里来了。既然苏晓山心心念念要借这个富婆打个翻身仗，那么我至少不能给他背后捅刀子吧，因此，我觉得苏小河的不请自来可以被原谅了。我家一夜酣睡后来不及拾掇的脏乱环境，和脏乱环境背后的贫困，让苏小河尽收眼底，不算坏事，甚至是件好事。既然你都看见了，你还能装看不见吗？你的发小兼堂兄的家里都这样困难了，他跟你借钱，你怎么好拒绝呢？十万八万的就不想了，四五万总可以吧。

等情绪稳定下来后，一切就井然有序了。我从冰箱里取出上次冻起来的牛排骨、鸡肉。我飞快地泡粉条，还有一斤豆粉，可以做几碗凉粉。只是时间实在仓促，就怕凉粉还没放凉，苏小河就要走人。说到底，是苏小河来得太突然，打乱了我的计划。

我一边搅凉粉，一边悄悄从背后打量苏小河。她还是那么瘦，这让我有些惊心动魄。我们有十七年没见了，十七年的时间已经完全把我打磨成了一个中年村妇。有时我独自坐着，往事在脑子里一遍遍地过，想着想着忽然就难受起来，深感不甘心。难道我真的就这么老了？胖了？臃肿了？松弛了？变得越来越像婆婆了？不用说我的腰身像婆婆一样臃肿，就连说话的神态、行事的方式，有时候也好像和她是一个模子里刻出来的，这让我十分无奈。曾经我是反感这一切的。十九年前，我初为小媳妇的时候，我冷眼看着婆婆，对她既敬又怕，使劲地保持着距离，心里总感觉自己永远不可能变成这样的女人。她的衰老、世故、庸俗、啰唆、精明、唠叨、抱怨……生活在她身上鱼龙混杂，泥沙俱下，我绝不允许自己也变成这样。但一切都只是时间问题，现在我就变成了这样。而苏小河，她的背影依然这样窈窕，与十九年前相比，没有变化。

心里涌动着巨大的浪涛。我暗暗使劲搅动着筷子，豆粉逐渐透出清亮的颜色，需要不断地加清水进去，不然凉粉会太硬。水流下去，锅底噗嗤噗嗤地响，有气泡在炸破。苏小河啊，她回来了，时隔这么多年，我们竟然从未联系。其实在通信如此发达的今天，联系彼此没有多大困难，只是我们没有用心去做罢了。现在，她是主动来看我们的，这说明有些东西还在？没有变？她还是那个苏小河？

心，静下来了。我发现苏小河的穿戴确实像苏晓山说的那样精致。一件半长的棉衣，肩头和前襟镶嵌着几片貂皮一样的东西。领子是一大片狐狸毛，翻在后背上。头上戴一顶毛呢贝雷帽。腿上是打底裤吧，裹得很紧，套着齐膝高跟靴子，可能是为了呼应上身的那几片皮毛，靴腰朝下外卷，外卷的部分毛茸茸的。其实现在的冬天不太冷，而她穿戴得好像来自遥远的冰雪世界。

"新疆很冷吗？"

我一边往外舀凉粉，一边问。

"还行吧——"她不回头,一张一张地拍那些相片,嘴里的话没停,"我们都在房子里,冻不到,冬天嘛,生意就停了。"

她的口音有变化。当年纯粹的羊圈门口音,现在夹杂了新疆的味道。

我努力让自己的耳朵过滤掉那一抹非羊圈门的味道,这样可能会让我们的距离感少一些。可是,有困难。我们彼此心里有一道沟壑,她不主动跨过来,我感觉自己也无法跨过去。

我们近在咫尺。

我们隔着十七年的距离。

我用铁铲刮着锅底的凉粉,锅与铲发出难听的磕碰声。我感觉铲子伸进我心里了,它在刮着我心底积攒的污垢,一铲子,又一铲子。我怎么这样悲伤呢?

苏小河终于拍完了。她扭着胯走过来,我已经悄然拾掇好了屋里,一切井然有序。炕上的被褥和枕头叠放整齐,炕上铺着一张大油布,这样炕干净,不打卷,不怕油腻,如果脏了,只要用湿抹布擦一下,就又光洁如新,地扫了,拖了,带雪泥的鞋子被塞到一个纸箱子里了,孩子们被我赶到隔壁屋去了。现在苏小河看到的,是一个虽然不算富裕,但绝对整洁有序的人家。我心里全然踏实了。看吧,看吧,苏小河,这就是我和苏晓山的生活现状,你都看见了,你要笑话就笑话吧,我没必要藏着掖着。

苏小河犹豫了一下,缓缓脱了靴子,爬上炕去。我赶紧拿一条毛巾给她擦油污,提醒她我家的炕上挺干净的,不会弄脏她的好衣服。她可能放心了,靠着被子坐定,伸手拍了拍炕,示意我也上去坐,我干脆也坐下了。屋外满世界是雪光,把屋里也映得分外亮。我离苏小河这样近。她的脸上落满光，我也顶着窗玻璃透进来的光。时间仿佛倒退了，十八九年前，也是这间屋子，苏小河常来找我，白天叽叽喳喳地说个不停，夜里留宿，我们俩一说就说到大半夜，直到婆婆在屋外咳嗽，我们才睡觉。现在婆婆不在了，可是我们之间好像没话可说了。

我在炕上放了张小木桌子，摆上一盘干果，倒了一杯水，待客之道我尽到了。稍后等肉解冻了，凉粉凉下去了，我就可以做饭招待她。

苏小河伸手抓瓜子。她的手从袖管里伸出来，又瘦又长，手腕上戴着一个黄澄澄的大镯子，手指上挨个儿戴了三个戒指。高领外面挂着一个掌心大小的黄色吊坠。耳朵中间部分戴着双排耳钉，最下面还挂着一对耳环。

一二三四五……我默默数了数，她全身大概有十多件首饰吧。衣服里头贴肉处不知道还戴项链没有，脚腕子上不知道戴脚镯没有，我印象里有钱人好像喜欢连脚腕子上也戴东西。

我悄悄把手收到怀里，藏了起来。除了脖子上挂着一串地摊上买来的塑料项链，我好几年都不曾戴过其他首饰了。结婚的时候我也买过几件金首饰，有孩子后就摘下来锁进柜里了。一来戴着实在麻烦；二来担心整天忙碌，再给弄丢了；三来，日子把人过得粗糙了，有时候我都想不起来自己还是个女人，还需要首饰点缀。我灰头土脸地忙着这一家子的日子，早忘了自己还应该追求一份美。乡村的女人，真要是一辈子讲究美，日子就没法过了，尤其和苏晓山这种男人，日子肯定早塌火了。

感觉和苏小河独处的时间很难熬，我默默盼着苏晓山快回来。

他回来的话，肯定能改变这冷清的场面。偏偏这个挨千刀的，一到冬天就盼下雪，一下雪他就没日没夜地泡在别人家里，家务全丢给我，他放心耍他的去了。摊上这样的男人，我注定一辈子吃苦。苏小河现在这样贵气，肯定嫁了个好男人。我看见她用两只手剥葵花籽，咔嚓咬开一个，然后用手剥，慢慢地掰开，掏出仁儿，缓缓丢进嘴里，慢慢咬，然后再剥下一颗。就这样，葵花子被她嗑成了金瓜子。她什么时候练出了这样沉稳的功夫？我想问，有好多问题都想问。可气氛这样压抑，好像有一顶看不见的罩子，笼罩在我们头上。气氛艰难地保持着一种微妙的平衡。只要我一开口发问，难保这平衡不会被撕开一道口子。这口子真要撕开，我不知道后果如何。因为苏晓山的指望都在她身上，心心念念等了这么久，现在她人来了，我真怕自己一句话说不好，把人给得罪了，那就把苏晓山坑苦了。

十一点我开始做饭，苏小河坐在炕上看手机。我一边做，一边在心里感慨。看来钱真是好东西，能长人的气势啊，让人有架子，能彻底改变一个人。苏小河现在浑身是什么味儿？钱味儿。钱味儿多了，人味儿自然就少了。这层味儿隔着我们俩，我想跟她说说话，却做不到了。钱就这样把我们都给改变了。

苏晓山还没回来，饭菜我尽我所能地弄得丰盛。女人是男人的贤内助，苏晓山就是个不成器的男人，作为他的女人，我想在应该帮他的地方尽我所能。我和苏小河面对面坐着，对着一桌饭菜，她吃，我让。她看起来饿了，也不客气，每样都吃了一些。吃到凉拌凉粉的时候，她忽然问："苏晓山呢？我说他那个人，狗改不了吃屎，一到冬天就不回家，你难道忘了？"

说起这个人，我是真的压不住心里的怨气。

苏小河笑了，抬头看我，她的目光和我的目光在这一刻交汇了。这是和她见面后，我们第一次真正地对视。不是我不正眼看她，而是她好像一直在躲着我。她是看不起我呢？还是……她好像有些心虚。好奇怪的感觉，她有什么可心虚的？在我们固有的思维当中，一个人只要有了钱，发达了，成了体面人，他就没有什么可心虚的了，反而应该是世界对他们心虚。可能心虚的人恰恰是我吧，毕竟我总惦记着帮苏晓山借钱的事。

苏小河的眼神很沧桑。我念过几年书，我知道汉语里有个词语叫沧桑。我确定此刻我看到的眼睛里承载的内容，就是沧桑，一种无法描述的沧桑。我这十几年为了生计，养过牛，养过羊，养过鸡，养过鸽子，养过猫和狗，曾经和很多动物对视过，观察过它们的眼睛。那玻璃状晶体映照的是动物的内心情绪，有平静，有欢喜，有焦灼，有忧伤，有稚嫩，也有沧桑。苏小河是哪一类动物的眼睛呢？是哪一类沧桑呢？

屋外的世界，雪还在下。有多少动物将会因这场暴雪而饥寒交迫？又有多少动物会被抓兔子和套野鸡的人逮走？有多少动物眼睛里的内容会消失？有多少动物眼睛还在凝望着世界，却继续往眼眸里装载沧桑？苏小河叹了一口气，轻轻地一口气，那口气吐出来就被室内温暖的空气融化了，她埋头继续吃。

夜里，苏晓山果然没回来。跟十九年前一样，我没挽留，苏小河没说走，她留宿。我把苏晓山的褥子铺好，摆上苏晓山的枕头，想了想，又换了新枕巾，苏晓山头油味太重。三个孩子在隔壁屋睡了。这三个娃最让我省心的地方就是不打架，哥仨干啥都能同行。新房里有一台新电视机，他们追剧追得昏天黑地，才不管大人的世界里正发生着什么。

我和苏小河同炕共枕,准备像夫妻一样并排睡。我端了半盆热水给她,她在灯下卸妆。她用洗面奶慢慢地搓脸,然后拍水,拍乳液,做提拉动作,从嘴角一直拉到耳朵背后,又从眉梢一直提到鬓发深处。一双鸡爪子一样的瘦手,伺候着一张狐狸般干瘦的脸,她应该比从前还要瘦。当她做提拉的手松开,脂粉卸净,我看到了皱纹。苏小河的皱纹很明显,眼睛周围、嘴巴周围,不笑也看得到一道道的纹路。脸色也没有白天好,皮肤黑黢黢的,毛孔显得十分粗大,她的脸其实是一张瘦而苍老的脸。当她把呢帽取下来后,居然同时揭下来一个带着头发的软皮套子,我才发现她的真头发一点都不茂密,头顶处的头发尤其少,都能看见大片的头皮。

现在我知道她眼里的沧桑感来自哪里了,来自真实的苍老。这些苍老虽然细碎,可真实存在,就算有钱也遮盖不住。

"你倒显得比我年轻。"

苏小河忽然说。

我十分仓皇,为自己不经意看到她的苍老,也为她忽然地夸赞,这些年没有人这样夸过我。我比苏晓山大两岁,我的小丈夫总把我当大姐依赖,他根本看不到我其实并没有他认为的那么老。

苏小河把我的眼泪说下来了,泪水落进洗脸盆里。我趁势在残水里洗脸,笑了笑,说:"哪有啊,苦日子早把我熬老了,你才……洋气得很。"我本来要说她年轻,但话到嘴边,又留了情面。卸下包装的苏小河确实比我更担不起"年轻"两个字,说她"洋气"反而更贴切。

不知道是因为苏小河脱衣卸妆后,彼此看到了更真实的对方,还是我口下留情，苏小河承了这份情，气氛柔和起来，甚至有了温暖的感觉。

她把灯拉了。我们都没看手机。忽然都好像很累，又都不能马上进入睡眠，只能在黑暗里醒着。

窗外的雪还在下。

"这雪。"

苏小河说。

"这雪。"

我回应她。

她的语调下压，我的语气上扬。汉语的精髓只可意会。

又陷入沉默当中。

感觉没有白天那么压抑。黑夜能填补人与人之间的空白吧，所以我感谢黑夜。

夜一寸寸加深并加重，像一床温暖的大棉被，把我们包裹起来。苏小河的声音透过那层温暖，传进我的耳朵。

她说："睡吧。"

"睡吧。"我听见自己在回应。

第二天一大早，苏晓山回来了。

"新疆姑姑来家里了啊？你咋不早派个儿子来喊我？你打电话也成啊。你看你这女人！要不是听别人说，我还不知道她来了！"

苏晓山一边在屋外台子上跺着两只浮肿的脚，一边夸张地大声嚷着。

我知道他一方面是真的欢喜，另一方面，他何尝不是在利用这种方式掩饰他的心虚，为他接下来张嘴借钱做心理准备。他居然学聪明了,背地里一口一个苏小河,从来不曾给孩子们说那是姑姑,现在苏小河成了新疆姑姑。

苏小河起来了,她洗了脸,像昨夜一样提拉了脸部几十下,然后开始抹油。等到各种乳液和面霜涂抹完以后,苏小河抹了眼影,打了腮红,画了眉毛,贴了睫毛,涂了口红,戴上耳环,戴上吊坠,戴上假发,戴上呢帽,穿上貂和靴子,一身贵气地站在地上,她朝窗外说道:"苏晓山,你可以进来了。"

绣鸳鸯

一

当我多年后回想起那个被白雪覆盖的漫长冬季和之后那个分外短暂的春季时,觉得似乎注定是要发生那么多事情的。

刚收完秋庄稼,远在新疆的舅舅寄来一封信。信上说我外奶奶病得很重,怕是熬不过这个冬天了,外奶奶想念远方的女儿,希望能见上最后一面。另外,舅舅那儿出了个乡村名医,专治不孕之症,看过的人都说效果好,他希望自家妹子也来看看,说不定能把多年的顽疾治好。

我妈听我父亲念完信,眼里闪出泪花来,她抓住信翻过来倒过去地瞅,实际上她是文盲,只字不识。

接下来几天,我妈总显得心事重重,干啥都提不起精神。父亲便做出决定,让她去一趟新疆。论起来,舅舅搬到新疆十一年了,我妈还没有去过一回呢,就算没有外奶奶病危这一茬,也该叫她回趟娘家了。饭桌上,父亲把这个理由摆出来,爷爷奶奶说:"去了赶紧把病看了,可不敢再耽搁了。"

我妈一走,锅灶上的一应事情全留给了我的姑姑拜拜。

本来,我们可以平静无事地度过这个寒冬,地里的活计早就忙完了,牛羊有小叔叔喂养,日常的零碎活计有奶奶指点,拜拜姑姑完全能拿得下其他事。

离开我妈,这个家里的一切完全能够照旧运转。

意外的是奶奶把锁子骨摔断了。

前夜里落了一层薄雪,清晨奶奶去后窑的菜缸里捞酸菜,脚底下一滑栽倒了,手里的瓦盆摔成了碎片儿,她自己的锁子骨也摔断了。疼得动不了,只能睡在炕上静养。

奶奶养伤,这和货郎子有什么关系呢?

在我们的印象里,货郎子只能算过客。

每到春种之后,夏收之余,气候和暖,人们稍稍有点儿闲暇之际,便会有一两个外地人挑着担子,从庄口步入,挨家挨户地在门前叫喊:"头发换花线喽——头发换花线喽——"声音拉得很长,口音与我们有明显的差异,嗓音直夯夯的,尾音硬硬的,舌头不打卷儿,似乎在满嘴跑,像是在唱歌儿,却不是我们这里的调调儿,我们就知道货郎来了,挑着担子,悠悠地来了,用花花绿绿的针头线脑换取女人、娃娃捏在手心里的一团乱头发。等买卖做完,他们重新挑起担儿,吆喝着赶往下一个村庄。

细想起来,货郎子真的和我们的生活没有太大的关系。现在是寒冬,不是货郎子出没的季节,所以货郎子和我们的生活更扯不上关系。

可就在奶奶摔跤的这一天,爷爷收留了一个流落在外,没来得及返回老家的小货郎子。爷爷完全是出于一片怜悯之心，只是我们谁也不会料到，这一收留，他会介入到我们宁静的生活中来，还搅起了那么大的风浪。而当时爷爷的心思很简单，他只是将小货郎子当作一个过客，一个落难的孩子。

二

空气里弥漫着浓浓的甜腻味。

我和小叔叔赶着羊群，老远就闻到了这股味道。羊群也闻到了，头羊尾巴一甩一甩地跑起来，后面的羊都跟着跑。大门虚掩着，羊群撞过去，门吱呀呀地开了，羊像土匪一样蹿进门，带起的尘土飞扬着。我和小叔叔紧紧撵在羊屁股后面进门，手里慌乱地甩动鞭子狠狠驱赶着它们。

爷爷果然又在熬糖瓜子，砌在南墙下的灶台上架起了一口大锅，父亲在灶前烧火，灶眼里插着几根粗大的歪脖子柳木棒，父亲撅着屁股使劲拉风箱。风箱杆子蹭着木板子吱嘎嘎地响，响声很大，像一头老牛在吼叫。灶眼里的火哗啦啦地笑，欢快地跳着舞，一个劲儿往锅底上蹿，伸出长长的红舌头饱含深情地舔着大锅的底子，好像火也能闻到空气里的甜香，知道这味道是从锅里发出的，就努力要去锅里舔一舌头尝尝。

羊群就是被这味道诱惑的，它们围住了锅台，幸好熬糖瓜子还只在熬的阶段，它们挨挨挤挤地转悠了一圈，没什么便宜可图，在我们的鞭子下乖乖进了后院的窑洞。别看羊天生是吃草的，它们贪图起五谷来可是比人还疯狂呢！尤其是爷爷的大锅里熬着甜腻腻的糜子散出满院子甜味儿的时候，它们也被诱惑得恨不能扑过去狠狠吃上一嘴呢！

"咋这么早收山呢？才晌午呀！"爷爷问，他站在一个巨大的杏树根做的木墩子上。他不看我们，连头也没抬，弓着腰用一根粗大的棍子在大锅里搅动，搅得很费劲。热气腾起来，在冷空气里打着旋，很快就凝成一片茫茫的白雾，在头顶上盘旋。爷爷整个人都隐在那团白雾中，他把常年穿的老羊皮袄脱掉了，正裸着膀子忙活呢！

天气干冷干冷的，西北风贴着地面不断刮过来，卷起一些干草末子跑到南墙下打旋儿。天空是铅灰色的，我们都不喜欢这种天气。我们的愿望是要么天气晴朗，有暖暖的日头照着；要么下雪，鹅毛大雪狠狠往下落。你说天气这样灰塌塌的，算咋回事呢？这种天气像个性子温吞吞的人，叫人拿他没奈何。在这种天气里，人的情绪总是会莫名地低落。

这时候爷爷喜欢骂人，骂奶奶是个邋遢婆娘，让炕席上落了灰土；骂我父亲烧火烧得不旺；骂牲口圈里那头黑草驴肚子不争气，老是下驴驹子，连一个骡子驹儿也下不了，配种时明明用的是儿马，还花了钱呢；骂小叔叔放羊不经心，满山洼赶着羊群胡逛，让游荡了一天的羊肚子瘪瘪的；骂这鬼天气无缘无故刮风，害得他的老沙眼又犯了，啥也看不清，还一个劲儿发痒……只要南墙下架起大锅开始熬糖瓜子，爷爷的牢骚就不断地冒出来。他大声地感慨着，数说着，忙碌着，咳嗽着，直到一大锅糜子熬成了糊糊，等到扯糖瓜子时，爷爷才会住口，梗着脖子全心地扯糖瓜子。

只要熬糖瓜子我就高兴，兴奋地满院子转悠。哪怕天气很冷，哪怕爷爷的骂声一直持续着，我还是高兴。满院子飘荡的热气和热气中散发的甜味是那么好闻，那么温暖。我等着爷爷早点扯糖瓜子，等到他把做好的糖瓜子装进木箱子的时候，那些掉落的边角料就成了我口中的美味。我不停地吃着、嚼着，嚼得牙根发软，嗓子眼发痒，心里犯腻。爷爷当然舍不得让我大量吃，他还指望着卖钱呢！看到我吃糖瓜子，他就大骂我是碎土匪、败家子，不过这时的爷爷在我眼里一点也不可怕了。可能是他累了，骂人的声音软绵绵的，也可能他看到忙活一天扯出那么多白花花的糖瓜子心情便好转了，反正他骂我的时候脸上笑眯眯的。

这天和平时一样，锅里的糜子熬得差不多了，能扯糖瓜子了，大门"吱呀"一声开了，门打开半扇，缓缓地停了下来。

"去，把门关上，风进来了。"爷爷说。

我忙跑过去关门，这会儿风要是带来些土雾就坏了，它们会卷起尘土乱飞，我们扯出的糖瓜子就不够白了，影响了糖瓜子卖钱，可是大事呀。

"吱呀"一声，门又开了，而我刚刚折身回到南墙下。

爷爷责怪地看我一眼，我赶紧小跑过去重新关门，这回我动用了门闩，想把它闩上。我很用力，但关上的门还是开了，吱呀呀地响着，裂开一道缝子。这就怪了，我探头往外看，看到了一张脸，吓我一大跳，我赶紧关门。"吱嘎嘎——"门轴艰涩地叫着，原来是一双手扳着门框，在往外推呢。怪不得这门就是关不上，我还以为是风在捣鬼呢！

抓在门上的手很脏，黑乎乎的，衣服也很脏，破烂得不成样子。这个人头上扣着顶狗皮暖帽，可能帽子实在太破旧，抵挡不了风寒，帽子下的脸是模糊的，看不清五官长相，只见冻得发青。这是个男人。他仰头看我一眼,嘴唇翕动着,好像在说什么,叽里咕噜的。

"爷爷快来呀,大门口来了个人!"我向院子里喊。一股冷风从门外巷道口蹿过来,一下子扑进大门,满满地灌了我一口,呛得我嗓子眼里冒烟。

爷爷赶过来,把门往大开了一点,谁知门外的人迫不及待地就往里扑,一个身子无声地倒进来,瘫在门槛上,没了声息。爷爷慌了,想把他拽起来,可这身子蜷成一团,不像个活人。

父亲赶过来帮忙,把他抱起来,摘下破帽子,发现是个年轻人。父亲伸手在鼻子下试了试,摸了摸他额头,说:"他晕了,看样子冻坏了。"

他看着爷爷,爷爷也看着他,父子俩沉默了一下。

"先让他暖和暖和再说?"父亲问。

"那就快点儿!"

爷爷伸出手,爷儿俩半抱半拖地将年轻人弄到了上房炕上。大门口还留着一副担子呢,那是一根柳木扁担,两头挑着一对小木箱子。父亲把它们弄进院子,这才关上大门。

我围着箱子观察,小叔叔也赶来了,我们都对这箱子感兴趣。我们一眼就看出来了,这不是普通的箱子,是货郎子的箱子,货郎子的扁担上才挑这种狭长形的小木箱子。

这对箱子已经很旧了,棱角处甚至有了破裂的迹象。我们摸着箱子,顺着箱子盖摸下来,摸到了开关。箱子锁着,其实我们的眼睛早就看到了锁,但小叔叔还是摸了摸,他做出一个遗憾的表情,好像我们是刚刚发现锁的。虽然那是很小的两把锁,但是它们锁住了箱子,我们没办法打开来看看箱子里究竟装着什么。小叔叔提起箱子掂量了几下，敲了敲，侧耳听了听，最后说："我敢肯定，这就是货郎子的箱子。"

爷爷和父亲将年轻人拖到上房炕上，奶奶睡不住了，爬起来指使父亲将两床被子压在来人身上。奶奶看到被子下的那个身躯还在打抖，而且越来越厉害，直抖得被子哗啦啦地颤。奶奶用没受伤的那只手掀开被子一角看了看，又伸手摸摸，喊姑姑快烧点开水，抽屉里还留着一点红糖呢，冲点水给这娃喝。

姑姑应了声，但是很不情愿，磨磨蹭蹭地到大门外抱柴，奶奶冲她的背影喊："你就不能麻利点吗？你这女子越来越不听话了！"姑姑听到了，更不情愿了，只能狠着劲拉风箱，只听得那风箱板子拍打着，啪啪作响。"慢一点儿，你想把风箱拉断吗？"奶奶把头伸出门口，扯着嗓子喊。

姑姑其实不是个懒女子，她很勤快，只是她刚才正在案板上和面，手还在湿面粉里扑腾，奶奶忽然叫她烧水，等于把她做饭的程序给打乱了，她自然不高兴。

奶奶还在不住地催，姑姑很不情愿地烧了一点开水端进屋。奶奶坐在炕边上，等姑姑拿来红糖冲进碗里，她接过水，用调羹给被子里的人灌红糖水。这人抖得厉害，连被子都在动弹，奶奶又带着伤，怎么灌呢？

姑姑显得不耐烦，一把掀开被子，她被吓了一跳，只见这人脸是青紫色的，一双眼可怜巴巴地看着她。姑姑看到这目光心就软了，心想：他还是个孩子嘛，看上去和她的弟弟差不多大。

姑姑耐心给小伙子喂水，一调羹一调羹地喂，喂了几口，他张大嘴，像是饥渴难耐，姑姑干脆斜着碗给他灌。果然，他渴坏了，噙住碗沿咕咚咕咚地吞咽，把一碗水全喝了，还拽住碗不丢。

姑姑又用开水泡了碗馍馍，撒上红糖，热腾腾的，软乎乎的，年轻人全吃下去了。他还想吃，奶奶说："够了够了，吃得太猛要胀坏的，等会儿再吃。"

姑姑没有赶着去做饭，而是兑了半盆儿热水，拧了条湿毛巾给年轻人擦脸。他的脸实在是太脏了，脏得都看不出脸的模样来了。半盆清水很快就变脏了，姑姑干脆泼掉，再换半盆，还拿来了她的香胰子，往年轻人脸上擦一圈儿，再用湿毛巾擦，那张脸上泛起一层泡沫来。他闭上眼静静地承受着，任由姑姑在脸上折腾。

奶奶喊着："轻点儿，拜拜你轻点儿，冻伤的肉皮子最娇弱了，可不敢擦烂了。"

其实奶奶这话完全多余了，我们谁都看到姑姑是多么小心。她轻轻地擦完，拿出自己的雪花膏来，挖一点匀开在指腹上，然后擦在年轻人的脸上。好香的味道呵！我伸长鼻子贪婪地嗅着，姑姑的雪花膏可是她最珍贵的东西，除了她自己每天清晨往脸上抹一点，我们谁都别妄想享受到那样的待遇。想不到这个外人倒先享用了，还是由姑姑亲自给抹的！

我看着这个外乡人，心里忽然很不是滋味。恨他吧，又看着可怜。

夜里我们睡下不久就被奶奶喊醒了，奶奶扯着嗓子喊拜拜，叫她舀凉水来。奶奶的声音在黑暗中听上去很恐怖，让人头皮发麻，感觉有什么大事发生了，不然不会这会儿吵醒我们。

我们披上衣裳赶过去，上房里灯盏亮着，爷爷坐在炕头咳嗽，奶奶守在货郎子的枕头边。

原来货郎子发起高烧来了。只见他脸通红通红的，一直红到了脖子，连耳朵尖都是红的。在昏黄的灯火下，我们看到他的两眼像着了火，完全通红了。他的手开始痉挛，不断往脸上、脖子里乱抓，好像那里面藏着什么，使他难受万分。奶奶阻拦着，拉开那双手，但是货郎子的手像鸡爪子一样就要往上抓，奶奶像打架一般和他纠缠着。货郎子嘴里痛苦地呻吟着，忽然就会莫名其妙地高声喊叫一声。

姑姑去厨房里舀半桶水倒在盆子里，浸了一条毛巾，拧一把就往货郎子的脸上擦。刚从缸里舀出的水冰凉冰凉的，姑姑冷得倒吸气。货郎子打了个激灵，但很快就感觉到冰凉的惬意，他夺过毛巾忙乱地擦脸和脖子。一条毛巾很快就变得热气腾腾了，冒起来的汗在灯火下赫然可见。姑姑忙又找一条毛巾，两条轮换着用。很快半盆凉水也冒起热气来，把我们都看呆了。

货郎子不再挣扎胡闹，渐渐安稳下来了，他低声呻吟着，嗓子眼里呼噜呼噜说着什么。姑姑给他擦了手，擦了脖子，解开纽扣把腋窝也擦了。直到两条毛巾变得灰乎乎的，盆子里的水也变了颜色。

货郎子沉沉入睡了，脸上的赤红还在，红彤彤的，就像傍晚飘在天上的彩霞。

奶奶挪过去摸摸他的额头说："好了，看样子烧退了，你们睡去吧，后半夜我照顾。"

后半夜我们都睡得不踏实，天下起雪来了，雪花簌簌地落着，黑夜显得寂静而漫长。姑姑过一会儿就翻个身，问我是否听到奶奶又在喊我们。

我说："没喊，那是下雪的声音。"

姑姑又翻个身说："我咋老觉得你奶奶在喊呢。"

这一夜奶奶果然没敢睡,她一直守着年轻人到了天明。

第二天我过去看货郎子,他睡着了,脸上的红色还没褪尽。他睡得很沉,嗓子眼里有痰,随着呼吸呼噜呼噜地作响。

奶奶靠住枕头,直喊腰疼,喊锁子骨那里也疼。爷爷说:"肯定是夜里操劳,把老毛病惹出来了。"

吃过早饭,爷爷和父亲背着箱子去外面卖糖瓜子,临出门,爷爷简单安排了家事,其实重点还是针对货郎子的。他说:"这个人我们不敢留,昨晚上你们都看到他发烧的样子了,额头像炭火一样烫,差点没烧死,万一闹出人命来,我们就说不清了!所以,等我走后,只要他稍微好一点儿了,就叫他担上他的担子赶紧走人!听见了吗?"奶奶点着头,当然听见了。

爷爷他们走了,天气不太好,雪停了,但天没有放晴,天空阴沉着,风在轻轻地刮,不断把雪末子卷起来,飘散出一阵又一阵蒙蒙的白雾,让人眼前发花。

爷爷他们是冒着严寒走的。

奶奶又在上房里喊拜拜:"拜拜你擀点面去,切得薄薄的,做成酸汤面叶子,这娃身子弱,你多放点清油。"

奶奶身边的被窝里探出一张脸来,眼珠子骨碌碌地转着,看着我们。姑姑本来想顶撞奶奶的,一看到货郎子正看着呢,就无奈地应了一声。等她出来到厨房里,姑姑忍不住将扫案板的笤帚砸在地上,说:"这个老婆子越来越过分了,什么野狗野猫都往家里收留,谁知道这货郎子打哪儿来的,就把他放在热炕上了,还害得我不得安宁!"姑姑尽管十二分不情愿,还是将酸汤面叶子做熟了,端了过去。货郎子吃了两碗,缓了缓,又吃了一碗,吃得额头上出了汗。

奶奶坐在旁边看着他吃,不停地说:"慢点儿,娃娃你慢点儿吃,小心烫着了!没人和你争抢啊,你悠着点儿啊!"确实没人和他争,好家伙,姑姑一共做了三碗面,都被他给吃了,锅里连一滴酸汤也没剩下。奶奶拿着毛巾给他擦脸上的汗,呵呵地笑着,似乎他吃这么多是很叫人高兴的事。

吃完饭,货郎子溜进被窝,接着睡。

姑姑来收碗筷,看一眼炕上说:"娘——"

奶奶问:"啥事?"

"我大临走时交代的事你忘了吗?"姑姑说。

"啥?"奶奶迷惑地问,伸手给货郎子扯扯被角。

"唔——"姑姑一努嘴,指着被窝里的人说,"我看他好多了,该打发走了。"

奶奶把脸贴在玻璃上看看院子,看看高处的天空,说:"天还没有晴开嘛,这冰天雪地的,别把人冻坏了,还是等天晴了再说吧。"

货郎子眨巴着眼,看看奶奶,看看姑姑,似乎他听不懂她们在说什么。

三

天黑时分,雪又下起来了。风停了,雪花分外大,像一片片榆树叶子飘摇着从万丈高空降落下来,落在房屋上、树木上、大地上。吃过晚饭后我去后院取尿盆,发现地面已经变白了。

爷爷和父亲没有回来,看来他们被风雪阻拦,不知道留宿在哪个村庄。

天完全黑下来后,奶奶说:"不用等了,他们肯定不回来了。"姑姑带着我出去关大门。我们打开门向外面望了望,世界灰沉沉的,白雪在飘飘洒洒地落,眼前白茫茫的,但满世界的白雪还是抵挡不住黑暗的降临。姑姑感慨地说:"这两个人啊,不知道今晚在哪里过夜,说不定正在受罪呢!"

我知道她在记挂着爷爷和父亲。为了讨生活,整整一个漫长的寒冬,爷爷和父亲都要不断地外出和归来,日子便在这种艰辛的交替中度过。

进屋后姑姑看看货郎子,看看奶奶,忽然叹了一口气。

奶奶说:"好好的,出啥长气?咱不愁吃、不愁穿的,这日子过得还不舒服吗?我们农业社那会儿啊……"

姑姑赶紧打断说:"好了好了,你就别说农业社那会儿了,我们都听了不下八十回啦。我不愁了还不行吗?我乐呵呵的还不行吗?"

奶奶露出笑脸说:"这就对了嘛,你一个娃娃家整天长吁短叹的,不是过日子的样儿。人活着就得高兴,活一天就高兴一天。我们农业社那阵子啊,别看吃的是低标准,干的是牛马活儿,可我们高兴,成天唱着歌……"

姑姑又忙打断她说:"你怎么又绕到农业社上去了?我是觉得你把这个人留下是对的。这冰天雪地的,我大和我哥都在外面奔波,要是没有像咱一样的好心人留宿,那可就遭罪了。"

这一夜,奶奶陪着货郎子睡。

第二天天气彻底晴了,太阳红彤彤地照在头上,空气却是奇寒。晶莹的雪在阳光映照下只融化了浅浅的表层，下面的雪变得坚硬瓷实，闪着银子般的光。我和姑姑出去扫雪。看着厚厚的一院子雪，姑姑犯愁了，我也跟着愁。

奶奶下不了炕，隔着窗玻璃喊我的小叔叔出来帮忙扫雪。小叔叔躲在高房子里装作听不见，始终一声不吭。我知道他一定是躲在被窝里看小人书，整整一个寒冬他都沉浸在那些小人书的世界里。

我们先从后院往外扫，雪太厚，扫帚根本扫不动，只能用铁锨一锨一锨地铲起来，铲过的地方再用扫帚扫。干了一会儿，我们都冒汗了。姑姑褪掉手套，取下围巾，喊："乏死了，乏死了，这雪把人害死了！"又高声骂高房里的人不要脸，像旧社会的少爷，好吃懒做，不给人帮忙。

我们正埋头忙活呢，前院响起吱儿吱儿声，分明是在铲雪，肯定是高房子里的少爷坐不住，下来帮忙了。我们不理他，谁都知道这人即便来帮忙，也绝对坚持不了五分钟就会溜走。用姑姑骂他的话来形容他，就是念书没念出名堂，毛病倒是养出了一身，偷奸耍滑，好吃懒做。

前院的吱儿吱儿声没停，姑姑说："这个懒骨头今儿奇怪了，莫不是日头要从灶眼里出来了吧？"还真是奇怪了，小叔叔今儿一点儿也没偷懒，一直干着活儿。

我和姑姑终于扫完了后院，拖着扫帚出来，看到一个人在铲雪，他穿着奶奶的大黑棉衣，脖子上围着奶奶的白手巾，脚上是奶奶的大棉窝窝，正吭哧吭哧地干得欢呢。房门口已经清理出了一条通道。

铲雪的人是货郎子。这倒出乎我们的意料。

姑姑站住不扫了，瞅着这个人铲雪。只见他像个老婆子一样弯下腰,握着铁锹一下一下地铲。他见我们看他,抬起头笑了笑,又埋下头干活。在白雪的映照下,他的脸显得苍白,干干净净的,没有一点儿前夜脏兮兮的样子。

姑姑瞅着他看,忽然扑哧一声笑了,说:"你快看看,他背影像不像你奶奶,弯腰驼背的,活脱脱就是个老婆子!"我留心看,果然他被奶奶臃肿的棉衣装扮得像个六七十岁的老婆子。我和姑姑都笑起来,笑得直不起腰。

货郎子出汗了,取下手巾,解开纽扣,敞着怀干。

姑姑说:"没看出来嘛,身子骨儿挺单薄,干起活来倒实诚,不像咱家那个懒骨头。"

我们配合着干起来,一时满院子都是吱儿吱儿的铲雪声、哧儿哧儿的扫雪声。

扫完了,扫的雪堆成了整整四个大雪堆。姑姑拿来大背笼,往里面装满雪,弯下腰准备背雪,一双手抓住背笼的边沿拦住了她。姑姑愣了,瞪着眼睛说:"你要干啥?"货郎子攥着背笼背带,说:"你一个女娃儿娇贵着哩!不该干这个,我来干!"说着就蹲下身,背起雪就走。

"哎!"姑姑慌了,跟在他身后撵着喊:"你放下,快放下!你刚害着病,压出个好歹可不能怪我。"

货郎子将雪倒进园子,笑着说:"没啥子,没啥子,我是男娃儿,身子好着哩!只是冻坏了嘛,暖两天就没事了,不信你看看!"说着,他小跑了几步。奶奶笨重的大棉窝窝实在是很大,而他的脚像女人一样娇小,这一跑,鞋子就呱嗒呱嗒作响,像个刚下过蛋到处叫着炫耀的母鸡,我和姑姑都大笑起来。

货郎子不笑，他看着白雪忽然说："咱堆雪人吧，这么多雪白白糟蹋了真可惜，堆几个雪人可好耍了。"姑姑还在沉吟，我早跳起来，举双手赞同。

我们将雪背出来，倒在麦场边，倒了五六堆。直到把院子里清理干净，货郎子说："好了，咱可以堆雪人啦。"他用铁锨将雪拍成一个高高的雪堆，然后削出一个圆形的脑袋，身子胖墩墩的，一个人的大致模样就出来了。他一边轻轻拍打着积雪，一边唱起歌儿来，嗓音轻快清亮，调子我们没有听过：

哎——货郎子哥货郎子哥，
把你的担担儿往下落，
不要你针不要你线，
只要你花一朵。

姑姑在学着堆雪人，我也在堆雪人，我们都被歌声吸引了，停下来听。货郎子却不唱了，扭过头来看我俩，脸上笑嘻嘻的。

我给自己堆雪人，倒腾了一阵，发现一点儿也不好弄。雪酥酥的，滑滑的，堆雪人没有我想象得那么简单。货郎子一口气堆了四个雪人，姑姑堆出两个雪人，我呢，弄了个四不像。货郎子眨巴眨巴眼说："你家里有胡萝卜吗？""当然有。"姑姑带着他去窑里找出两根胡萝卜。他用铁锨将胡萝卜剁成一个个圆坨，当作了雪人的鼻子，眼睛用烧火棍捣出一对黑洞洞的深坑，耳朵用玉米芯做成，嘴巴用铲子掏出一个圆洞，雪人就惟妙惟肖地站在那里了，看上去就是一个咧着嘴巴傻笑的人。接着货郎子用同样的方法给所有雪人做了五官,给最边上的一个戴了奶奶的一顶破草帽。

我们站在远处打量,货郎子手真是巧,他堆出的雪人无不栩栩如生,一个个身形矮胖圆润,神态憨墩墩的。尤其戴草帽的这位,分明是一个老农,正望着覆盖了世界的积雪,憨厚地笑着。

姑姑的作品也不赖,她堆的雪人是一个大姑娘,可是哪里有这么肥胖的姑娘呢?姑姑用铁锨一点一点削着腰里的赘肉,货郎子在前面帮忙修整。等姑姑忙完了,直起腰欣赏自己塑造的姑娘,看着看着,姑姑脸变了,两朵红云飞上脸颊,羞红了脸。她瞪着货郎子,"呸"地啐了一口,噔噔噔跑进大门去了,留下货郎子和我。我傻乎乎地看着货郎子,不明白发生了什么。再看这雪人,前面胸脯上一对奶头高高地凸起,这分明是货郎子刚才削出来的,他还将一点胡萝卜嵌在乳头上,使得这雪人更像个赤着身子的女人了。怪不得姑姑羞红了脸,在我们的意识里,女人要是光着身子站在外面,那是很丢人的事。

晚饭的时候,姑姑擀面,我烧火。冬天我最不愿意烧火了,厨房里冷,实在不愿把手伸出衣袖来和冷冰冰的牛粪打交道。所以我的火烧得很勉强,常惹姑姑生气。

今天由于放干粪的窖门口进了雪,牛粪有些潮湿,我怎么也烧不好,总是冒烟,火苗旺不起来。姑姑气得用擀面杖在案板上咣咣磕,说我要不是她侄女,是个妹子什么的,她的擀面杖早就落我头上了。

我和姑姑正怄气呢,门口人影一闪,货郎子进来了。他进来后直接蹲在灶火门口,要帮我烧火。他竟然比我烧得好,一双细白的手像姑姑的手,擎着一捆柴,轻轻地抖动着,火苗就一跳一跳地跃起来，争抢着扑向锅底。烧到第三捆柴时，锅就热了。

没柴了，我把屁股下的木墩子让给货郎子，赶紧去窖里抱柴。

等我回来，看到货郎子撅着屁股坐在木墩上，正趴在灶火门口吹火呢。"噗——"他吹了一口，"噗——"他又吹了一口，吹着吹着，脸离灶火门越来越近，忽然火着了，"呼"的一声，一股子火力裹着柴烟向外扑，货郎子不知道躲避，呆呆地看着，就被喷了一脸。他呆了一瞬，清醒过来，忙抱住头扑打，连锅盖上也落了一层灰。

姑姑忙丢下擀面杖说："你咋啦？没烧到脸吧？"

货郎子眨巴眨巴眼，龇牙嘿嘿笑着说："没啥子，没啥子，这火不听话，也晓得欺生哩！"

他一句话把姑姑和我都惹笑了。

饭熟了，货郎子抢着给大家端饭，他双手托着木盘轻轻地走，在小木桌子上给我们摆饭。奶奶一碗，姑姑一碗，小叔叔一碗，我一碗，最后是他自己的一碗。小叔叔吃饭时也舍不得丢开小人书，一面痴迷地看着，一面胡乱地往嘴里扒拉饭。姑姑看不下去了，抬手将饭碗挪开，将装盐的小碟子推到他跟前，然后我们一齐瞅着他看。小叔叔看完一页，翻过去，习惯性地埋下头匆匆往嘴里扒拉。他刚扒拉进去，一嚼，便把饭一口吐出来，这才知道吃了满满一嘴盐。不用问，他知道是姑姑在捣鬼，就抓起扫炕的笤帚追着打姑姑。

奶奶气得用筷子敲着桌沿说："这两个冤家呀，啥时节能消停呢？"

奶奶的话没人听，姑姑和小叔叔最怕的是爷爷，其次是我父亲，最不怕的就是奶奶这个老好人。

小叔叔不依不饶，放下碗要打姑姑，货郎子说："你们别闹，我给你们看好玩的东西，好多好多呢。"说着起身去了，一会儿提了两个箱子进来，这不是他那天用担子挑来的木箱子吗？这几天忙着救他，怎么把它们给忘了呢？货郎子从腰里解下钥匙，要开箱子。姑姑端着灯盏过去看，我也将脑袋凑过去。一把小小的钥匙在锁孔里转动着，发出"咔嗒咔嗒"的响声，货郎子小心翼翼的样子让我们看的人把心也提起来了，似乎这箱子里装的是一大堆金银财宝。锁"吧嗒"一声开了，货郎子掀起箱盖，我们看到黑压压的一团，是满满一箱子头发。我们吓了一跳，揉眼细看，没错，是头发，女人的头发。

从我们一钻出娘肚子，我们的头上就长着头发。每个人头上都有头发，谁要是没头发，那就像下庄子的老秃子一样显眼。我们庄里有个人从小就是秃子，他是小时候害癞痢伤了发根，以致后来头发稀稀拉拉盖不住头皮，只能将那秃红的头皮裸露着，成为人们的笑柄。除了他，我们庄里人的头上都长满头发，头发是司空见惯的事物。

但是谁都没想过将这么多头发堆放在一起的样子吧。它们有些吓人，黑得不正常，不像是头发的颜色，像什么呢？我想到了毛驴脊背上脱落的毛，也是黑压压的一堆呢。货郎子将头发一把一把地取出来，有梳成辫子的，长辫子和短辫子都有，货郎子把它们按照从长到短的次序摆放，竟然一口气摆出了整整十三条。再就是散开的头发，一束一束的头发，用皮筋儿扎着，货郎子照旧从长到短排列，一共有十九束。姑姑盯着这些辫子惊讶极了，禁不住伸出手拿起一束摸索，再拿起一束。有一根辫子梢上还扎着一块红纱巾，红艳艳的，怪好看的，叫人禁不住猜想辫子的主人没剪下它们时一定很好看。这么长、这么黑的辫子，发质又这么好，摸着滑滑的，姑姑看着看着有些走神，幽幽地感叹说："这是哪一个女子的啊，真舍得把这么好的辫子剪了？"

货郎子继续倒腾箱底，下面是一堆零碎头发，都是绕成一疙瘩一疙瘩的。女人家梳完头，指头绕着梳子转几个圈儿，就会扯下一团乱发来。乱发可以从货郎子手里换花线，还能给娃娃换皮球、玻璃豆儿、豆豆糖、塑料喇叭，可以换的好东西是很多的。只是乱发要比整齐的头发便宜，根据货郎子的要求，应该是越长越整齐的那种辫子最值钱。

但是很多女娃儿是不会剪下辫子换东西的，她们舍不得。这么看来头发又是珍贵的，所以要收集这么一堆乱发，也是不容易的，真不知道货郎子为此跑了多少路程。

辫子及乱发像乌云一样堆在我们眼前。奶奶弯下腰看，她眼睛不好，看了半天说："这些都是头发吗？我咋看着不像？这像一堆雨水沤烂的荞柴。"

姑姑看看货郎子，看看辫子说："这么多，你咋收到一起来的？世上真有这么多疯女子，把好好的头发给齐根剪啦？咋舍得呢？我就舍不得！"说着摸摸自己的辫子。

姑姑的辫子很长，已经长及腰间了。

货郎子看了一眼姑姑的辫子，抿着嘴笑，不答话，打开了另一口箱子。这一回又让我们吃惊了，里面不是头发，是花线，满满一箱子的花线。我们看呆了，花线的阵势绝不比头发逊色，甚至比头发更吸引我们。

我几乎是脱口而出:"这么多花线,货郎子你真富,比我们庄的大富汉还富呀!"

姑姑已经不再关注那些辫子了,她的眼睛盯着花线。

说实话,我们从来没有想象过一个人可以拥有这么多花线。从前我们并不是没有见过货郎子,庄里的姑娘家一听到货郎子的吆喝,就会搜出平日里积攒的乱头发,纷纷拿去换花线。可是货郎子总是很吝啬,一团头发只能换取五股花线,这远远不够做针线。而头发是不好积攒的,积攒一团头发往往需要十天半月,甚至更多的时日,所以我们希望货郎子常来,又怕他们常来。

我们望着眼前的箱子,看呆了。

货郎子看看奶奶,看看姑姑,动手整理花线,将红的分一些,绿的分一些,各色的都分一些出来,一共分出一大把来,递到姑姑眼前说:"给你,拿去绣花。"

姑姑接过来,凑在眼前看了看,又还给货郎子,手里捻着自己的辫子说:"你帮我看看,把它剪下来换你这一箱子花线够不够?"

货郎子认真看了一下姑姑的辫子,说:"够,刚好够。"

奶奶急了,她说:"死女子你胡说啥呢?辫子留这么长容易吗?眼看再有三两年就要嫁人啦,你敢铰辫子?铰了你到时候光着头当新媳妇啊?"

姑姑像被什么咬了一口似的,"啊"了一声说:"娘你胡说啥?再说我真铰了啊!"说着她就扑到炕角找剪刀,嚷嚷着要将这辫子剪了去,叫奶奶别再胡说八道。

奶奶动作快,一把将剪刀压在屁股下,说:"拜拜,有本事你过来从我手里抢剪子,我看看你有没有这个本事。"

姑姑不敢，但还是不服气，恶狠狠地说："谁要再说我嫁人的胡话，我就一头撞死去！"

奶奶吓了一跳，说："哎呀！原来我女儿是一辈子不嫁人的。好好好，我不说，保证再不提这事，可是辫子你不敢铰！"

货郎子摆着两只手，一只冲奶奶摆，另一只冲姑姑摆，说："不不不，你不要剪辫子，这花线我白送你，不用拿辫子换。"

姑姑说："那咋成？这样你不吃大亏啦？"

我伸手摸货郎子的木箱子，里面衬着一层油光纸，花线被纸包裹着。即便在昏暗的油灯下，这花线也是熠熠生辉的，保持着应有的色泽和亮度。我摸摸它们，手心里绵绵的，带着点儿微微的冰凉。

我悄悄摸了摸自己的头，我的头发很短，我妈怕给奶奶和姑姑添麻烦，临走前将我的小辫子剪掉了，给我弄了个锅盖头。我本来头发就稀疏，现在就剩下短短的一层乱发贴着头皮。我想就是把它们贴着头皮拔下来，估计也换不来货郎子的一束花线。我早就渴望拥有一些由自己支配的花线了，我想学习绣花。

面对货郎子满满一箱子的花线，我忽然发现自己这个念头是那么强烈。可是，谁都知道花线是要用头发换取的。货郎子说他给姑姑的花线是白送的，然而谁知道他内心是怎么想的，说不定早就盯上姑姑的一对大辫子了。

从前经过我家门的那些货郎子，只要见过姑姑的，就没有谁不对她那大辫子动心的。

有一个姓吴的老汉曾经来了三回，每一回来他都将担子停在我家门外的路边，扯着嗓子吆喝："头发换花线——长头发换花线——"我母亲听烦了，说："这个老东西准是打上咱拜拜长辫子的主意了,哼,眼馋死他!"

吴老汉又一次来,恰好我大姨娘的女儿在我家做客,母亲拉着她出了大门。老汉留心着从我家走出的人,看到了姨娘的女儿,说道:"咦,你是拜拜吧?辫子咋不见啦?"姨娘的女儿不说话,只是笑。我妈说:"剪啦,换花线啦,换了一背篓花线,给她做嫁妆都够用啦。"

老汉瞅着姨娘的女儿空荡荡的后背,那里没有辫子,只有一把短发扎成的短短的马尾。他说:"你真是拜拜姑娘吗?"

我妈说:"走走走!你这人怪不怪,人家大姑娘的名字竟叫你记下了,还到处乱叫!走走走!世界大了去了,以后你的担子就别在我家门前落了!"

老汉似乎没有听到我妈在唠叨什么,他看一眼姨娘的女儿,叹息一声,说:"好好的长辫子,为啥就剪了呢?唉!可惜了——可惜了——"说着,一脸的索然,生意也不做了,挑起担子沿大路晃悠悠地走了,边走边念叨着那句话:"可惜了——可惜了——"

我妈盯着他背影,说:"呸!瞧这老怂样儿,迷迷瞪瞪的,可惜啥?难道换给别人可惜,给你就不可惜了?"

老汉慢慢走远了,一路没有回头,而且从此竟再没出现过。

这倒是提醒了姑姑,从此她就对自己的辫子越发珍视起来。后来又有几个货郎子缠着要她剪下来,许诺用大把的花线交换,姑姑咬着牙愣是没舍得剪。

现在这个货郎子也在瞅着姑姑的辫子。

说来奇怪,我们生活在深山沟里,从来就没有用过什么好的洗发水,但姑姑的头发黑亮黑亮的,尤其在夜色下,泛着油亮的光泽,蛇一样顺着姑姑的脖子蜿蜒而下，一路盘下来，窝在大腿上。

我心里想：这个小伙子难道也在打辫子的主意？那么他一定会怂恿姑姑剪掉它了。

可是货郎子摇摇头说：“你不要剪，养这么长的头发不容易，得十几年时间呢！就算给你一箱子花线都别剪，叫它们留着。”

姑姑推开货郎子的花线说：“那我拿啥换呢？我又没钱买。”姑姑的神色变得可怜巴巴。

货郎子抬头瞧着姑姑，瞧了好一阵，眼神怪怪的，把姑姑吓住了，慢慢地放下花线，说：“我不要了，这花线我不要了。”

货郎子抓起花线，眼睛盯着姑姑的眼睛一字一句地说：“你给我听好了，花线你得要，是我送给你的，你就好好地拿着。这辫子嘛，不管到啥子时候都不能剪，我希望你记住。”

姑姑点点头，又摇摇头，似乎她完全乱了主意。

我一看焦急起来，姑姑真傻，货郎子白送花线呢，为啥还这么推辞？她再推辞，万一他舍不得送了，可就坏事了。

我忙插嘴喊了声"姑姑"，喊出来我才发现自己的声音说不出的古怪，不像是一个七岁女孩的嗓子里发出来的，而是推动了一扇沉重无比的老木门，潮湿的门轴不情愿地发出了一声生涩干枯的呻吟。我为自己这声意义含混的呻吟而脸红，就呆呆地看着一对把手挨在一起捏着一把花线的男女。

姑姑似乎从睡梦中醒来了，一睁眼就看到了一条蛇在她的手上，她无声地惊呼一声，跺着脚挣脱了。她把货郎子甩开，逃一般地跑出去了。

货郎子也梦醒一般甩了一下手，看看我，看看炕上的奶奶，看看地上打开的箱子,然后拿起手里的花线仔细瞅,给人感觉这一把花线他不认识了,不是他装在箱子里走村串户换取头发的那些花线。他有些惋惜似的吹了吹花线,极短促地吐了口气,忽然笑了。

我看着他,说实话,我不明白他为什么笑,可是我发现这笑容很迷人,在那张青春洋溢的小白脸上清亮地流淌着。

四

货郎子在整理他的箱子,他先整理货物。当然他的货物不仅仅是花线,还有五彩的头绳,各色塑料发卡,一圈一圈的皮筋,一排排黑得发亮的小发卡,颜色鲜艳的塑料珠子项链,闪着玻璃光彩的镯子,装在小塑料袋子里的五色豆豆糖、裹在塑化硬纸里的泡泡糖、塑料梳子、木头篦子、尼龙袜子、塑料笊篱、水瓢、脸盆、绣花绷子、做鞋的松紧布、纳鞋底的老白线……简直是五花八门、应有尽有,让人眼花缭乱。

我望着货郎子瘦削的肩,忽然觉得他很了不起。他这么年轻,比小叔叔大不了多少吧,就拥有了这么一副担子和满满一担子货物,真是让人眼热呀!人们都说庄子里最富有的人是当大队长的麻子王,叫我说呀,现在不是了,最富有的人是货郎子。麻子王的女儿有这么多花线吗?没有。有这么多发卡吗?没有。麻子王的女人有这么多做鞋的松紧布和老白线吗?没有。麻子王的儿子有这么多塑料枪和豆豆糖气球吗?没有。

我打量货郎子的脚板,和他的身体一样娇小,踩在地上轻飘飘的,像女人,一点没有大男人该有的气度。但是这双脚走了多少路呀！他挑着担子把我们远远近近的村庄走遍了，几乎把大半个中国走遍了，这是他亲口说的，至于是真是假就不得而知了。我看着箱子里那一堆堆乌云一样的黑发和另一个箱子里满满一箱的宝贝，觉得他一定没有撒谎，一个随便夸海口的人哪里会拥有这么多好东西呢？

货郎子拿出一卷白线、一尺松紧带，要送给奶奶。奶奶自然不要，说哪能随便占他的便宜呢。货郎子一把握住了奶奶的手，说："阿娘，你听我说，这些东西你得收下，这是我的一片心意。我走州过县，经过了好多地方，啥样的人我都见过，没有比您更善良的老人。我的命是你们救活的，别说这一点小东西，您就是想要我的命，我也会给，眼也不会眨一下的。"

说到这里他哭了，抽抽搭搭地抹着眼泪，冻伤的手背上留下的创口还未完全愈合，显得脏兮兮的。他用这手背抹了一把泪，再次把东西递给奶奶。我们这些封闭在深山里的人，哪见过这阵势，奶奶乖乖地收下，并且抽着鼻子说："真是个好娃娃，懂事的娃娃，多叫人疼惜啊！"说着使劲地抽鼻子，看样子她也要跟着落泪了。

货郎子真是慷慨，拿出胳膊那么粗的一股子花线，连同一个绣花绷子、两枚绣花针一齐送给了姑姑。姑姑自然不要，货郎子就给了奶奶，叫奶奶转送给姑姑，他说这些日子姑姑端汤端水地伺候他，就当是一种报答吧。

奶奶看着这一堆东西为难了，她本来就是个不大有主见的人，这可把她难住了。不收吧，货郎子说得那么在理，简直叫人不忍拒绝；收下吧，这份礼实在有点重。

这时候爷爷他们回来了，他们挑着担子在外头转悠了一大圈儿，出门时担子里有满满两担糖瓜子，归来时担子里换成了粮食，口袋里揣着钱。他们风尘仆仆，爷爷一进门就嚷嚷说冻死了，赶紧爬上炕钻进热被窝里了。

姑姑一转身，把那些花线收起来拿走了。我们都舒了一口气，觉得这样最好，推辞过来，推辞过去，实在叫人煎熬，还不如爽快收下的好。

爷爷缓过劲儿来，见奶奶的锁子骨还没好，不能拿重东西。他火了，说："老东西还自个儿把自个儿当人得很，准备缓到啥时候呢？"

奶奶捏着胳膊，说："出了这个冬要是还不好，我也就没脸活了，找个棉花包一头碰死。"

爷爷说："找啥棉花包啊，直接撞咱家炕沿上多省事。"

我们都哈哈大笑。别看这老两口嘴上一个损一个，狠毒得很，其实啊，他们老两口的恩爱在村里是出了名的。

爷爷骂完了，依次瞅我们。看到货郎子，爷爷"哦"了一声，没说啥。

货郎子拿出两双尼龙袜子，给爷爷一双，给父亲一双。爷爷看也不看就回绝了，叫他好好收起来，等开春雪化了，天气暖起来，就挑着担子找生路去，到时候全指靠这些东西呢。货郎子捏着袜子没吭声，头耷拉着，在没人注意的角落里坐了很久。

因为明确知道货郎子在我们家待不久，我们对货郎子的态度有点奇怪：一方面老觉得他是个做客的人，一开春就要离开，所以处处客气；另一方面我们之间由生疏变得熟悉起来，我们不仅可怜他，似乎他身上有一种东西已经融进了我们的生活，在不知不觉中我们接纳了他。

当爷爷和父亲挑着担子又一次出门后,姑姑坐在炕上绣花儿,嘴里轻轻哼着一首歌儿:

货郎子哥货郎子哥,
把你的担担儿往下落,
不要你针不要你线,
只要你花一朵。

姑姑婉转清脆的嗓音刚一结束,另一个声音就接上了:

但凭妹妹挑但凭妹妹拣,
看上哪朵送哪朵!

姑姑抬头看,原来是货郎子在门口,正扒着门帘往里看呢。姑姑红了脸,说:"死货郎子,为啥不进来?躲在门外吓了我一大跳。"

货郎子轻轻跳进屋子,他的身子轻巧灵便,动作像猴子一样。

姑姑红着脸继续唱:

货郎子哥货郎子哥,
从哪里来?
到哪里去?
今儿个要从我门前过?

货郎子一脸轻笑,细声细气地唱:

　　西山里来哟东山里过,
　　千家万户门前过,
　　千辛万苦都吃过。

姑姑用眼角斜斜地瞥他一眼,继续唱:

　　货郎子哥货郎子哥,
　　担担儿放下歇一歇。
　　没有好茶好饭来招待,
　　凉水一碗馍半坨。

她刚一收音,货郎子就已经接上去:

　　口舌打架说不出个谢,
　　脚底下拌蒜难把步子挪,
　　好一个大姑娘俊模样,
　　敢问姐儿多大啦?

姑姑眉眼一挑,嗓音像清晨的露珠在宽阔的玉米叶子上滚动:

　　妹来妹十七,
　　哥来哥十八,

绣鸳鸯

十七十八一般大。

货郎子放低了调子,声音低得几乎难以听到:

哥来哥十八,

妹来妹十七,

十八十七配夫妻。

姑姑转过脸来,有点吃惊地看着对歌的人。

货郎子也正看着她。

两个人像第一次见面,不认识对方了。

忽然姑姑"哎呀"一声,针捏偏了,扎进了肉里,很快指头上冒出一滴血。姑姑甩掉血,把手指含在嘴里。

货郎子风一样冲上前,一把夺过姑姑的手含进自己嘴里。

两个人都惊呆了。

在太阳照耀下,房顶上的雪融化了,雪水化作清水,滴滴答答地落着,落着落着,天就要黑了。天气重新冷起来,那廊檐水就慢慢地凝固,化作一个个冰凌挂在屋檐下,闪闪的。

我站在屋檐下,踮着脚试图摘取一根冰柱吃,怎么努力都够不着。

一转头,就看到了屋里的景象,我惊呆了。最先反应过来的还是我,我一把推开门说:"好啊,你们两个……"

他们两个像触电一样闪开了。

姑姑一把拉住我,说要用花线给我绣个别针的针扎子,今儿晚上就打糨子粘,这一回绝不是哄我玩。我眨巴着眼,自然不敢相信是真的,我之前央求过她多少回啊,她就是不肯给我做个针扎子。

货郎子拉着我的手说:"走走走,咱吃豆豆糖去,想吃多少吃多少,全由你。"

五

日子一天一天过去,奶奶的锁子骨慢慢好了。小叔叔打点起铺盖去乡中学念书了。爷爷不再熬糖瓜子,带着父亲将搁在窑里闲了整整一个冬天的农具拿出来,调整木耧的耧眼,擦擦生锈的铁锨,用尼龙绳子将背篼笼子的破洞补缀一番。

春种就要开始了。

立春过后,就是雨水,后面接着是惊蛰。奶奶说惊蛰的雷声轰隆隆一响,蛰伏在洞里、土里的各种虫子都醒了,出来活动了,春天真正到来了。

奶奶冒着料峭的春风在院子里簸麦种子,姑姑不给奶奶帮忙,躲在小偏房里做针线。爷爷问奶奶为啥不把拜拜喊出来帮忙,奶奶努努嘴,叫他不要惊扰拜拜。于是爷爷悄悄去窗口看。

爷爷把眼睛贴在偏房狭小的玻璃上,看见女儿坐在炕上,一手端着用绣花绷子绷紧的一片白布,一手捻着一根绣花针,针屁股眼上穿着一条长长的花线,对着花绷子绣花。女儿绣一阵儿,停下来,歪着头打量一番,换一种花线又绣起来。

爷爷悄悄离开窗户,到奶奶身旁说:"老不死的啊,咱女子大啦,知道学习针线活儿啦,我看就叫她学去吧,女娃嘛,针线茶饭才是最重要的。"

奶奶点点头说:"对对对,我一辈子拙手笨脚,没少惹人笑,可不能叫我女儿踏我的老路。"

姑姑给人的感觉真的长大了,变文静了,能一个人安静地坐着绣花了,一绣就是大半天。

她绣什么呢?我围着看,她最先绣了一个肚兜,样子并不好看,针线不匀称,疙疙瘩瘩的,颜色也没有配好,给人感觉暗沉沉的。姑姑不着急,接下来绣了一块盖茶盘的茶巾。茶巾上绣什么内容呢?茶巾不像肚兜,可以随便绣个啥。茶巾盖在茶盘上,茶盘放在爷爷的上房里,上房里常常来亲戚,亲戚在吃饭喝茶的时候肯定能留意到茶巾,所以姑姑不敢马虎。她对着一块白布苦苦思索,该绣什么呢?她打开我妈的箱子,翻出几幅花样子,选了其中一幅,信心十足地绣起来。

姑姑选的这一幅是喜鹊登梅,一对儿黑喜鹊错落开来站在一根树枝的两头,红红的爪子抓着树枝,生怕掉下来摔疼似的。姑姑已经绣完梅枝,开始绣喜鹊的头了,货郎子忽然凑近说:"这画面太俗气了,一点都不浪漫。"

姑姑不理解啥叫俗气和浪漫,不过从货郎子的口气与眼神里,她看得出是不好的意思,就放下绷子说:"你能得很,你给我绣一幅好的来。"

货郎子比画一阵说:"我不会绣,但我会画,画出来你看了肯定说好。"

姑姑取来小叔叔的本子和油笔叫货郎子画。

货郎子面对着白纸却不画,白生生的牙咬着油笔杆,瞅着姑姑傻笑。

姑姑说:"不会了吧,你个小货郎子就知道哄人。"

货郎子并不着急,眼睛骨碌碌地瞅着姑姑,神情似笑非笑,怪怪的。

姑姑被瞅得不好意思了,别过了脸,说:"呸!你个货郎子就知道吹大牛,也不怕把牛皮吹破了。"

货郎子抿着嘴角,似笑非笑地想了一会儿,开始慢慢地落笔,一笔一笔画出来,画的是两只鸟儿,胖乎乎的,一前一后浮在水面上,身下的水纹向着四周一波一波地扩散,旁边有几片大叶子,叶子中间高高擎起两朵花儿,一朵正在盛开,一朵刚刚结出花蕾。

姑姑眼前一亮,一把夺过本子说:"好呀,没看出来你手巧得很嘛!快告诉我这是啥鸟?绣出来好不好看?颜色咋配?"

货郎子跷着指尖为姑姑配线,说:"这是叶子,用碧绿的线。这是茎秆,用灰线。花朵要用大红的线掺上粉红的线。这鸟儿嘛,可得用心配了,复杂着呢。"

姑姑认真地听着,由衷地点着头。她的头和货郎子攒在一起,两颗脑袋紧紧偎依着,像货郎子画在纸上的那一对胖鸟。

经过一个冬天的调养,货郎子的脸色早已不是初来时的那个模样。只见他那张瘦脸上,面色细腻白净,他的皮肤比我们这里的女孩儿还要好,整张脸显得唇红齿白。要不是他剃了短发,穿着男人衣裳,我们一定不会觉得他是个男人,看他那细致温和又手巧的样子,说他是个女孩儿倒还合适些。

货郎子伸出舌尖舔舔他那红润的薄唇,眨巴眨巴细长的眼睫毛,捏着针一针一针地绣。那么小的绣花针在他手里竟一点也不小,他甚至跷起一个兰花指来,针尖在绷紧的布上嘭嘭嘭跳动,针屁股后吐出一串花线的褶皱。他绣了一会儿,递给姑姑,指点姑姑绣。姑姑惊讶地瞪大了眼,说:"没看出来呀,你一个大男人手真巧,比我绣得还细致,看看,针脚多匀称!"

货郎子受了夸赞,并不难为情,一点儿也不脸红。他一本正经地说:"那当然,你不知道我还有个外号呢,叫巧八哥儿,啥子意思呢?就是我心灵手巧赛过八哥。"

姑姑说:"呸!脸皮真厚,手巧我见了,心咋个灵法?没看出来!"

货郎子一把夺了姑姑的针线,抓住姑姑的一双手按在他自己心口上说:"你摸摸,摸摸我的心,我心里啥子想法你就全明白了。"

姑姑吓了一跳,两只手胡乱地挣扎,却没挣脱,她被货郎子一把揽进了怀里。

我说:"姑姑你到底绣的啥鸟?他告诉你了吗?不会是两只麻雀吧?"

他们吓了一大跳,货郎子跳起来,放开了姑姑。姑姑一把抓起丢在脚边的针线埋头绣,仿佛他们一直这样忙于绣花,根本就没有拉拉扯扯地拥抱过。

货郎子说:"我们在绣鸳鸯。这种鸟儿在水里生活,喜欢成双成对,性子温和,羽毛漂亮,配上开满荷花的池塘,绣出来很好看的。"他建议姑姑接下来为我绣一个带着鸳鸯荷花的枕头,把我那个缝补了好几遍的旧枕头扔掉。

姑姑拉着我的手温柔地说:"一定给你绣,赶明儿这一幅绣成了,立马就给你绣枕头,只要你不把刚才看到的告诉别人。"

姑姑和货郎子争相向我示好,讨好我。这让我受宠若惊,所以我很痛快地就答应他们，保证不会到处胡说。

货郎子又打开了他的箱子，拿出好几包豆豆糖给我吃。我的小布兜兜都装满了，我惊喜得满院子转悠，嘴里噙着豆豆糖，奢侈到不再小心地含每一颗小糖豆了，我咯嘣咯嘣地嚼着吃。我觉得货郎子这个人真笨，居然舍得拿出这么多糖来巴结我。

唯一遗憾的是，他的糖藏在箱子里的时间太长了。经过整整一个寒冬，又加上初春，豆豆糖受了潮，即使装在小袋子里，也还是被潮气渗入进去了，含在嘴里有一股木头吸了水分，然后发霉的味道。说实话，这味道给人的感觉不太好。

六

鸳鸯真是不好绣，姑姑把全部身心都投入其中。终于，她的第一幅绣品绣出来了。一对鸟儿傻乎乎地偎依在一起，鸟的身子臃肿，颜色搭配得也不好，红色和绿色放在一起显得突兀而扎眼，给人感觉这种鸟儿缺乏灵性，是一对呆鸟。

姑姑瞅着货郎子画出的图纸说："彩线绣出的鸳鸯咋就比不上你画的黑白鸳鸯呢？"

货郎子眨巴着女人一样的丹凤眼，看着窗外杏树上结起的花蕾，忽然一拍大腿说："你们家里就有鸳鸯的呀，我找来给你细细地观察。"

我们都觉得奇怪，我们这穷乡僻壤的艰苦地方，常见的鸟类只有麻雀、乌鸦、喜鹊等，不是一团乌黑，就是一身土灰，羽翼带色彩的飞禽着实少见。鸳鸯那金贵物儿，我们家怎么会有？

货郎子指着炕上叠好的被子说:"打开它,仔细看被面。"姑姑瞅着叠得方方正正的被子还没有反应过来。

我爬上炕,一把拉开被子。被面是绿绸的,是我父母成亲时候舅舅给我妈的嫁妆,它最初可能有着丝绸该有的色泽与丝滑。这些年我父母盖着它度过了甜蜜的新婚时期,我妈盖着它生下了我,我在这被子下拉屎撒尿,一天天长大。现在还能指望它保留当年的风韵吗?早就旧得不成样子了。

货郎子忽然叫我们观察它,观察什么呢?难道是观察它究竟有多破旧?

我瞅瞅被子,又瞅瞅货郎子一本正经的白脸孔,鼻子里闻到了一股臊味。那是从被子深处的棉絮里发出来的,尽管我母亲很勤劳,隔段日子就要拆洗被褥,但是浸在棉花深处的尿痕是没法洗掉的。这床被子浸透了我多少尿呢?谁都难以说清吧。只要鼻子凑近了闻,那股臊味永远存在。正是因为它的存在,将我们的屋子弄得永远臊烘烘的。我母亲临去新疆前说过这样的话:要是我舅舅出手大方,给她带两床棉絮,她回来定会将这臊被子换掉。就是这么一床破被子,货郎子忽然叫我们观察,观察个啥?

姑姑看着被面上难以缝补的破洞,不好意思极了。我也觉得有点难为情,我们日子里贫寒的一面叫这个外地人看了个透。但是,货郎子没有盯着绸被面上的破洞说事,他说:"你们看看,仔细看,看到鸳鸯了没?"

我们将目光抬高,顺着被面往宽阔处看,我们的目光迟缓起来。我发现如果忽略了这些星星点点、难以补缀的大洞和小洞,就会看到被面上织着一幅图画。这是一幅什么图画呢?几道水波呈现出蜿蜓游走的样子,水波里撑起几根绿茎,绿茎的头上擎起盛开的花朵,花朵之间穿插着打苞的花蕾。我看见姑姑双眼呆住了,惊讶地看着被面。花茎下面的水波上,分明浮着一对鸟儿,一前一后,前面的转过头来,看着后面的同伴,嘴巴微微向下弯,同侧的翅膀撑开了,看来嘴巴想伸到翅膀底下去,是想要啄一啄羽毛呢?还是嘴里噙着水,要给华美的翅羽洗一洗澡?

"鸳鸯?这是鸳鸯!"我拍着手叫喊。

姑姑一把将我揽在怀里,紧紧抱着。她的脸贴在我脖子上,热烘烘的,简直把我的脖子烫疼了。

我们将被子铺展开,慢慢地观察。我们从来没有像现在这样小心地对待过这床被子。透过层层陈旧的、顽固的污垢,我们看到了一对真正的鸳鸯,尽管被子破旧得难以直视,但是这一对鸟儿还是保持着它们恩爱旖旎的姿态。

姑姑当即铺开一片洁白的布,照着样子绣起来。

货郎子也不闲着,忙着为她配线。鸟儿的嘴巴是大红色的,嘴角添了一抹嫩黄。鸟儿脖子上的毛色十分繁杂,几种线套着绣,一针一针交错着交织在一起,绣出一段斑斓的颜色。鸟儿的身子更是复杂,翅膀分为翅尖、翅根、翅中,颜色各不相同,尾巴、爪子也是不断变换。货郎子表现出了惊人的大方,从箱子里拿出一股一股的花线,很快这些花线就通过那枚绣花针的屁股,变成一条条蜿蜒的褶皱,密密麻麻地落在了白布上,变成了五彩的花儿和波光闪烁的水纹,还有一对相依相偎的大鸟。

姑姑歪着头绣鸳鸯的样子很投入,毛茸茸的睫毛眨巴眨巴,清亮亮的眼睛扑闪扑闪,上下嘴唇上长着一层浅黄色的毛,细细的,像雏燕身上的嫩毛。我说:"姑姑你咋长胡子了?"姑姑摸了一把脸,照了照镜子,盯着镜子里的自己痴痴地说:"是啊,我咋长胡子了?我也不知道我为啥就长胡子了?"

货郎子摸摸自己的下巴,那下巴光秃秃的,哪里像个男人的下巴,倒像一位刚刚拔过汗毛的小媳妇的下巴。

货郎子捏着女人一样的嗓子唱歌:

正呀二月的早上,
手提着篮篮去看我的郎。

姑姑唱:

我呀我的郎,
病倒在象牙床,
一手打起红绫子帐。

货郎子来了精神,连神态也是女人了:

正呀月初三,
我去看我的郎,
白羊肚手巾包冰糖。

我赶忙插话:"这不是我妈爱唱的那首歌吗?你个货郎子咋也会哩?"

货郎子不回答，转过头瞅着姑姑笑。

我不饶，缠住姑姑问："明明是我妈教给你的嘛，他咋也会唱哩？"

姑姑也不回答，抿着嘴角笑，边笑边嘭嘭嘭地绣花。

他们两个人都笑了，笑得意味深长。

我从他们的笑容里感觉到了一种异样，可是是什么呢？我说不上来，这感觉看不见，也抓不住，只能凭着瞬间的感触捕捉。我感觉他们两个合起伙来搞一个阴谋，而我傻兮兮的，什么也不知道，眼睁睁被蒙蔽了。我有点恼怒，有点失落。我抓住姑姑的胳膊说："姑姑，你究竟是我的姑姑，还是人家货郎子的姑姑？你怎么倒和他串通起来了？"

货郎子一愣，反应过来了，哈哈大笑起来，他望着姑姑喊道："姑姑，姑姑，你也是我的姑姑。"

姑姑望着调皮得像孩子一样的货郎子，涨红了脸。

这时候门外传来"姑姑等"的叫声，这种候鸟每到春天就早早地从遥远的南方飞来，在树丛里飞来飞去，"姑姑等，姑姑等"不停地叫，叫声悠长、悲凉，让人听了心里就会莫名地伤感起来。

就在姑姑的鸳鸯即将绣成的时候，忽然有一天，大门外传来吆喝声，那是我们熟悉的头发换花线的声音。货郎子来了，一声声"头发换花线喽，头发换花线喽"的吆喝在晚春暖烘烘的空气里流淌，流进千家万户。女人们掀起炕席的边角，拿出积攒了一冬的乱发往外跑。娃娃们在自家的各个墙缝里扒拉，试图找到母亲遗忘的一团黑发。也有孩子将粘在铁梳子上的驴毛撕下，混在头发里，试图蒙混过关。

我们家没有人急火火地跑出去，因为我们现在根本不缺那些针头线脑，花线啊、豆豆糖啊，小货郎子的箱子里有好多呢！这个漫长的冬天，我们根本就没有盼望货郎子早一天到来。他们来不来，和我们关系不大，我们家里住着一位真正的货郎子呢。

"头发换花线喽——头发换花线喽——"货郎子的吆喝声越来越响亮，这吆喝声就在我家大门的墙外，越过墙头，像一阵阵春风，往人的耳朵里钻。

货郎子竖起耳朵，问："谁在吆喝呢？"

姑姑说："不知道。"说完，她竖起耳朵听，听了一会儿，肯定地说："货郎子来了，每年开春时节都来。"

货郎子眼里闪出亮晶晶的光："货郎子？就是和我一样走村串户，用花线换头发的货郎子？"

姑姑听出货郎子的声调有异常，抬头看一眼，说："是啊，瞧你兴奋的，好像听着他们挺高兴的？"

货郎子搔搔头，说："哪能呢。"但是他原本笑嘻嘻的神情很快地黯然了，坐在那里显得乏乏的。姑姑等着用紫线呢，他却抽出一根碧绿的线递上。姑姑叫了一声："你咋啦？魂丢啦？"货郎子赶紧挤出一点儿笑，可是那笑比哭还难看。

真是记不得从什么时候起，货郎子变得郁郁不乐了。一个傍晚，姑姑正在做饭，没柴了，她喊我帮忙，我扯了一把胡麻柴抱进去。姑姑揭了锅，我看见一团白气散开，灰沉沉的荞麦面条中，显出一个白生生的东西来。我说："那是啥？"姑姑极麻利地一勺子捣下去，用面条盖住。偏偏那一团白耐不住寂寞，又浮起来，赫然是一枚鸡蛋。

"鸡蛋？姑姑你给我煮了个白水蛋？姑姑你真好！"我雀跃着，在地上蹦了起来，差点跳起来抱住姑姑喊一声"亲妈"。要知道，在这个漫长的寒冬里，我家的三只母鸡一枚蛋也没下。到了春季，鸡蛋更是金贵得不得了，要一枚枚收藏起来，准备孵小鸡呢。连地位最高的爷爷也很久没吃上鸡蛋了，更别说我这样的屁孩子。我妈在的时候，隔些日子会利用做饭的机会给我煮一枚白水蛋。自打她去了新疆，我就很少享受这特殊待遇了。

我看着在开水和面条之间翻滚的鸡蛋，理所当然地认为那是给我的。我是这个家里最小的娃娃，不给我还能给谁？除非某个人害了大病，躺在炕上啥也不想吃，那样才能吃上鸡蛋呢！我围着锅台打转，等着我的白水蛋出锅。

饭熟了，姑姑把咸菜碟、盐碟和装油泼辣子的小瓷罐摆在盘子里，叫我端给爷爷。我一路小跑着端过去，转身跑回来。我急慌慌地，心里牵挂着那枚鸡蛋。可是当我返回来站在锅台边，我看见锅里的鸡蛋不见了，姑姑拿着勺子舀饭，一脸平静。我说："鸡蛋呢？鸡蛋咋不见了？"姑姑说："啥鸡蛋？你平白无故地咋想起鸡蛋来了？"我急了，一急眼泪就不争气地往外淌，我说："我的鸡蛋呀，你不是给我煮了个白水蛋吗？"姑姑的脸黑下来，说："谁给你煮白水蛋了？春天鸡蛋多吃紧你不知道？不过，也不害病，你好端端地咋想起吃鸡蛋来了？我看你是看花眼了吧？"姑姑的声音在颤抖。她在说谎，她是个实诚人，平日里极少说谎，她只要一说谎就脸红，声音变调，身体颤抖，所以我一看她握着勺子的手就知道她在说谎。

我说："锅里明明煮着一个鸡蛋，我都看见了，你还想瞒着我，你不是一直最疼我吗？你平时有啥好吃的都给我留着，今儿你咋变啦？"

这时候我想起了远在新疆的妈，这些日子来我真是想她了，可她迟迟没有归来。我忽然觉得自己有说不出的委屈，就呜呜地哭了起来。

姑姑慌了，一把抱住我，用一只手堵住我的嘴，央求说："我的小姑奶奶你不要哭，我说实话还不行吗？家里是有一个鸡蛋，但是我给货郎子了。你不知道，他想家了，这些日子愁眉不展，茶饭不思，我们总不能眼看着他一天天瘦下去吧？"

姑姑说着说着，我不哭了，姑姑倒抹起眼泪来。她这一开了头不要紧，那眼泪像腌菜的盐水，淅淅沥沥地擦不干了。她干脆饭也不吃了，坐在矮板凳上全心全意地伤心去了。我瞅着这样子，早忘了自己的委屈，我不知道该怎么安慰她。我记起我妈常形容姑姑的话来，我妈说拜拜这女子就是个眼泪包，谁戳一指头都要淌半天水，她哪来那么多泪水呢？像马尿一样！她真像老戏里唱的小姐，吃饱了没事儿就成天价哭天抹泪珠儿。我妈的话连讽带喻，但是细一想还真是形象呢。此刻姑姑就像个大户人家的小姐，安安静静地坐着抹眼泪。

第二天晚饭时，姑姑把我叫去，她从锅里捞出两个鸡蛋，一枚扣在碗里，一枚装进我兜里，吩咐我赶紧剥了吃，千万别叫爷爷奶奶看见，看见了不会有她的好果子吃。我捂着口袋，心里在想剩下的那一枚蛋谁吃呢？我很快就明白了，姑姑自己绝不会吃，除了货郎子还有谁？而且我拿到的这一枚蛋，也是沾了货郎子的光。

从这时候起，姑姑隔三岔五地就给我一枚煮鸡蛋，附加条件只有一个,就是吃了不能出去乱说。我乐坏了,这等好事,我会出去乱说吗?我脑子又没叫我家的毛驴给踢扁了。我前后吃了多少枚鸡蛋呢?五枚还是六枚?还是七枚?我没记下。春风日日夜夜地吹着,把我们都吹得醉醺醺的,谁还花费心思去记这个呢?只是我有时候禁不住想,为了攒够抱一窝鸡娃的蛋,奶奶恨不能成天守在鸡窝口等着收鸡蛋呢,姑姑从哪儿弄来的鸡蛋?她又不能像母鸡一样自己下出蛋来!还有,我每次吃一枚蛋,那么货郎子吃到的会是几枚蛋?一枚蛋?还是,比一枚蛋多?我心里的猜忌像埋进土里的种子,一天天膨胀着,但是我努力憋着,没有跑去告诉爷爷奶奶。我答应过姑姑,所以我得信守诺言。

七

三月三,苜蓿芽儿打搅团。

农历三月的苜蓿芽儿最鲜,带着一股春天特有的气息,嫩生生的,奶奶叫姑姑剜一些回来吃。姑姑不大愿意,说往年都是嫂子做,她不会做,做得肯定不好吃。

这话奶奶不爱听,就站在门口数落起姑姑来,说那有啥难做的,剜回来在开水锅里焯一遍,捞进凉水里泡一泡,挤干水后凉拌就是了,捣点蒜,放点油泼辣子,各样调料都放上,保准香喷喷的!奶奶说完就出门走了,爷爷在门外等她,他们老两口约好了今儿去北山里走亲戚。

姑姑扔下手里的针线活,嘟囔道:"都走亲戚去哩,还这么嘴馋,豁牙露齿的人了,偏要吃个苜蓿芽儿,不是成心给人添麻烦吗?"这时候姑姑气哼哼的。

我觉得奇怪,姑姑总是很温和的呀,极少有这么暴躁的时候,这是为什么呢?

姑姑说她要梳一梳头发,叫我先去厨房里拿一把薄刃刀,提上竹篮子,等下我们去山坡上剜苜蓿。

我把剜苜蓿的工具找齐全了,在门外等姑姑。我等啊等,等得瞌睡了,姑姑才姗姗迈出门来,抬脚跨过门槛的时候,脚步低了,磕了一下,差点儿摔个狗吃屎。姑姑趔趄了几步,站稳了。我们踏着春风出了门,爬向山坡。

向阳的山坡上苜蓿绿油油一片,有一寸长了。姑姑俯下身剜苜蓿,我提着篮子跟在身后,姑姑剜一把,便往我的篮子里扔一把,我则把夹杂在里面的野草和杂物拣出来。

姑姑慢腾腾的,她干啥都这性子,从来不会着急。她的性子就像这春天的小风儿,不急不躁地吹着、刮着,一直把寒冷彻底地驱赶干净,把大地上的泥土吹得松软,泥土里的种子吹出叶芽,把春天从遥远的地方呼唤到我们这里。

现在这种风徐徐地掀动着姑姑头上的红头巾,多么像一个调皮孩子的小手啊!这风分明要揭起姑姑的头巾来,看一眼头巾下大姑娘黑油油的大辫子。可是它的力气实在太小,始终努力着,却始终掀不起,所以挣扎了几个时辰都没能如愿看到姑姑的辫子。

一篮子苜蓿芽儿,我们一直从早晨剜到了大中午。

中午的日头把我们晒得懒洋洋的,我们迈着迟缓的步子推开了家门。房门虚掩着,里面没人。我记起来了,爷爷奶奶走亲戚去了,父亲放羊去了,小叔叔念书去了。家里还能有谁呢?

记起来了,不是还有个货郎子吗?

对啊,就算他不是我家的一口人,可暂时留在家里,也算是一口人了。货郎子呢?咋不见他觍着一张油滑的笑脸跑出来?他和我和姑姑可是一阵儿都分不开的呢!

我问姑姑:"货郎子躲哪儿去了?咋没在屋里?"

姑姑不理我,"咚"的一声将篮子扔在地上。苜蓿芽儿散落出不少,母鸡见了,争相跑来啄食。我猜不透姑姑哪根筋不对了,就一面赶鸡,一面把散落的苜蓿芽儿捧进篮子,将篮子放在案板上,跑进屋里看个究竟。

姑姑趴在炕柜上,肩膀一耸一耸地抽搐,她在哭泣。哭着哭着,她头上的头巾滑落下来,我看见她的脑后空荡荡的,那根我们熟悉的大辫子不见了,只剩下一头秃刷子一样的短发,被一根皮筋紧紧扎着。没有辫子的姑姑忽然给人很丑的感觉。脑后尤其难看,好像她以前圆圆的脑袋只是借助辫子营造出来的假象,现在辫子没了,扁扁的后脑勺露出了原形。

傍黑时分,爷爷奶奶才从北山里回来,回来就知道家里发生的事情了:货郎子走了。姑姑把辫子铰了,叫货郎子拿走了。爷爷很生气,说这个货郎子为人不厚道,在我们家连吃带住这些日子,临走咋也得跟我们说一声,道个别,这是人之常情。另外,货郎子走了就走了,怎么能把姑姑的辫子拿去。奶奶气得抹眼泪,她这辈子一遇上着急的事就只会抹眼泪,逼问姑姑为啥不把辫子看好,为啥叫人家偷走了辫子。姑姑头一甩,硬邦邦地回应说:"不是人家偷的,是我自愿铰下来送给他的,我使唤了人家一箱子的花线,难道准备白使唤啊,好歹得给人家一点补偿吧!"

奶奶一听是这样,舒了一口气,没有多说什么。

爷爷还在耿耿于怀,一有空儿就提起这个小伙子。爷爷一会儿说他脑瓜子聪明,处处透着机灵劲儿。一会儿说他不该偷偷走,一起生活了一个冬天呢,好歹也该说一声的嘛。

一个不争的事实就这样发生了,货郎子走了,不辞而别,挑着他的担子和箱子,永远离开了。他去哪里了呢?他是继续走村串户换花线,还是回四川老家去了,我们难以知道。他没给谁留下话,我们只能胡乱地猜测。

刚开始那一阵儿我觉得有点不适应,怎么说呢?有点想念这个人。这是想念吗?好像不准确。也许是不适应吧,就像他突然出现在我们生活中的那一阵。我们刚开始自然把他当外人,该小心处小心,该留意处留意,该拿捏的地方尽量保持在外人面前应有的矜持。随着日子的推移,不知不觉中我们将那些东西取消了,我们对他减少了防范,他渐渐地成了我们家中的一员,和我们一样吃饭、睡觉、过日子。尽管我们从来没有打算让他成为我们家真正的一口人,但当他忽然离去后,我发现事实上我们已经将他当作一家人了,吃饭有他的饭碗,睡觉有他的枕头,说话时他在边上听着,干活时他会参加。现在他忽然离开,好像把我们生活里的某样东西给带走了。我们的生活出现了一个豁口,虽然不大,但是漏风。这个豁口时不时提醒我们货郎子走了,那个快乐的青年离开了我们的生活。

他在我们家里留下了一些生活的痕迹,比如堆积在姑姑面前的一束粗花线,姑姑绣在白布上的鸳鸯。他堆过雪人的地方,虽然积雪早就融化了,只留下几个圆圆的痕迹,但那是雪人存在的痕迹。还有他女人一样的嗓子唱出的曲子,带着一股我们从未听过的味道,似乎余音还没有散尽,在我们的睡梦里流转。

同时让人不适应的还有失去辫子的姑姑,我老是觉得她失去的不仅仅是一根辫子,而是后背上的一个更大、更重要的东西。现在她的后背那里空了,空成了一个看不见的大坑。就算姑姑从这以后一直搭着那块红色的头巾,整天都不取下,但我还是会对着她的背影想到那根辫子。

过了几天来了倒春寒,和暖的天气一夜间就变了,似乎又回到了寒冬。我们坐在热炕上说话儿,奶奶望着窗外远山上落了青霜的庄稼苗,忽然说:"不知道货郎子现在在哪儿,天气这么冷,他咋吃饭呢?在哪过夜呢?"

我们都沉默了。

就在这无声之中,我们忽然都有些伤感。是啊,货郎子吃得上热饭吗?夜里这么冷,在哪儿睡觉呢?他会遇上我们这样的人家收留他吗?他会不会像他说的那样,在找不到人家收留的时候,只能蜷着身子睡在郊外的破窑里,或者在人家的麦草堆里凑合一夜?我甚至能想象他弓着身子蜷在疾风里的样子。

天气一天比一天暖和了,晚春的风里再也没有了凌厉与阴凉,我们已经换上了单衣单裤,感觉不到那种刺骨的寒冷了。我们自然也将货郎子忘记了,没什么理由一直记着他。他留在我们生活里的痕迹慢慢地消失着,除非看到姑姑包袱里那一团花线,否则我们已经将他完全忘记了。我们的农活早就拉开了序幕,我们这些农人就再也不敢偷懒,辛苦的一年开始了。

八

豌豆地里的野草锄过不久,豌豆就开始拉手手了。脆嫩脆嫩的豆蔓从身体的各个茎节上伸出一根根细丝般的茎,每根茎的尖端都像小孩巴掌一样伸开着。大家像一群盲眼的孩子站在风里,都伸出手来,摸索着寻找伙伴,一旦碰触上,就互相紧紧抓住,缠绕在一起,你缠我我缠你,嫩弱的身子互相有了依靠,用看似脆弱的茎结成了一片坚实的网,每一棵豌豆都稳稳地站立着,不怕风吹雨打。团结互助的网墙结成了,便到了开花结荚的时候了。

忽然有一天,大门一响,进来一个女人。这个女人是我妈,她回来了!这个女人前几天给我们来信说她准备回来呢,谁知道这么快,我以为至少还要等个十天半月呢!我看着她,忽然有点不好意思了。这些分离的日子里我日夜思念着她,一旦忽然面对面,我没有一点儿心理准备,我便呆望着她,不叫妈,也没有上前一步表达亲昵的意思。相反我心潮澎湃,忽然就有了些怨恨,怨恨这个生了我的女人,把我扔下,一个人跑出去那么长时间,她难道不知道我有多想她吗?不争气的眼泪盈满了眼眶,把我的视线都弄模糊了,我在心里狠狠骂自己,用手背狠狠擦掉了丢人的眼泪珠子。

我妈给我们大家分发礼物,爷爷的礼物是 床棉絮。新疆是产棉花的地方,新疆的棉絮真是好,况且又是舅舅用自家的棉花弹的棉絮,足足五寸厚,暄腾腾的,又白又绵软,用手捏捏都很舒坦。爷爷高兴得胡子翘起老高,喊奶奶快点找个绸被面来缝成被子,他好盖上享享福。奶奶的礼物是一件青色偏襟外衣,颜色纯正,样式简朴。我的礼物自然是一包葡萄干和几颗大枣、几块冰糖。我兜里装着葡萄干，嘴里含着冰糖，我觉得活着从来没有这么幸福过。我妈抖开一件红色的衫子，我们大家眼前都一亮，这衫子漂亮，领子是竖起来的，窄窄的腰身凹进去，衣襟和袖口上绣着花，不用说这是给姑姑的。

可是姑姑呢？她怎么没在这里？她怎么躲起来了？我抱着衣服兴冲冲推开偏房门，把衣裳放在姑姑眼前。姑姑眼前一亮，眼睛里闪烁出亮晶晶的光彩。我说："我妈专门从新疆给你买的，她叫你穿上给大家看看。"

姑姑摸着衣裳，她摸摸领子，又摸摸袖子，拿起来在镜子前比画了一下，却不穿，叠起来放进了箱子。我从她的眼睛里看出她是喜欢这衣衫的。她可是为什么不穿呢？姑姑手一甩，说不想穿，年不年、节不节的，穿那么新干啥？给谁看呢？

当我跑到上房把姑姑的举动学着给大家说了一遍，我妈的脸色明显变了，但只是一眨眼的事，她很快就神色如常了。她接着拿出几包草药来，说是新疆那个乡间名医开的，需要吃大半年才能见效。接着他们说起了那个名医看病的各种传闻，无非是谁家媳妇看好了，能生养了；哪家男人看好了，女人已经怀上了；哪家的媳妇却一直看不好等等。有人说这医生医术高，能看好不孕不育的病；有人说根本看不好，就是个江湖游医，到处骗人呢。我对这些没有兴趣，听着就乏味，便骑在门槛上逗老猫玩耍。

做晚饭的时候，我妈终于和姑姑在一起了，我妈擀面，姑姑烧火、切洋芋菜。两个人像过去这些年一样，默契地配合着。但是，我进去时却感觉厨房里的气氛有些异常。这是什么情况呢？我东瞅瞅西看看，发现她们两个都静悄悄的，不说话，用来说话的嘴巴都紧闭着。这可与过去不一样啊！过去她们姑嫂俩只要搭伴干点活儿，总是有说有笑，为此没少被爷爷训斥。爷爷说："妇女嘛，讲究的是一个乖顺，你们这样没遮没掩地连说带笑，哪有点妇道人家的样子呢？"爷爷训话的时候她们姑嫂静静听着，爷爷刚一走开，她们就嘿嘿地笑，笑疼了肚子，蹲在地上半天起不来，一个喊另一个快来揉肠子。

曾经这样好的一对姑嫂，怎么会生分起来了呢？难道是她们分开久了，产生了龃龉？我发现闹情绪的不是我妈，而是姑姑。不是我妈在给姑姑甩脸子看，而是姑姑处处板着一张脸，饭熟了她不和我妈一起吃，而是端起碗回了偏房。她好像对我妈忽然有了戒备，有了敌意，她防范着，排斥着，能避开就尽可能避开。

夜里还是我和姑姑睡，我睡下了，她坐在灯下绣花。自打我妈回来后，姑姑就将针线活儿藏了起来，白天很少拿出来，只有到了夜晚，她才打开箱子，借着煤油灯的光亮赶做一阵。我不明白针线活儿有啥好，姑姑做起来就不知道休息。我一觉睡醒，爬起来尿尿，看见灯亮着，姑姑还在绣花，针头扎过白布，"嘭嘭嘭"的声音在静夜里显得分外孤寂，营造出一种异样的氛围。我迷迷糊糊尿完，钻进被窝重新睡，就在这嘭嘭声里，续上了刚才断掉的残梦。小叔叔带回来的小人书里画着些古代的女子，也有喜欢夜里看书绣花的，她们绾着高高的发髻，腰身纤细而婀娜，弱不禁风，古色古香。梦境里我觉得姑姑分明成了小人书里的女子，也以那样的姿势秉烛而坐，无言而固执，将一个个长夜变得馨香忧伤起来。

转眼到夏天了，满山洼到处是开花的庄稼。我家院子里的草药味在暖风里飘散，全庄子的人都知道我妈在吃草药，治疗不孕症。

那么巨大的一包草药吃完,舅舅又寄来一包,我妈天天喝那苦得要命的黑汤水,可是,她的肚子就是不见鼓起来,连一点儿动静都没有,我妈开始怀疑那个名医了。就在这时,另一个人的肚子大了起来,藏不住了,被人发现了。这个人是我的姑姑,看出端倪的却是我那被草药的苦汤汁子毒得晕头转向的妈妈。

姑姑成天懒洋洋的,饭吃得少,干活没力气,整个人蔫头耷脑地不说话,瞌睡还多得出奇,只要能偷出空儿就趴在炕上睡。我妈说:"这不正常呀,活蹦乱跳一个大姑娘,咋被霜打了一样乏呢?脾气还坏得不行,其中一定有啥古怪。"我妈就留心上了。首先我妈看出她腰身不对劲,不像女子娃那样细细的,而是变粗了,和髋骨一般粗了,走路的姿势也不对劲,哪有女子娃撇着腿走路的?

这一发现让我妈心惊肉跳,不敢声张,只能加紧暗中观察。

一次我妈半夜出来撒尿,往回走时看见偏房灯亮着,就悄悄靠近前扒着窗户缝儿看,隐隐看见姑姑端着绣花绷子,却不飞针走线,对着绣出的那一团锦簇发呆,样子痴痴的,忽然叹了口气,抹了一把眼泪。她将泪抹在被角上,再叹一口气,爬起身脱衣裳,一件一件脱下,只剩下贴身的线衣线裤。我妈看呆了,一颗心怦怦地跳,分明看见姑姑的小肚子鼓起来,像扣了一口小小的锅。白天粗布衣裳宽大看不出来,只剩下内衣便能明显看出她真的有了身孕。

我妈吓坏了,看着姑姑用手摸肚子,摸一圈儿,叹一口气,猛然抡起拳头在肚子上乱打,边打边淌眼泪,嘴里低低地说着什么。

我妈眼看着姑姑的手劲越来越大,砸得肚子嘭嘭响,就是一面鼓,也经不住这么敲打啊,何况那里面是一个孩子。

我妈不由得伸出手去摸自己的肚子,自打生下我之后,我妈的小肚子那里就一直空荡荡的，想尽了办法，就是大不起来。

我妈摸着肚子感慨万千，心想：真是造孽呀，该大的不大，不该大的怎么就大起来了呢？

我妈看见姑姑干脆跪了下去，从枕头底下摸出一根擀面杖，咬紧牙关，对着肚子狠劲地戳打。

我妈断定她是想弄掉这个孽种。她一个女子家，连婆家都没有呢，怎么能叫肚子大起来？这传出去是天大的丑事，自然只有弄掉了。

擀面杖和拳头又是不一样的，拳头不管怎么说也是肉长的，擀面杖却是胳膊粗的杏木棒子，这一下一下打在肚子上，疼痛可想而知。

肚子里刚刚发芽的娃娃怎么能承受得住呢？我妈忽然觉得不忍心了，看不下去了，心里想：这娃真是命苦，还没出世呢，就遭受这样的罪，真是造孽呀……可是，丑事是大人做出来的，和娃娃有啥关系？凭啥要娃娃的命呢？我妈忍无可忍，赶紧推门，门被闩住了。

我妈知道起作用的是一根比筷子还细的插销，便狠下劲狠狠地撞，撞到第四下，门哗地开了。我妈扑进去，姑姑傻了，拿着擀面杖的手不知道往哪儿放，尴尬地举在半空中。

我妈一把夺下擀面杖，劈头就给姑姑甩了一个大巴掌。这一巴掌有多重呢？把我妈闪了个趔趄，差点儿一头栽在地上。好几天后，右胳膊还在疼。

我妈这一巴掌像扇在了石头上，她看见姑姑直挺挺地跪着，冷眼盯着她，脸像石头一样冰冷。

我妈还不了解姑姑吗？相处了这些年，早摸透了她的脾气，就扑上前一把抱住她，用拳头敲打着她的后腰说："我的个瓜妹子呀，你咋能这么作践自个呢？有啥事你都不该瞒着嫂子，你啥时节不信任你的亲嫂子了？"

姑姑像一块生铁，冷冰冰地听着，不吭声。

我妈关上门，把姑姑揉进被窝里睡下，她自己坐在炕边，看着姑姑说："你给我说实话，是谁的娃？"

姑姑用被子捂住了头。

我妈一把扯掉被子说："事情到了这一步，你还想往下瞒吗？我的瓜妹子，你瞒得了初一，瞒不过十五哇！娃娃在肚子里一天天长呢，越往后头长得越快，眼看都要显怀了，你还能瞒住吗？咱庄里那些女人的眼睛比刀子还毒，一张张臭嘴更是不饶人的，叫她们中的一个看出来，那就等于全庄子的人都知道了。我的瓜妹子呀，你就算不顾自个的名声，你叫咱父母的脸面往哪里放呢？你这是拿刀子活活往死里逼他们呢。"

姑姑翻起身，猛地扑进我妈怀里，眼泪哗啦啦地淌，沙哑的嗓子里发出哭音："嫂子，你说我咋办呢？我走投无路了呀，我不想活了，我想拿刀子把自个儿捅了。"

我妈抱着姑姑，难住了。是啊，姑姑的肚子眼看藏不住了，等到传出去，全家的脸面没地方放是小事，姑姑这一辈子就算毁了，谁家还愿意娶她呢？到时候娃娃生出来咋办呢？私娃子可是十分受人唾弃的。九年前我妈刚嫁来的时候，人们正在愤怒又兴奋地传播着一个小道消息，说下庄子马文权的女子放羊的时候和山后面的一个小伙子好上了，一来二去肚子大了，五个月流产了，将娃娃包在一团旧衣服里，扔在山后的水沟里，被一群放羊娃碰上了，用鞭杆挑来挑去地玩耍……马文权的女子自然很遭人唾弃，迟迟找不到婆家，直到三十岁才勉强嫁出去，男人是个跛子。

我妈又一次追问:"这是谁的娃?最圆满的办法是叫他娶了你,这样你和娃娃就都有了名分,娃娃的这条命也能保下来。"

姑姑不说话,捂着脸只是哭。

我妈看看那些花线,看看姑姑脑后秃刷子一样的短头发,猛然明白了,拍着腿说:"糊涂啊!咱妈真是糊涂,眼看六十岁的人了还这么糊涂,把活生生一个大男人收留在家里,整天地一搭吃一搭耍,不出事才怪呢!"

姑姑脸都绿了,说:"你知道是谁了?"

九

第二天做饭的时候,姑姑主动跟我妈说:"我不想瞒了,瞒着也没啥意义了,反正他已经走了,再也不会回来了。这也不能全怪他,一方面他在勾引我,另一方面,也是我看上他了,他没有强迫,都是我自愿的,我不怪他,到现在我也没有怪他。"

我妈说:"那你头发咋回事?他就是个骗子,把你身子骗了不说,临走还不放过你的头发。那么好一条辫子,留了十几年呢,就叫他骗走了?"

姑姑抹一把脑后的秃刷子,苦涩地笑了,说:"嫂子你错怪他了,辫子不是他骗走的,是我自愿铰下来送给他的。相识一场,好了一场,好歹得留个念想不是?他身上没啥能留的,一捆子花线早都给我了,我就把辫子叫他拿去了。他说他要把我的辫子藏起来,绝不卖钱,藏一辈子。"

我妈问:"这样的鬼话你真信?他真要是心里有你,也不会把你害成这样，然后就一拍屁股走掉，他至少要对你肚子里的那一疙瘩肉负责。"

姑姑不吭声了，眼泪像洗菜水一样噗噗地落着。

我妈说："好了，别这样了，我说得不对还不行吗？他没有害你，他心里有你，说不定有一天啊，他会挑着担担回来找你。"

姑姑说："我就是想不通我为啥留不住他的心，别的不说，光是我从咱妈那里偷来的鸡蛋他没少吃，他还是……"

我妈唏嘘了一声，说："现在的人心啊，谁都摸不透是个啥颜色。"

这天夜里姑姑早早就睡了，她和我一起将头枕在枕头上，便吹了灯。

我很快就进入梦乡，姑姑一个人醒在黑暗里，竖起耳朵捕捉着上房里传来的地震般的打闹。

该来的总是要来，这一天终于来了，她倒觉得压在心上的一盘石磨落了地。

我父亲在震怒之下摔打着家具，把一个洋铁盘子砸了。那是毛主席时代生产的东西，坚硬得很，我父亲摔了好几次都摔不破，他干脆提起一把椅子，用木头腿子去砸，砸出刺耳的声响。

我妈后来回想起来，说我爷爷听了她的一番话之后，面无表情地坐了一会儿，端起桌子上奶奶刚给沏的茶水哧溜哧溜地喝，喝一口就眯上眼睛，似乎在沉思什么，再喝一口，最后他把一缸子水一口气喝完了。这时候恰好我父亲把那个洋铁盘子砸扁了，白色的瓷釉一片一片地掉下来。

奶奶像牙疼一样咝咝地吸着凉气，我妈说她不是牙疼，而是心疼那个盘子。

我父亲忽然就冲着奶奶发火了,怒吼道:"都怪你,你坐在家里守着一个女儿,她现在肚子都大了,你还啥都不知道,没这本事当初为啥生养她?现在可好,一个大姑娘家肚子大了,这是拿鞋底子扇我们的脸呢!扒我们的祖坟呢!"

奶奶闭上嘴,一声不敢吭。

父亲把怒气转了个方向,冲着爷爷说:"不能光怪我妈一个人,还有你的分儿!当初为啥收留他,冻死饿死关我们啥事?偏偏就你发善心,放在家里好吃好喝,像伺候老子一样伺候着。临了咋啦,弄了个屎盆子扣在你老人家的头上了!"

爷爷吭吭地咳嗽着,半天才把气喘匀,嘘着气说:"谁能想到呢?他看着嫩生生的,还是个没长大的娃娃嘛,万一遭罪死了,咱也看着不忍心嘛。猫儿狗儿都是一条命,何况他还是个人嘛。知人知面不知心,我咋能看出他品行不端呢?"

说来说去,问题的关键在于姑姑的肚子,眼看着那肚子就要藏不住了,传出去不仅是臊了一家人的脸面,更重要的是她的名声和今后一辈子的着落问题。

第二天我父亲去了趟集市,回来将一个小纸包交给我妈。晚上我妈推开了偏房的门。

"这是打胎药,打了对谁都好!"我妈说。说完"咣当"一声关上门走了。

姑姑展开纸包,借着灯光看,纸包里有几个很小的白圆片,闻上去没有味道。她伸舌头舔了舔,也没有味道,不苦,也不甜。

姑姑把纸包放在枕头边,拿起针线。她忽然很想绣花,把那一对鸳鸯绣完，绣成完完整整的一对，叫它们永远荡漾在一池清水里，交颈衔尾，亲密偎依，永不分离。姑姑飞快地走着针，一幅鸳鸯戏水图在她的脑海里绣成了，画面鲜艳，风光旖旎，好一派相亲相爱、成双成对的景象。

姑姑抓起药片，脖子一扬往嘴里扔。门忽然开了，我妈带着一团风冲进来，一把打掉了姑姑的手。我妈攥住姑姑的手说："我想好了，这个娃你不要打，生下来，生下来我拉扯！"

姑姑的身子像被人抽去了骨头，立时软成一团，顺着我妈的身子缓缓跪倒。

后　记

十年后，我的弟弟尔卜杜能自己背着书包去村小学念书了。他有一张俊秀的女孩脸，皮肤远比我这个姐姐细白。他性子好动，顽劣异常，但同时胆子很小。如果某一天傍晚放学回来后，他猫着腰溜进大门，躲在厨房里再也不出来，那么你就知道他又闯祸了。他肯定揪了女同学的辫子，或者欺负了某个比他小的同学。

这时候我父亲的脸就会黑下来，悄悄地骂我妈。我妈不吭声，听了一会儿，还嘴说："你叨叨够了吗？他就是个娃娃，还小嘛，长大了就会变好。"

父亲苦笑了，忧心忡忡地说："三岁看大，七岁看老呢！我总觉得他和那个人有点像，说不定以后也是那样没良心的人，我们还指望他将来养老呢，你觉得能靠得住吗？"

我妈说："去去去，该愁的不愁！尔卜杜是我的娃，和那个狼心狗肺没关系，没一点儿关系！"

话是这么说，但最后我妈还是叹了一口气。

又是后记

我爷爷的十周年忌日上，一些平日里较少来往的亲戚都来了，包括远在北边川区的姑姑一家。

看见姑姑的那一眼，我觉得恍如做了一个梦。做梦之前我六七岁，夏天不穿鞋，光着脚丫子满世界疯跑，冬天鼻孔下永远拖着两条比葱根还长的乳白色鼻涕……这一觉醒过来，我已经是十几岁的大姑娘了，个头和我妈一样高，人人见了都说我长得像当姑娘时候的姑姑，一样的眉眼，一样的举止……

姑姑却老了许多，显得邋里邋遢的，怀里抱着半岁的儿子，身后跟着两个女儿。

这一场梦里真是发生了很多事情。首先是姑姑躲在我家的后窑里生病，是一种叫"女儿痨"的病，大人们说会传染。所以姑姑从此不再出来走动，白天和夜晚都待在那个土窑里。

那段日子真是难忘啊，给人感觉我家的头顶上罩着一层阴云，让我们活得心惊肉跳，寝食难安。爷爷也病了，躺在炕上一口一口地咯血，奶奶寸步不离地伺候着。我妈在担水的时候，割草的时候，赶集的时候，庄里的女人们总是喜欢问："咋不见你家拜拜呢？"我妈长叹一口气，说："病了，病倒了，连出门走动的力气都没有。"女人们缠得很，追问："啥病这么厉害，看了吗？"我妈面色不改，答："女儿痨，也就是痨病。看了，医生说叫在家里缓着，还不能乱跑，怕给人传染呢！"女人们将信将疑地点着头又摇着头，谁也不知道她们心里究竟是信了还是没信。

我妈的肚子一天天大起来，天气还没有转冷，她就早早裹了件老棉袄，把人裹得鼓鼓囊囊，行动不便。谁都能看得出老棉袄下隆起的大肚子。

有女人见了，问："快了吧？"

我妈一手撑住腰，声音响亮地应："快了，快了，出不了腊月的门。"

也有人闻风跑来向我妈询问她的病是在哪看好的。

我妈就耐心地告诉他们新疆有一个叫特克斯的地方，那里有个乡间名医，专门给人看不孕不育的病。

有些人问得很细，比如名医是男是女，年纪多大，长相如何，脾气怎样，看病的过程如何，都吃啥药，苦不苦，收费贵不贵等等。

我妈便一遍遍不厌其烦地重复着说了无数次的话，连我也能说出那个新疆名医的样子了：女人，中年，额上有个大肉瘊子，脾气很倔，爱骂人，收费很贵，草药很苦等等。

晚秋时候一个淫雨霏霏的傍晚，暮色已经落下来了，家里气氛忽然怪怪的，我妈端着一盆热气腾腾的水往后院跑，我要跟进去瞧个究竟，被我妈赶了出来。我有一种不好的预感，莫非姑姑的病严重了？我问："妈，我姑姑要完了吗？我要见见她！"我妈说："不许胡说，她能熬过去的。睡你的觉去！"

我哪里睡得着呢？我躺在枕头上忧伤地想：要是姑姑的"女儿痨"好不了，真的完了，那么从此以后我就没有姑姑了，这世上疼爱我的人就少了一个。姑姑为什么要得"女儿痨"这么可怕的病呢？

第二天我还在睡觉，听见院子里有人说话，跑出去看，几个本家的奶奶和大妈都来了，她们围在我家厨房门口，厨房里有什么好看的？我跑进去，厨房炕边挂了条床单，窗帘落下来。炕上黑乌乌的，但是很暖和，一股腻腻的味道在空气里弥漫。我妈伸展开身子睡着，旁边的被窝里睡着一个小人儿。本家奶奶们要看，就揭开被角看，我也乘机看。那个小人的头和脸都小小的，肤色红红的，像一个不大的红皮洋芋，还像刚剥皮的兔子。这就是弟弟了，我想摸摸他的脸，我妈拦住了。

奶奶在给爷爷喂米汤的时候，叫他给娃起个名字，爷爷把咽下去的米汤吐了出来，流到了脖子里。

奶奶说："只能这样了，还有啥办法呢？好歹是一条命啊。"

爷爷摇摇头，慢慢吐出一个经名：尔卜杜。

我妈成了月婆子，奶奶一个人又伺候爷爷，又伺候月婆子，真是忙坏了。三天了，我妈的奶还是没下来，我妈当着我几个本家奶奶、大娘的面露出她一对软乎乎的乳房，揉搓着说："当年生了头胎是有奶的，这一胎咋就没奶了呢？"

其实娃娃的奶水我妈早准备好了，一只奶山羊养在后院里，一包奶大得喜人，奶头都要垂到地上了。

奶奶一早一晚撅着屁股挤羊奶，放在火上烧滚了，我妈喂给尔卜杜。

奶奶忙，叫我给后窑里的姑姑端饭。我双手端着个小瓦盆慢慢走进后窑，姑姑睡在炕上。我看见她瘦了，脸没有血色。姑姑拉住我的手问我妈生的娃乖吗，长得像谁。

我想也没想，就说像我，他是我的亲弟弟嘛。这样说的时候我忽然觉得很骄傲，感觉这个弟弟的到来将我妈多年不生的遗憾都弥补上了，她终于能挺起腰板活了。

姑姑摸摸我的头发，什么都没有说，眼泪淌了下来。

一个月后，我弟弟满月，家里办了个不大不小的满月席。我妈系着围裙下厨，姑姑也出来见人了，人清瘦了很多，连笑容也寡淡了，望着人淡淡地笑，也不怎么热情。亲戚们都感叹说这女子叫病害呆了，没有过去机灵了。

满月席过后不久，爷爷就病故了。他在临终前把一只手抬起来，固执地抬着，指着姑姑站立的方向。我们不明白是什么意思，父亲将姑姑拉到窗户前，他自己站到姑姑站过的位置。爷爷喘一阵气，指头慢慢转了方向，转向窗户跟前，依旧指着姑姑。父亲将姑姑推搡到爷爷枕边，姑姑怯怯地伸出手。爷爷像溺水的人抓住了救命的东西，一把抓住姑姑的手，攥得紧紧的。姑姑细瘦如柴的手显得很单薄，脸也瘦得吓人。爷爷抓住姑姑的手，却说不出话来了，眼睛朝上瞪着，看着姑姑，浑浊的眼神里写满了焦灼，似乎要给姑姑说什么，脖子抻长了，就是说不出话，只能艰难无声地挣扎着。

我父亲说："拜拜啊，大是放心不下你，你给他说几句宽心话吧，他听了才能放心地走。"

果然，我们看到爷爷的眼皮闪了闪，似乎在肯定父亲的话。

姑姑的身子颤抖起来，像筛糠一样，她紧紧咬着牙，什么也不说，只是一味地颤抖。

爷爷终究没有等到姑姑的话就咽了气。

爷爷的身子停放在地上，姑姑看着一块白布将爷爷盖住了，忽然扑倒在地，抱住爷爷的一只胳膊哭起来。一口气哭了一个多小时，直到晕过去被大家抬到了炕上。

在爷爷的百天忌日上,姑姑出嫁了,是村东头的王天福当的媒。王天福年轻时长得英俊,在外面胡跑,钱没挣上,却拐来了一个外地媳妇。这媳妇的娘家在北边,据说那里盛产水稻。产水稻地方的人怎么会看上我们这山沟里的女子呢?这是有原因的,我这姑父是个老实人,有多老实呢?他一个人去集市上买不回东西,不认识钱,只会埋头下苦。这姑父我只在姑姑出嫁那天见过,他穿着崭新的衣裳,见了人热情地笑。你冲他笑一笑,他就乐坏了,捡了天大的便宜一样,嘿嘿直乐,乐起来没完没了。

娶亲的队伍越过山口去远了,我父亲将姑姑住过的偏房清理了一遍,从一口旧箱子里翻出一个包袱,里面卷着一包花线,几块白布,有的已经绣了图案,有的绣到半途停止了,还有两块刚刚画出底图,没来得及绣的白布。父亲将一块块白布展开在奶奶的炕上,我们围着看,每一块布上的画面都是鸳鸯戏水,轻柔的水波、圆润的荷叶、尽情绽放的荷花、娇羞地合拢着身子的花苞儿、缱绻踟蹰的鸟儿……

我父亲抖搂着布片说:"拜拜啊,你咋就这么傻呢?"说完,他揭开火炉盖子,将这些绣品一样一样投进去。火呼啦啦燃着,明亮的火光从火炉盖子的缝隙间蹿出来,像一个饶舌的人在不断地给我们说着什么。最后,我父亲将一副绣花绷子和两枚绣花针也投了进去。奶奶在炕上坐着看,自始至终没有说一句话。尽管火一直很旺,屋子里却一点也不暖和,让人感觉说不出的冷清,好像姑姑这一走,把家里的欢乐也带走了。

踩云彩的大脚板

他们走了。

还真就走了啊？

马阿蛋望着空了的屋子，感觉身上的书包正在变沉重，重得他负担不住，就顺着屁股一路溜下去，"咣"的一声砸在地上。书包里不光装有新学期刚领的三年级课本，还有学校刚发的奖状。本来他是兴冲冲地赶回家，想给爸爸妈妈看看他的奖状！可是屋子空了，他推开门迎面而来的不再是妈妈在家才有的那种暖意，也不再有妈妈做饭发出的叮当声和饭菜从锅里飘出的香味。他们真的走了。本来这几天他们絮絮叨叨商量的时候，他就应该留心听听，也应该用心好好想一下这个事儿。可惜他只顾着憧憬新学年的学校生活了，压根就没留意他们说的具体内容。

爸爸一贯是个爱说笑的人，有事没事坐在那儿用语言勾勒白日梦，比如买彩票中了五百万，赶集时在街上捡了一皮包人民币……爸爸经常信口开河，马阿蛋知道他的话总是不靠谱，可以选择不听，免得浪费他学习的时间。所以当他们坐在炕头上谋划去远处的镇子上开店的时候,他以为他们又是在对着空气吹牛,于是压根没留意听。似乎爸爸说先把爷爷奶奶留下看着老家,万一店开不好,破产了,他们还可以回老家,有个退路。妈妈说把阿蛋也留下,店里那么小,去了没地方睡。爸爸点点头,说:"肯定带不走,他去了还得转学,我们两眼一抹黑,转学有困难。"妈妈说:"那就凭他自己吧,要是争气呢,考上县城的中学,就去县城念。考不上呢,就还在老家乡下中学念。"爸爸嘿嘿一笑,说:"考不上的可能性更大,他是我儿子嘛。我就没考上,他身上有我的基因,和我一样爱耍。"你听听,他的话总是这么不靠谱,总是这么贬低他自己,顺带着还贬低一下阿蛋。其实阿蛋明白他的心思,他盼着阿蛋不要考上县中学。听说小孩去县城念书花费高,住宿、吃饭、坐车,乱七八糟的,都要花钱,在本乡中学念就省事多了,吃住在家里,来去靠腿走路,不会有那么多费用。

省钱当然没错,他知道爸妈都不容易,为了钱,经常头对着头发愁,愁得爸爸才三十岁的人,耳朵背后就有了白头发。妈妈看见邻居家女人穿了件羽绒服,心里明明爱得不行,每次看见了都会眼睛发光,可当爸爸说:"爱就给你买一件嘛,你身材比她好,肯定好看!"妈妈眼里的光慢慢暗淡下去,说:"算了算了,九百块钱哩,贵死了!"阿蛋就明白妈妈这是舍不得花钱。如果爸爸再鼓动,她就更坚决地拒绝:"三个儿子哩,要念书,花钱!长大了要娶媳妇,花钱!娶了媳妇要分家,还得花钱!愁死了,愁死了,我一想到这,头就有背篓大!"

愁是个啥?阿蛋觉得自己能明白,但明白得不是那么透。愁这个东西像一个滚动的球儿,在大人的言语间传来传去,有时候失手了就滚下来,砸到他头上,阿蛋被砸得晕乎乎的,更不明白愁是个啥了。现在望着冷寂的屋子,他站着站着,看着看着,想着想着,心里裂开了一道缝儿。缝儿在慢慢地变大,越来越大,开成了一道沟。心有点疼,疼得清清楚楚,疼痛就在那里不断地加剧。他好像有一点明白愁是啥了,这个愁是有味道的,味道苦苦的,就在嘴里含着,咽不下去,也吐不出来,苦着你的舌头,一直苦到喉咙深处,苦到肠胃里去了。他倔强地站着,在空荡荡的屋子里苦笑,心里说:"你们真行啊,还真把我一个人给撇下了,算你们狠。"

"阿蛋哟,你回来啦?站那儿做啥?书包咋不放下?背着多重!快快快,放下放下!把我娃压得长不高了!"奶奶不知何时来到背后,嚷嚷着要帮他拿书包。奶奶就要七十岁了,腿脚不好,自己走路都吃力,哪能叫她拿书包!阿蛋忙后退,把书包提在手里,趁机一甩头,将眼底就要溢出来的泪花甩掉了,小脸上挤出笑。"奶奶,晚饭吃啥?"奶奶看见他一切都好,欢喜起来:"洋芋面,放点牛肉。走,你给奶奶剥葱、削洋芋!"奶奶在前头一拐一拐地走,阿蛋慢腾腾跟上。他心里还在难受,爸妈真过分!说走就走,把他撇给这么老的奶奶,还有爷爷,爷爷比奶奶还老迈呢,这是叫他们照顾他吗?分明是指望他照顾他们!哼,心够大的!

上台阶的时候,阿蛋弹跳了一下就上去了。紧跟在身后的奶奶腰深深地弯下去,双手放到膝盖上,好像这样就能给她的双腿加油,就能助力她迈上台阶。她的腰真是弯得厉害,如同压了一大块石头一样,累得直不起来。他转过身看着奶奶,有点想不清楚,奶奶的腰是早就累弯了,还是今天忽然塌下去的?他咋就一直没发现哩?难道爸妈今天一走,奶奶心里跟他一样难受?奶奶慢慢地抬腿,左手还在膝盖上，右手撑了一下台阶，身子倾斜得更深，晃了晃，终于迈上了台阶，手也抬高了，向迎面的窗台扶了一把，这才站稳了，恢复了走路的姿势。原来人老了上个台阶都这么吃力！又一个新的发现，让他的心抖了抖。不能叫奶奶再难过了，不应该增加她的负担。阿蛋挺了挺小腰板，心里又苦笑了，说："好啊，你们走了就走了吧，没有你们，我们会活得更好！"他感觉自己好像忽然长高了一截，能帮奶奶承担一些事情了。他拉了奶奶一把，"奶奶，我剥葱，我削洋芋，我还会炒菜哩！你教我做饭吧。"

"哦——"奶奶笑了，但是摇摇头，"做饭就算了，要是耽搁了你的学习，你妈要骂奶奶的，你还是好好做作业去吧。"奶奶态度很坚决。爷爷摇摇晃晃出来了，手里拿个板凳，板凳一放，屁股就坐了上去——他腿脚没毛病，肺不好，走三步路能喘上三分钟，那惨烈的阵势叫你看了揪心。阿蛋从能记事起就看到爷爷是这个模样，可他过去没怎么往心上放，老觉得这个情况跟自己无关，有爷爷自己扛着呢，他要是扛不住，还有爸爸扛呢。这一刻他忽然觉得爸爸把担子撂下了，干脆不扛了。爷爷的样子就有了老孤儿的味道。他有些忧伤地望着大门外的远处，大大的瞳孔里映出村庄里的白墙、红瓦、绿树，还有挡住了视线的大山。生在这深深的大山里，脚步自然被大山困住了，要想走出去可不是那么随便的事。山里人对外面的世界天然地怀有一种惧怕，感觉脚步一踏上山外的平坦大路，人心里就没底儿了。只有回到这熟悉的山沟沟里，脚步才是自如的，心灵才是舒展的。阿蛋把作业本放到外面窗台上，踮起脚尖写字，写一行，抬起头看看爷爷，他想知道爷爷为啥忽然显得这么孤单。

"啊，两个年轻人走了，拖家带口的，也不知道安置下了没？会不会做生意哩？能不能挣到钱？"爷爷捋着胡子发问。奶奶掀开门帘露出一张脸，嗔怪地看着爷爷，说："你呀，阿蛋刚不难过了，你又提起来！再不提了，不提了！他们会好的，我们照顾好老家就成，顺便再把这个大孙子喂饱，就够了，对得住他们了。"

爷爷扭头看看阿蛋，神情严肃起来，说道："阿蛋啊，打今儿起，你就是个没父母管的娃娃了，我们老两口人老了，脚步慢，你学勤谨点儿，我们会疼你的。"

阿蛋写完一个汉字的最后一笔，鼻子抽了一下，说："我就是个拖累嘛，他们能领上二蛋和三蛋，咋就领不上我？哼，他们把我当负担留给了你们！我明白，我啥都明白！"

爷爷被他倔强的小模样逗笑了，胡子抖了抖，说："你明白也没用！镇上房子租金太贵，租那么一间屋已经把你爸腰包掏空了，那么大一点空间，白天开店蒸馒头卖，夜里支上门板当床睡，巴掌大的地方，挤你爸、你妈、二蛋、三蛋四个人，难道还能挤得下你？不把你挤成肉饼子才怪哩！"

阿蛋低头打量自己的身形，不算高，在学校里排队站前排，也瘦，这么轻飘飘的一个小身躯，难道就挤不下？二蛋、三蛋咋就挤得下了？偏偏到了自己头上就成了多余。想着想着，他就伤心了，鼻腔酸酸的，想跟谁吵吵嘴。左右看看，二蛋和三蛋都跟爸妈走了，留下他一个人在家里，孤零零的，没有合适的人陪他吵架。早知道这样，他就对二蛋、三蛋好一些，他们比他小，他就常常欺负他们。现在他们走了，他才发现没有二蛋、三蛋的家这样冷清。

幸好还有睡梦，人一进入睡梦就把醒着时候的烦恼全忘了。阿蛋睡得跟平时一样香。这得感谢爷爷奶奶,妈妈有了二蛋,后来又添了三蛋,根本没精力管阿蛋,爷爷奶奶就早早把阿蛋抱过来,让阿蛋成了奶奶炕头的人。

"到点了吧,该叫阿蛋起来了,"奶奶轻轻念叨:"娃说了,六点叫醒他。"

"春困秋乏嘛,叫娃多睡一会儿。"是爷爷的声音。一只粗粗的大手伸过来,在阿蛋额头摸了摸,"碎家伙儿,攒劲得很,五岁就念书了,腿短跟不上那些大娃娃的脚步,天天跑得一身汗。两年前我料定他就是一时好奇才要念书的,没想到他还真就跟上了,也不留级。嗨,这娃有倔劲儿!咱好好照顾,说不定以后有大出息哩!"

奶奶叹了口气:"先把眼前顾住再说吧,不敢想以后的事情。他们两口子把娃撇下走了,这要吃要喝的,还得缝缝补补。我一个死老婆子,要我拉扯人家的娃娃,我心里愁得很!"

"愁啥嘛,"爷爷劝道,手在大腿上一拍,轻轻唱起来了,"车子走到了山跟前,远看着没路了,走着走着走近了,一抬头,你就找到了路哎——"爷爷的嗓门儿很滑稽,好像老公鸡在打鸣,沙哑的嗓音劈成了好几叉。

阿蛋睁开眼睛,嘿嘿笑了,摆着小手:"爷爷你不要唱了,难听死了!把我的好梦都吓醒了!这不就是一句话能解决的问题吗?'车到山前必有路!'叫你这么唱下去,一天也唱不完。"说着他爬起来,飞快地穿衣服,下地找鞋子,出门去后院撒尿,一边尿,一边打哈欠,仰头看见天空很干净,没有一丝云。他心头一惊,昨夜睡得真死,压根就忘了想爸妈和二蛋、三蛋他们,应该惦记一下他们嘛。搬到店里的第一夜,他们在门板上过夜,不知道睡得好不好?有没有想念留在家里的他?阿蛋尿完了,脑子迷迷糊糊地走回屋,拿起碟子里的馍馍就往嘴里送。

"手洗了吗?"奶奶问。

"不干不净,吃了没病。"爷爷说。

阿蛋不理奶奶,大口吃着馍馍,背上书包出门,沿着大路往前跑去。他远远看到了几个上学的娃娃,书包挂在屁股上,歪歪扭扭地走着,好像溃败的军队撤退下来了。看到他们的身影,阿蛋就高兴了,说明自己不会迟到的。他快步撵上了他们。

"哎,马阿蛋,马阿蛋,你咋没走?"同学群里有人问:"你爸妈不是带你们去镇上了吗?"

阿蛋心里一揪,昨天的伤口被揭开了,让他挺难过的。他摇摇头:"我没去。镇上地方小,睡不下,念书也难,插不进去。我爸说我还是在老家念完小学再说。"

"哟,是叫你爸妈撇下了吧!嗨,倒霉蛋,又多了一个。"有人阴阳怪气地说。

大家都笑了。

阿蛋也跟着笑。

每当有家长外出,留下娃娃跟着老人留守,大家就叫他(她)"倒霉蛋"。

"倒霉蛋"这个名称像一顶脏烂的帽子,现在被扣到了阿蛋的头上。他虽然跟着大家傻笑,其实心里远没有接受它,下意识地觉得它离自己很远,他咋能成为倒霉蛋哩?爸妈不是说了嘛,等挣了钱就换租一个大店面,二楼带卧室的那种,他就能跟过去了。所以他觉得自己还不算倒霉蛋，倒霉蛋就是那种父母跑到很远的地方挣钱，再也没人管的孩子。

忽然一个飞脚踢在阿蛋的屁股上。他一点都没有防备，就一个跟头扑了出去，结结实实地倒下，以狗啃屎的姿势趴在了地上。过了好一会儿，阿蛋才明白过来发生了什么。他慢慢地爬起来，拍拍膝盖上的土，看见几个大同学已经丢下他走了。谁踢了他，他没看清楚。人都没看清，到了学校想跟老师告状也不好告，难道他能把所有在场的人都告了？那就把大家全得罪了，以后他就别想有好日子过了。其中个子最大的刘昌安，是村支书的孙子，还有王全，他二叔是小队长，这些人阿蛋他大都不敢得罪。阿蛋双膝跪了一会儿，才慢慢站起来，抖抖脑袋，甩开步子去撵他们。就算受了欺负，也得跟着他们，不能落单。这条路上经常有野狗游荡，要是碰到一个小孩子单独走路，狗就会动歪心思，撵着小孩子咬。所以他五岁时哭着要跟上一帮大孩子去念书的时候，妈妈坚决不同意，说他太小，来去很长的一段路哩，天天跑，危险着呢。他不听，就想跟大家一起去学校，不管一路有多累他也愿意，有危险他也不怕，他就是想上学。妈妈拗不过他，让步了，说："那你试几天吧，要是不行就拉倒，等你够七岁，再念一年级也不迟。"

在同学当中，他还真是年龄最小的。老师把他放到第一排，他坐在板凳上够不到桌面，干脆蹲着听课。老师很快就发现了他的优点，夸他是芝麻小，熟得早，有志不在年高，也不在个子高。他这么小就来上学，还这么爱学习，脑瓜子灵醒，学啥都快，还爱埋头下功夫。老师便给他办了一年级入学手续，他成了真正的小学生。

妈妈心疼他，有时候看爸爸有空，她就会派爸爸骑摩托车接一下他。被摩托车捎着自然很好,风嗖嗖地擦着耳边过,工夫不大就到家了。要是爸爸顾不上接,他就跟着堂姐走着回家。有堂姐护着,那些大娃娃不敢欺负他。堂姐念完三年级就转走了。有能力转走的孩子,不停地转走。村里的去了乡镇,乡镇的去了县城,一级一级往上头撵。为啥要这么折腾哩?他想不明白,也不是他该操心的,他就不想了。他如今只知道爸妈撇下他走了,只有等他们卖馍馍攒了足够多的钱,才来接他去团聚。他发现现在自己彻底落单了,爸妈不在身边,堂姐也不在,学校里一起念书的娃娃里头再没有他的亲朋,所以他莫名其妙挨了一脚,好像也就是理所当然的了,谁叫他也成了倒霉蛋。太阳上来了,阳光落在他脸上,驱散了深秋的凉意,有一股暖意透进心里来了。要迟到了!他小跑起来,等赶进校门,上课铃声刚响起来。

　　放学后回家的路上,阿蛋不敢离那些大同学太近,远远地跟着,慢慢地往回走。他想好了,明天只要一放学他就冲到前头,这样就可以早些到家了。现在被这些大同学压住脚步,他心里焦急想回家,又不敢,这感觉太难受了。那些大同学有说有笑的,好像磨蹭到天黑也不怕,难道他们不用做家庭作业?阿蛋实在没办法,他写字总是很认真,认真的话就慢,他的家庭作业要比别人花更多时间才能完成。实在无聊,他就掏出本子,蹲在路畔,用膝盖垫着书和本子,开始写作业。这样写作业当然没有在书桌上写作业那么舒坦,稍不注意就写歪了,笔尖还会划破本子。总不能趴在大路上写吧?他觉得烦恼,要是有手机就好了,他可以给爸妈打电话诉诉苦。看看前头那几个同学走远了,他忙赶上一段路,快要靠近的时候,又蹲下来写字。一路写了八九次,终于能望见家了,他高兴地合上本子,不再惧怕，一路小跑着回了家。

"你咋脸色不好？究竟咋了？"奶奶一见面就发现了阿蛋的异常。

"没咋！"他头一甩，气哼哼冲进了屋，拿起塑料水瓢就舀凉水，嘴对着水瓢咕咚咕咚地喝。

"冷水喝了肚子疼哩！"奶奶跟进门喊："那不是开水吗？早给你晾好了！"

阿蛋发现刚才莫名其妙冲上来的那一肚子怒气，被凉水这么兜头一激，塌下去了，他没气了，也不想冲着奶奶发脾气了。他摘下书包，一屁股坐在沙发上，说："乏死我了，作业做完了，我要吃饭，吃了早睡！"

第二天放学后一出校门，阿蛋就挤到了队伍最前头，他不回头，大步往前赶。听见身后的同学们笑笑闹闹，那都是家离学校近的孩子，他们不着急回家，多玩耍一会儿也没事。他根本没时间羡慕那些孩子，只顾大踏步穿过一条巷道，拐上了通往家的路。路畔的地里丢着秋收后的玉米秸秆，一垛一垛，叫人看着心里不踏实，甚至会发毛，老担心那秸秆背后忽然冒出来一个生人要抓他，或者是一两条野狗扑上来就要对他下口。所以他不能把那几个大同学抛得太远，太远的话他就落单了，万一有啥情况，一个人不好对付。那些孩子还是边走边玩，磨磨蹭蹭地。阿蛋觉得这么等下去不是办法，好多时间都白白浪费了，他干脆又掏出本子来，用膝盖当书桌，写起作业来。爸爸常给他和弟弟们讲自己小时候的事，也是学校远，念书常吃苦，因为吃不了苦就早早不念了。爸爸后悔得直摇头，说："你们不能走你爸的老路，以后还像我这样种地加打工，辛苦得很，你们得改变命运。"

命运是个啥？为啥要改变？当时阿蛋不明白，也懒得去明白，只顾着跟二蛋、三蛋一起嘻嘻哈哈地笑。现在阿蛋明白命运是个啥了，就是一个人的孤单。他们都走了，他一个人留在这里，前怕狼、后怕虎，这不是命运又是什么？他苦笑着，恨父母吗？好像恨不起来，反而在偷偷地想念着。那能恨谁呢？他仰头看看，四面都是山，山上面是天，天蓝得那么慈祥，他谁也不怪了，就想好好学习吧！烦心事啊，你越想它就越多，还会越想越深，不如不想。更实际的快乐是，每天课堂上老师都在夸他。不夸不成啊，谁叫他是所有孩子里最用功的一个。老师说："马阿蛋个儿小，学习劲头大，你们不是没他聪明，你们是没他用功。"说得同学们都拿羡慕的眼神瞅阿蛋，等一下课，大家又呼啦一下玩去了，没人能够像阿蛋一样留在座位上继续用功，因为用功这件事本身就苦，哪有玩耍轻松。阿蛋心里想爸妈，想二蛋、三蛋，想得要流眼泪，可总不能真让眼泪哗哗地淌吧，多丢人，那就埋头学习吧！学习能让他暂时忘掉那些思念。

　　家庭作业不多，他蹲了两次就写完了。还能做点啥呢？他们总是那么磨蹭，拖得他也不能走得快。时间也不能就这么浪费啊！他干脆拿着语文书念起来，一篇接一篇往后念课文，把学过的念完了，又念没学过的。念着念着，他就念进去了，心进了念的那个感觉里，好像他就是课文里写的那个人，他沉浸在全新的感受里。这感觉真好，他一会儿在前线抗敌卫国，一会儿在实验室做科学实验，一会儿在河边唱山歌，一会儿又在跟大自然打交道……文字是奇妙的，能把五彩缤纷的世界带给你。深深沉浸在文字中也是奇妙的，让人物我两忘。大同学们何时拐上另外一条小道走远了他没发现，太阳何时渐渐落山他没察觉,一群野狗啥时跟随上来且正在靠近他,他更没感觉到。

"汪!"有声音在身后响起。

阿蛋发现念书就像嚼一块带筋的牛肉一样,嚼着嚼着,滋味出来了,满口都是香味,让你舍不得咽下去,只想再多嚼一会儿。

"汪汪!"带有土腥味的声音再次响起。

阿蛋的身子打了个寒战,终于意识到情况不妙。有狗,还不少,离自己只有两步远!可能是狗也被他的状态给镇住了,所以没有着急下口咬,也没有忙着围堵,它们傻乎乎地看着比它们还傻的这个孩子。

"妈呀!"阿蛋大叫一声。

书从他手里飞出去砸向狗群,同时他的身体向着相反的方向奔跑起来。起初他也不知道自己在干什么,是谁让他这么做的。他双手紧紧抓着书包的肩带,双脚不受控制地跑着,跑啊跑啊,跑啊跑啊……奔跑稀释了刚才受到的惊吓,惊吓渐渐地淡去了,消失了。他专注于奔跑本身,他还没发现自己居然这么能跑。妈妈做的手工鞋的橡胶底子上本来有防滑的压痕,他穿着穿着就磨平了压痕,现在每一步下去都感觉滑溜溜的,好像踩在了云彩上,随时都会哧溜一声滑出去,飞起来。他喜欢这轻灵的感觉,不断地调动身体的机能来把握平衡,让他在飞一般的奔跑中不要滑倒。大同学欺负小同学,在上下学路上经常发生,那些早就被称为倒霉蛋的娃娃,很早就已经受到这样的欺负,只不过他过去两年有人保护——爸爸时不时接一下,堂姐也会护着他,他才没有受到欺负。现在他的保护罩不在了,他成了一个没有安全外壳的人,怎么办?难道天天接受他们的打骂?还是有啥更好的办法?退学,不念了?哭着求爸妈也把他带去镇子上？不，都不是好办法。他得想办法在这里留下，得面对各种困难，得自己学着长大。

惯性加快了奔跑的速度，让奔跑越来越成为一件容易的事。后来他几乎感觉不到自己在使劲儿，身体自己处于腾空飞跃和落地弹跳的状态，两条腿好像被什么力量猛然抻长，又突然地折弯，就这么交替甩出去又收回来。奔跑让他忘了身后有一群狗在追赶，如果被追赶上会有什么惨剧发生，他只有一个念头，那就是奔跑，跑得比风还快。鞋子好像已经不在脚上，每一步摩擦过地面都有疼痛，这疼痛里还伴随愉悦，好像每一步都踩到了火上，又踏进了水里，水火相伴，他的身体更加轻灵了。他从来没有发现自己能跑这么快，也从来不知道奔跑是一种享受。

身后有呼啸声，杂乱地交织着，他知道那是冲在前头的狗，狗也跑得很疯狂。呼啸声里响起汪汪声，那是放弃追赶的狗，在泄气以后，用骂声表达心里的愤怒。多亏是一群小狗啊！要是换了以前常见的那种土狗，就是有三个阿蛋的速度也抵不上一只狗的速度，就是有十个阿蛋也早就被逮住撕碎了。小狗单独出现的话，看着挺可爱，要是丢在野外流浪久了，成群结伙起来，杀伤力也是挺骇人的。附近常有羊被咬死，连成年大羊也没有反抗之力，可见饿疯了的小狗一旦集体出动，是见啥吃啥，跟大狗一样可怕。好在它们腿短！好在他跑得快！恐惧感在阿蛋心头翻涌着，他将浪头压下去，压下去，他只有一个信念：跑，跑，一直跑，书丢了不要紧，命要紧！

有狗撵上他了，伸嘴来扯，咬到了书包上，阿蛋甩掉了它，继续狂奔。可能书包拉链开了，有书掉下去了，狗可能在争抢着撕扯书，身后一片嘈杂。他不好奇，他只想奔跑。他得感谢书包和包里的书本，要不是它们挡住，狗咬住的可能就是他的屁股了！家终于近了，看得见红屋顶和白墙壁了！家终于近了，他看到爷爷在大门口张望。家终于近了，他再也跑不动了，嘴里艰难地喊出半个"爷"字，就一头栽倒下去，什么都不知道了。

　　爷爷的老泪落下来，打在阿蛋的脚踝上，凉凉的。他拿蘸了酒精的棉签给阿蛋擦拭脚和腿，这些地方都肿了。尤其脚心里，好几处伤口在渗血。"疼！"阿蛋喊，拒绝酒精碰触伤口。奶奶颤巍巍地抓着他的手，也是泪眼婆娑。"阿蛋哟，奶奶的心肝儿，咱不念书了，这么点儿娃，一个人跑那么远的路，太苦了！不念了，不念了，留在家里给奶奶帮忙，再也不怕狗了。"听到她这么说，爷爷急了，瞪一眼说："胡说啥？咋能不念书哩？不念书以后咋办？守你我两个老人一辈子啊？"奶奶抹泪说："我这不是疼他吗？要么叫他爸把他领走。真要是叫狗围住活活吃掉的话，哎哟，我不活了……"她哭得稀里哗啦的。

　　本来阿蛋也想哭一哭，把心里的委屈发泄一下，可奶奶这一哭，他着急了，也没了眼泪。男子汉的那种好强心上来了，他挤出一点笑说："奶奶不要哭，没事的，没事的，我一点都不疼，也没害怕，那些狗不是我的对手，我像哪吒三太子，脚下踩着风火轮哩，啥也追不上我！"说完咧开小嘴傻乎乎地笑。圆嘟嘟的小脸上到处都是伤，看着那红的、黑的、紫的、大大小小的伤痕，奶奶心疼得搂住他直抹眼泪。

　　学还得上，咋能不念书哩？阿蛋从来都没有想过要放弃上学。只缓了一夜，天一亮他就爬起来背上书包要走，手里提了根很长的木棍，"再有狗撵，我就打！"他很有信心地解释。爷爷笑了，跟上他,"我送送你。"爷孙俩走下家门口的一道坡,阿蛋不耐烦地说:"爷爷你还是回去吧,你太慢了,按你这么走,我要迟到的!"小手一摆,"噔噔噔",已经跑远了。爷爷苦笑,他确实跟不上孙子,人老了嘛,老了的人只能是心有余而力不足啊!

阿蛋一个人在路上跑。昨天丢失的那几本书老师会给他找全,爷爷昨夜给老师打电话了,老师也很担心阿蛋,叫他先休息几天。阿蛋不想歇,歇在家里好是好,但会耽误课,语文和数学都要上新课,他可不想错过。他慢慢回味昨天奔跑的过程,那么恐惧,那么疯狂,让人有一种要飞起来的感觉,真是没想到自己居然那么能跑。想着想着,他不由得又甩开了步伐,碎步跑起来。棍子在手里攥着,书包在身后甩啊甩的。跑着跑着,速度提了上来,小碎步变成了大步,他又找到了那种要飞起来的感觉。这感觉真好,现在没有恐惧相伴,他跑得更自如,更放松。

他妈动不动就嫌弃他的脚板大,费鞋子。他妈妈说他是脚趾头长牙了,啃着鞋子哩!他也曾觉得自己脚太大,可现在他算是知道了大脚板的好,它可以保护你啊!关键时刻它们就是风火轮,就是救命稻草,昨天要不是它们给力,他肯定叫狗咬住了。他要为这么一双大脚骄傲,它们是天然的风火轮,他走哪儿都随身带着,使用起来方便着呢。他好像找到了更好的感觉,脚板朝前甩出去的时候加点劲,脚心弹在地面上的一刹那,稍微地收力,这么一前一后配合起来,感觉更轻松了。奔跑成了一种享受,已经不是他在费劲跑,而是惯性牵引着他,他在一道看不见的力的拉扯下跑着。

他撵上那些大同学了。他们在上学路上也不好好走,打打闹闹地磨蹭着。要不要停下来?阿蛋犹豫了。如果停下,磨蹭到学校,就算不会迟到,也会错过早读,他最爱早读了。天天这么跟在他们屁股后面消磨时间的日子他过够了,受不了了!那就别停!他听见一个声音在心里给自己打气。他真的没有停,一路跑着靠近。

几个大同学看到了跑得和风一般快的阿蛋,他们吃惊了:没见过这小子这么牛啊,怎么那么镇定?难道身后跟着他家长?他们往他身后瞅,没见有大人出现。这小子吃错药了?其中胖乎乎的李玉宝坏笑着伸出脚来挡,想让阿蛋摔一个狗吃屎。

阿蛋看见了那伸出来的脚,也明白李玉宝的意图。他装作啥也没看见,速度不减,反倒加快了。他气喘吁吁地跑着,好像看不见大家,毅然决然地迈着双腿,就在他要被李玉宝那条腿挡住的那一刻,他忽然"飞"了起来,快到别人都没看清楚咋回事,他已经腾空一跃,又落到了地上,继续往前跑去。过程非常流畅,似乎什么事都没发生。他身后几双眼睛都看呆了,"是那小子吗?咋就没拦住哩?"刘昌安疑惑地问。"他吃啥猛药了?这么快?""不对劲啊,难道他练武术了?"

阿蛋才不管他们如何惊奇呢,他一直跑到校门口才收住脚步,喘了几口气,等呼吸平复下来,才迈进校门。他看见一个叫马小庄的同学从他爸爸的摩托车上下来了。马小庄个头和阿蛋一般大,一看就属于那种容易受欺负的小同学。阿蛋不着急进门,站在门口看。一会儿工夫,就有四五个家长送孩子来。他明白了,庄里好几个和自己一般大的孩子在这里上学,平时见不到他们,因为都是由家长接送。这么早晚接送其实很麻烦。从一年级送到六年级毕业,整整六年时间呐,家长都那么忙,哪有时间这么消耗。他凑近马小庄问他为啥不自己走。马小庄见是他,也不隐瞒,说路上不安全,天天受欺负，还怕狗，他胆小不敢走。"我们结伴儿啊，一搭走，我还拿着棍哩，啥来了都不怕。要不要跟我结伴儿？"阿蛋用亮晶晶的眼睛看着对方。马小庄迟疑着，点了点头："我回家跟我爸妈说一下吧。"

接下来阿蛋用同样的办法问了七个同龄人，一个叫马有才的同学马上就同意了。马有才说："我妈在月子里，我爸得去山下牛场给养殖公司喂牛，忙得要死。如果再抽时间接送我，就会害他天天迟到、早退，迟到、早退都要扣工资的！我跟你走，只要你不怕，我也不怕！"

另外几个同学答应回家跟大人商量。

这天回家的路上，阿蛋做足了挨打的思想准备，那几个大同学不会轻易放过自己的。只要想象挨打的具体景象，他就双腿发软，心跳得好快。但是，家还得回，该来的都会来，躲也不是办法。他左手死死抓着书包带子，右手攥着那根棍子，目不斜视地往前走，不再跟着他们亦步亦趋地磨蹭，他要按自己的节奏回家。

六个大孩子齐刷刷地站在路边看着阿蛋，他们的目光里藏着火，要随时喷出来把阿蛋倔强的小身影点燃。阿蛋感觉自己的步子十分沉重，每一步都迈得说不出的艰难，他不知道下一步会踩在火上还是踏进水里。但是得走，没人能帮他，除了他自己。没人注意到他的小手在颤抖，腿也软得好像踩在烂泥里。他沉稳地走着，小黑脸绷得很紧，俨然是一副大人的模样。

"嘁！"刘昌安发出了冷笑，分明是在讥笑阿蛋。阿蛋知道他们要动手了。他站住，看了他们一眼。这一眼分外冷静，是几个大同学都没想到的。他们被这意外的镇静给骇住了，互相看看彼此，都不相信这小子都要挨打了,还能跟没事人一样。就在他们发傻的这一刻,阿蛋抓住了机会,他忽然就撒开腿冲了出去,小身子紧擦着一个站在挡路的同学而过。身后的大孩子们很快醒悟过来,"快追!"他们打着呼哨,乱纷纷地追赶起来。他们腿长,力气大,比阿蛋更占优势。好在他们还有一个劣势,那就是没有阿蛋这样投入,所以他们追着追着就慢下去了,一个接一个地失败了。失败以后他们就放弃了追逐,商量着明天再整治那个"不懂事的小家伙"。

阿蛋跑远以后不再等他们,他要一个人早早回家。他甩着手里的棍子,快步往前走。狗来了他有棍子,除非冒出来一个抓小孩的人贩子,几只小狗他还是能吓跑的。他越想越有信心,大步大步往前走着,想唱一首歌儿,嘴巴张了张,嗓子里在冒烟,就放弃了歌唱。刚才跑得太猛了,累得他到现在都想吐。

等他跑完最长的一段路,拐上自己家大门口的坡道时,看见爷爷正沿着路慢慢往下走。

"爷爷。"

"阿蛋啊,你今儿咋回来得这么早?"

阿蛋红扑扑的脸蛋上挂着笑:"以后天天都能早回来。我是跑回来的!"

爷爷摸摸阿蛋潮乎乎的脑门儿:"那就好,你早点回家,爷爷也能早点安心。"

夜里阿蛋醒来过一次,迷迷糊糊坐起来,问奶奶几点了,奶奶说三点。阿蛋一头栽倒,说:"五点四十记着喊我,我有事得起早。"说完又睡着了。

五点四十,奶奶真的喊醒了阿蛋。阿蛋匆匆穿上衣服就往外跑,跑到他家右边第七户人家的大门口,喊马有才的名字。果然大门开了,马有才出来了,看到阿蛋很惊喜,他说:"你真要和我结伴儿啊,太好了!"马有才回去背上书包,真的和阿蛋一起出发了。他们往右边走,沿途喊了三户人家的孩子,又回头往左边走,路过家门口,阿蛋回去背上书包,拿了他的棍子,他们一边往下走,一边又喊开了几户人家的大门。有四个家长愿意让孩子跟阿蛋一起搭伴儿走,还有几个家长在犹豫:"路上不安全啊,有野狗,还有人贩子,那些大娃娃经常欺负小的,给他们家长说了也没用。"

阿蛋望着犹豫不决的家长,说:"我们可以抱团儿啊,大家一起走,狗见了肯定害怕。人贩子最爱抓单独走路的娃娃,我们这么多人一起行动,人贩子不敢下手的。还有欺负我们的大娃娃,其实最坏的也就那么两个头儿,只要我们拧成一股绳,三四个人对付一个,我就不信他还敢下手!"阿蛋一字一句,说得很笃定。

有个家长瞅着他,笑了,说:"小伙子哎,有你在,我放心了。我家娃就交给你了。"

这话让阿蛋哭笑不得,感觉咋那么怪呢?好像他阿蛋不是七岁,而是已经十七岁了,都能保护比他还大一两岁的同学了。

他不笑,一本正经地带头走在前面,等离开大人的视线后,他告诉伙伴们:"有啥危险都不要慌,往我跟前聚,由我来出面对付。如果狗要咬人,我先把我的腿伸出去。要是有人来欺负,我先挨打。这样你们能放心了吧。"

大家先面面相觑,接着笑成一片。有人这样承诺,他们也就放心了。大家跟着马阿蛋往学校赶。

阿蛋教给他们奔跑的方法:先小碎步跑,等跑起来再加油,慢慢地提速，最后速度快起来，脚好像踩着风一样。伙伴们都处在贪玩的年龄，一听这个好玩，马上跟着阿蛋学起来，你追我赶奔跑在山路上。阿蛋发现有两个女同学跑得慢，跟不上大家。他已经跑到了最前头，又停下，换个方向往回跑，跑到两个落后的女同学跟前，"加油呀！"阿蛋喊："稍微闭上眼睛，感觉你自己就是鸟儿，张开翅膀飞，你飞得越来越轻，越来越快，你驾着风，风托着你的身体，你就越来越快——"两个女同学终于喘吁吁地跟上去了。阿蛋看着她们远去了，深吸一口气，再次跑了起来。他现在跑得既轻又快，书包在身后拍打着他的背，棍子在手里捏着，好像书包和棍子都是从他身体长出来的一部分，和身体不可分割。

步行上学的队伍扩大了，又有几个同学加入了。老师知道后特意叮嘱大家要互相照顾，一起上下学，不要单独乱跑，又摸着阿蛋的脑袋说："你做小队长吧，把队伍带好。"阿蛋很认真地点头。他记住了老师的话，更认真地带着大家走路。走到半路上，他就组织大家跑起来。谁跑不动，他会折回去照顾。

这天大家刚准备奔跑，几个大同学忽然撵上来，将阿蛋团团围住。"听说你很有本事啊，专门做好事，也做做好事带带我们吧。"刘昌安单手叉腰，笑嘻嘻地看着阿蛋说。"就是，就是，帮帮忙嘛。"刘昌安的几个"跟屁虫"齐声附和。

阿蛋扭头四处看看，目光绕过几个拦路的大同学，向远处喊道："不要管我，你们快跑！跑回去跟我爷爷说一下就好。快跑啊——"他急得拿手拍大腿。按他的想法，等大家都平安跑远后，自己再想办法脱身，反正他跑起来，这几个大同学都不是对手，还有他手里紧紧握着的棍子，实在逼急了他就豁出去，拿棍子护身。那些小同学都是自己动员来的,总不能叫他们吃亏吧。至于他们跑走后,他一个人要怎么面对,万一跑不脱该咋办,他根本没时间去想。大不了就是挨打,那就让他们打好了,这顿打迟早会来,躲得过初一,躲不过十五。不过挨打的滋味确实不好受,别看他装得一点都不害怕,其实双腿软得随时都要出溜到地上。

阿蛋看见他的小伙伴们呆呆地站在原地,互相望着对方,迟迟不肯脱身而去。"快走啊,傻啊——"他心里大喊。因为太焦灼,他已经喊不出声来了。他真是恨自己没用,关键时候掉链子。快走啊!他眼里的神情简直能燃烧起来。

没有人跑。一个跑得最慢的女生拉起了身边伙伴的手,伙伴的另一只手拉起下一个伙伴的手。他们的手一只接一只拉了起来,拉成了一个圆圈,圆圈向着阿蛋靠近。"我们不走。"他们忽然说道。他们的声音好像事前商量过一样整齐。"我们不能撇下你。我们大家一起面对!""对,我们不走!一起面对!"他们喊了起来。七个人的喊声合起来还是挺有气势。

阿蛋的眼睛顿时无比酸涩,视线变得模糊,想说点什么,但嗓子哽咽,根本说不出口。

刘昌安忽然笑了,瞅瞅阿蛋,又瞧瞧一张张视死如归的小脸,他哈哈大笑起来,眼泪都笑出来了,说:"哈哈,你们这是做啥?要打架吗?呵呵,还想打群架啊,你们胆子不小啊!"

阿蛋气红了脸,啥也顾不得了,憋足了气反击回去:"我们虽然小,可我们能抱团儿,我们都是最好的朋友,真要打,你们不一定能赢!"

刘昌安笑弯了腰,抱着肚子还在笑,笑够了,直起身,变得一脸严肃："谁说我们要打架？难道我们除了打架就不能学点好的吗？告诉你们吧，我们也想加入你们的队伍，我们一起奔跑，早也跑，晚也跑，人人练出一双飞毛腿。"

没人敢说话，连呼吸都悄然无声，因为刘昌安的说法来得太突然。谁敢相信他在说真话？肯定是反话正说，在讽刺他们这些小同学。

阿蛋被他瞅得很不自在，头慢慢下垂，心里乱极了，本来想着早早回家帮奶奶担灰呢。奶奶说炕洞里灰积满了，她掏，阿蛋担，不担走的话，堆在炕洞口挡路。阿蛋答应奶奶了，奶奶肯定在等他。可他迟迟回不去，奶奶该着急了。爷爷也要着急的，肯定要沿路来找他，爷爷身体不好，不能多走路……今天这架，打还是不打？

刘昌安抓住阿蛋的胳膊："你是他们的头儿对吧？那你来做主，要不要我们加入？我们保证好好学，再也不欺负你们。"

阿蛋鼓起勇气看他的眼睛，发现刘昌安的眼神很温和，温和里还透出一抹和善，没有预料中的凶恶，也没有狡诈。难道他会伪装？阿蛋深感疑惑。刘昌安呵呵笑了，抓住阿蛋的手，说："马阿蛋，你不相信是吧？你得信，我们真的想跟你们做朋友。你们跑得那么快，那么整齐，我们早就看得眼热了。还有你，学习咋那么好哩？要么你来帮我弟学习吧，他学习不好，我爸妈愁死了，我这学习你也知道，根本没法给我弟辅导嘛。"

阿蛋看见刘昌安从人群里拉住一个小同学的手，一直拉到阿蛋身边，说："我弟，你们做朋友吧，他向你学习。"

小同学是最近才插班进来的，跟阿蛋一样大，性格跟他哥不像，显得羞答答的。阿蛋看一眼，觉得这个羞答答的男孩亲切，心里也松了一口气，说："刘昌安啊，你真心要跟我们做朋友，对吧？那没问题，我们欢迎。"

"对，我们欢迎！"拉着手的同学们齐声回应，同时松开了防备的手，围过来看新同学。

"这就对了嘛，"刘昌安笑着拍手，"以后都是朋友，一起上学，一起回家，狗你们不用怕，我们几个当哥的就能对付。"

他身边的王全也抢着表态："人贩子也不怕，我们团结在一起，人贩子根本没机会下手！"

"谁要是身体不舒服就跟我说，我可以背着他走路！"虎背熊腰的李玉宝瓮声瓮气地表态。这话把大家都逗笑了。

阿蛋发现这些凶恶的大同学没那么可怕了，就连过去最讨厌的李玉宝，也变得亲切了，胖乎乎的身材甚至有了一点可爱。原来人的感觉是这样奇怪，曾经远远看一眼都觉得害怕的人，走近以后才发现其实并不可怕。

大同学带头抓起小同学们的手，大家重新围成一个圆圈，新圆圈比之前那个大了好多，大家还是把阿蛋围在圆圈中间。"教我们飞一样地跑吧！""教他们踩着风奔跑吧！"大家的欢呼声响成一片，惊得路边树上的鸟儿喳喳叫着飞远了。

带着所有的孩子奔跑成为阿蛋每天上下学路上要做的一件大事。他不用跑前跑后照顾队伍，李玉宝自愿留在最后给大家压阵，他反复承诺，谁要是倒下他就把谁背起来送回家。有了这个承诺，大家都踊跃参与到奔跑当中来了，就连一个一年级的小女孩也抢着参加。但毕竟她太小，远比男孩子娇弱，再怎么努力也还是赶不上男孩子。阿蛋苦恼着怎么样让大家跑得又快，又不累人，连小女孩也能跟上节奏。升到四年级的时候，阿蛋终于摸索出了新的方法。

"不踩风了？"刘昌安听他说完后大吃一惊，揉着鼻子追问："那踩啥？难不成你想叫我们踩着油门跑啊？"

阿蛋不由得也揉了揉自己的鼻子——跟刘昌安他们早晚一起走，他好像被刘昌安的鼻炎传染了，总感觉鼻腔痒痒的，就忍不住伸手去揉。"油门当然踩不起，那是开车的大人们踩的。我们踩那个——"说着阿蛋抬手往高处指去。

伙伴们顺着他手指的方向去看，看到了远处的山，山上的天，蓝幽幽的天空中有云，云好像被孩子们的顽皮吸引住了，忘了赶自己的路，停在原地发着愣。

"踩哪个呀？"大家猜不透阿蛋出的谜题。

"白白的云呀！"阿蛋望着云朵笑了，"你们学我，先看着云，慢慢闭上眼睛，想象那云朵里有另外一个你。那个你正在向你微笑，欢迎你追赶他，只要追上，他就带你去云朵上游玩。那里是一个很美好的世界，有游乐园，有海洋世界，还有好多好多好玩的东西——现在闭上眼睛，深呼吸，微微下蹲，准备，跑起来！你感觉你的脚步无比轻盈，每一步都踩在了云彩上。对，每一步，都踩在了云彩上。你的脚步好轻哦，跟云朵一样轻，云朵把你托起来了，带着你飞！你跑着跑着，不再是跑，是在飞。我们大家飞啊飞，我们大家踩着云彩飞——只要我们的身子完全站到了云彩上，我们就像鸟儿，像风，像空气，像云彩本身，我们搭乘着云彩飞啊飞，飞着飞着，我们就长大了，越来越大，再也不用大人为我们操心了，我们能自己照顾自己了，再也不是爸妈的拖累了——"

大家跟着阿蛋慢跑了起来。乡村道路上，一群孩子像鸟儿一样扑棱棱地小跑着，有人板着小脸十分严肃，有人嘻嘻哈哈笑得分外放松,也有人努力想撵上前面的伙伴,更有人边跑边回头照顾更小的孩子。本来寂静的乡村道路上响起欢闹声,叽叽喳喳,你追我赶,稚嫩的童声把沉睡的道路唤醒了。碧绿的小草从路边的泥土里探出头,田地里麦苗儿也在一瞬间冒出头来,正从南方赶来的燕子这时候加快了速度,也想早点分享孩子们的快乐。

阿蛋像老师上课一样认真,他闭上双眼,伸开胳膊,迎着眼前的春风向前奔去。他看见自己轻灵得像鸟儿,飞啊飞啊,就踩到了一朵云彩,又踩到了一朵云彩,云彩白得炫目,每一步都好像踩到了梦上。梦软绵绵、暖洋洋的。云彩在增多,越聚越多,越多越白,好像全世界的云都商量好了往这里赶,它们要帮助这些孩子实现心里的梦想,让他们的心海里开出最美的梦之花。

阿蛋的学习越来越好,已经是班上前三名了。老师说这么保持下去,他明年闭着眼睛也能考上县一中。阿蛋自然挺高兴的,他想把喜讯分享给爸妈,可他们永远都在忙,接个电话都急匆匆的,只要听到家里人都好,就放心了,就要挂断电话去忙了。白天说忙着蒸馍馍、卖馍馍,夜晚说忙着补觉,卖馍馍的人总是凌晨四点钟爬起来开始蒸馍馍,根本睡不够。既然他们那么忙,阿蛋就不想再跟他们多说了,他这里的事挺多的,一天一夜也说不完,你叫他三言两语咋说得完,还不如不说了。不说了,就装在自己心里,装在心里心就累,装得太多了,也挤得慌。奔跑的时候他的心胸好像敞开了,一敞开,就把心里的那些话、那些累、那些委屈、那些烦恼,统统给亮出来了,这些话随着奔跑,一路全抛出去了。一段路跑下来,那个畅快啊!他感觉心里啥郁结都没了,心胸变得敞亮了。回到家吃过饭,帮奶奶干点零碎家务,天黑上炕后,一头挨上枕头就呼呼睡过去了。

伙伴们在踩风奔跑的基础上学会了踩云。每天清晨，大家一个喊一个，一个等一个，集合到村口，等所有人都到了，一个也没落下，阿蛋就开始带头，双手抓住书包带子，深呼吸，喊一声"预备，开始！"十几个孩子呼啦啦地往前蹿去。留在最后的李玉宝有意跑得慢，给所有人殿后。等下午放学后，大家在校门口排成一行，又是一声"预备，开始！"大家又哗啦啦地往前跑。早晨精力旺盛，就跑得快。傍晚大家都有些困，那踩云奔跑的姿势就有了悠闲的迹象，速度也不用快，像午后疲倦的云，悠悠地往前跑，远远看去大家的身影像五线谱上的小黑点儿，节奏舒缓地弹跳着、奔走着，将一段回家的路踩出了音乐的美感。

阿蛋考进县城一中后就住校了，不用再早晚奔走在乡村山路上，但是奔跑的习惯他保留了下来。每天清晨早读时，他会一边背诵课文，一边甩开腿沿操场跑，跑上一圈又一圈，直到跑出踩着云的感觉。长期锻炼让他在长高的同时，还拥有一双又大又结实的脚板，体魄比同龄人健壮许多，精力也比别人旺盛。他考进重点大学后，本科还没毕业，就已经被列入研究生保送名单。当有人问他成长过程中最难忘的人或者事是什么，他眼神清亮，语气坚定，告诉对方是踩着云奔跑的感觉。那是一种让人迷醉的感觉，他已经坚持了十几年，还将继续坚持下去，而且这个爱好肯定会伴随他一辈子。

风筝鱼

父亲是赤脚走过那片河滩的。

在到达那片河滩之前,父亲已经整整走了一个上午。二十多公里路,他是光着脚一步一步走完的。起身的时候,天还没有完全亮,走着走着,露水就下来了。山道两边的草上沾满了露珠,地面上的湿气明显加重。他甩开脚板,头也不回地走。散乱的草受了惊吓一般,纷纷躲闪着他那双糊满泥巴的光脚板,带着湿气的草叶子唰唰作响。他走得坚毅有力,野草和露水拂拭着他高高绾起裤腿后的光腿。露在外面的两截小腿红红的,像洗净的红萝卜。太阳出来了,大片阳光照耀着整个河滩时,父亲赶到了河边。

河边到处是人。没有谁会留意刚来的少年,他们都在忙自己的。有一刻,父亲犹豫了一下。他眨巴着双眼,阳光照在他仰起的脸面上,感觉和以往大不一样。今天的阳光显得嫩嫩的,像新生婴儿的脸一样。太阳升起老高了,空气里还没有毒热的迹象。放在平时,这个时候,整个地面早被晒得发烫了。这得归功于昨夜那一场暴雨,父亲想。他睁大眼去看太阳,让阳光在脸上多停留一会儿。阳光洒在河滩上，千千万万的小石子、小沙砾开始发光，那些密布的小水窝也在闪闪发光，整片河滩明晃晃的。河水早已退去。暴雨引起的洪水，把干枯的河滩几乎淹没，之后潮水退却，河滩一改平素的干裂状态，一夜间，变得湿润起来，给人丰裕辽阔的感觉。涨过潮的河滩，简直与干枯时大不一样，面貌顿时改变了，让人觉得陌生，觉得吃惊。只一夜工夫，她就由一个黄毛丫头变成了俊俏的媳妇儿。

父亲站在河滩边上，犹豫了一阵，便开始往河心走。他赤脚极快地越过河滩，来到了河心。河心有一股水，汩汩地流动着，很细小的一股水，是大水冲刷过后留下的一点余流。他几步就趟过了水，无数的石头被水流冲刷一番后半陷在淤泥里，踩上去不硌脚，反而给人软绵绵的舒适感。父亲黑瘦的脸上露出一丝笑。在这软泥沙石遍布的辽阔河滩里，他可以像大人那样走得迅捷、稳定。

父亲看到了鱼。如果不细心的话，一时难以发现有鱼。过了河心，刚走几步，他就看到了鱼。他吃了一惊，陷在小水坑里的鱼，竟然有很多。再往别处看，也有鱼。目光顺着整片河滩搜寻过去，竟然遍地是鱼。这些鱼儿，有半陷在泥沙里做垂死挣扎的，有在小水窝子里攒动的，更多的，已经死了，直挺挺地躺在河滩上。父亲在心里欢呼了一声，从小到大，这么壮观的景象，他还是头一回看见。

故事讲到这里，父亲停下了，等待儿子的笑声响起。总是这样，每次听到这里，儿子都会情不自禁地欢呼，呵呵地笑着，同时，有亮亮的光彩在眼里闪动。可以料想，他是完全沉浸在父亲讲述的情景当中去了。他也看到了辽阔的河滩、耀眼的水窝子以及发光的石子，还有挣扎在稀泥中的鱼群。"啊，真有那么多的鱼？你怎么不带上我呢？"儿子的小手抓紧父亲的衣襟，嚷嚷道。随即，父亲笑了，儿子也笑了。儿子脸上显出恍然大悟的神色来，嚷嚷着："我知道了，那时候，我还没有出生呢，你也只是个娃娃！"

儿子正值少年，与故事里的父亲年纪相仿。

"整个儿河滩里，全是鱼呐！满河滩都是！我当时忍不住欢呼了起来。"

刚才的话，父亲重复了一遍。

"我真的大叫了一声。一河滩的人都抬起头，吃惊地朝我看。谁叫我太高兴了哩！"父亲接着说，声音里那份欢喜，明显经过故意的夸大。

没有回应，儿子的欢呼没有如期响起。

父亲缄默了。儿子与以往不同的反应，他察觉到了。他站着，有些手足无措，口干舌燥。尤其是嗓子眼里，像卡了一根刺一样难受。这让他回想起当年被鱼刺卡住的情景来。如果儿子接着往下追问，他会讲下去，故事远没有结束。在那片河滩里，少年父亲怎样高绾起裤腿，走进稀泥里，弯腰拾鱼，和那些大人们进行着激烈的竞赛。那是一种寸许长的鱼儿，瘦瘦的，当地人称作"狗鱼"。猛然发起的山洪冲垮了上游的一处水坝，水铺天盖地而下。大水泛滥的结果，就是父亲这天早晨看到的变了样的河滩，以及河滩里被搁浅的鱼。

"不到后晌，我就拾了满满一篮子，然后我把那一篮子鱼提回了家。"

"河心里有大鱼，巴掌大呢，可惜我胳膊太短，捞不上来。"

父亲惋惜着，嘴巴咂得啧啧响。他不再留意儿子的反应，自顾自地往下讲，他希望儿子能够被吸引，将儿子全部的神思吸引到故

风筝鱼

事中来。这样，儿子就可以忘掉疼痛，哪怕只是忘掉一小会儿，一小会儿也行啊。

"然后，你奶奶清洗了那些鱼，把它们一条条摆在蒸笼上，再撒上一把面，那是莜麦面，口袋里就剩那点儿了，你奶奶全给撒上了，还拌了点盐巴，就蒸上了。晚上，我们一家人围着锅台吃蒸鱼。那个香啊！"父亲禁不住赞叹一声，回味着，好像那香味至今还残留在嘴里的某个地方。

"我饿、馋、性子急，喉咙就被刺卡住了。刺卡在嗓子眼儿里，不上不下，疼得我直哭。可把你爷爷奶奶吓坏了，拿手掏，用筷子头儿捣，喝凉水冲，都不顶事。还是后来你奶奶想了个法儿，叫我吞了几口酸菜，才算把刺带下去了。"

说到这里，他脖子抻得老长，一抽一抽的，似乎那根刺还卡在嗓子里，令他至今难受。

儿子笑，笑声嘶啦啦的，像嗓子眼里卡了鱼刺一样。可是，儿子的嗓子里没卡鱼刺。那是四十年前的事，少年父亲一家吃狗鱼充饥时，儿子的母亲也只是个流着鼻涕的毛丫头。四十年前的刺，当然不会卡进儿子的嗓子。卡住儿子的是什么？父亲不知道，儿子也不知道，他们沉默了。儿子病着，得的是一种叫肾炎的病，已经很严重了。从儿子的呼吸声里可以听到，他的呼吸一天比一天困难，一时比一时艰难。现在他的喉咙里不断发出"嘶啦啦"的声响。给人感觉，已经不止一根刺卡着他，而是一大把刺，一大把刺塞满了他的咽喉。

父亲缓缓扭过头，正是少年的儿子总是爱听父亲少年时的这段经历。父亲每讲一回，儿子都会欢快地笑上一阵。笑的时候，他嗓子眼里的嘶啦声更明显,更让人心惊胆战。可笑声终归是笑声,笑声让人有一种错觉,觉得他的病情有了好转。明天,或者后天,他的水肿会消退,他就会站起来,恢复健康,像生病前那样,满庄子玩耍去,饭熟了也喊不回来,喂驴时骑在驴背上,赶着毛驴疯跑,吓得大人直咬手指头,他自己却无所谓,一点也不害怕。

笑声,总比病痛的呻吟声好啊。

这一次,儿子没有笑。他一直爱听这段经历,一直伴有笑声。然而,这回他没有笑。嗓子眼里发出的,只是单纯枯燥的嘶啦声。

父亲耐着性子等了一阵。还是没有笑。父亲心里忽然空落落的,他感觉心里少了一样东西。他慢慢回过头来看,儿子安静地躺着,双眼闭上了,水肿得变形的脸上,寻不到一丝笑意,也没有痛苦的神色,只是安静地躺着,睡着了。父亲轻轻起身,退出房门。出门后,他扶住门框,悄声舒出一口气。儿子在听故事时睡着了,睡得那么安稳、踏实,真是很意外的情况,叫人欣慰。多少个夜晚,他都无法入睡,被病痛折磨着,难以合眼。看来,他的病情有好转的希望了。

房门闭上,父亲离去了。屋子里一片宁静。桌子上,那只老式座钟发出嘀嗒嘀嗒的声响。少年睁开眼来。"我是一条鱼,我就是一条鱼。"他的心里一再泛起这个念头。真是古怪的念头,这想法一产生,就很固执地占据了他的心。我真的是一条鱼。对面的墙上挂有一面镜子,他看见自己的脸,映在镜子里,他抬起沉重得充满水的眼皮,望着镜子里的人。镜面有些脏,看得不太清楚,但大致模样能看出来,出现在镜子里的,是一张严重变形的脸。整张脸像被人用鞋底狠狠抽打了一顿,肿得吓人,能看见上下眼皮里蓄积的水，明晃晃的。鼻唇沟消失了，鼻子和脸蛋肿成了一团。眉毛和头发都脱得厉害，只要用手指捋一捋，就会刷啦落下一层，有时甚至是一小把，他都不敢伸开手心看。

我这个样子，不就是一条鱼吗？少年挣扎一下，目光离开镜子，镜子里那可怕的脸在心头模糊了，渐渐幻化成一条鱼的样子。

鱼是什么样子的？他没见过大鱼，倒是见过小狗鱼，还亲手抓过，离学校不远的水沟里就有，寸许长，摇着小小的尾巴，在石子和泥沙的缝隙间游窜。调皮的男孩子喜欢抓鱼，眼睛盯准一条，一把下去便抓住了。光溜溜的小生命，在手心里拼命挣扎。有人就将鱼搁在河滩上，看着它们尾巴一拍一拍，口大张着，求救似的挣扎。后来，鱼便会干渴而死。这残忍的游戏，同伴们经常做，他也做过。现在想起来，陷入绝地的鱼是那么无望地扭着身子，一直到死，这过程真的很残忍。小鱼死后的身子胀乎乎的，跟一团河泥差不多。我这双手，抓了几条鱼？又弄死了几条鱼呢？他抬起手，看着，回忆着。五条？十条？还是比这多？已经记不清了。那么机灵可爱的小生命，自己当时怎么就狠得下心呢？他悔恨地摇摇头。

门"吱儿"地一响，母亲进来了。母亲的脸一出现，屋子里的气氛顿时变得灰暗沉闷。与半年前相比，她的脸好像被人用刀子削掉了厚厚的一圈，肉消失了，骨架无处遮藏，完全暴露出来。整张脸上，就一双大眼、一张大嘴，因为瘦得惊人，眼睛、嘴巴便大得出奇。

看见儿子醒着，她忙收起眉宇间的戚容，勉强挤出一丝笑意来，给儿子拉上被子，说："我的娃，你睡吃力了吗？要不我扶你起来坐一阵儿？"儿子点点头。母亲上前，一双手从胳肢窝里搀起儿子。

儿子的右手伸过去，牢牢拽住母亲的衣领，母亲用力，儿子自己也用力，笨重的身子总算撑起来了。母亲忙腾出一只手，拉两只枕头垫到墙角，再把那一麦草包扶起，儿子靠住麦草包和枕头，缓缓坐了，母亲才敢放开手，给儿子两边肋下围上被子，他这才算坐稳了。母子两人都累出了汗。每一次翻身或坐起、睡下，都能把母亲累得淌汗。叫她心急如焚的是，尽管她全身心日夜照料，一天天过去，儿子的病并没有好转的迹象，相反，他的身子越来越肿，越来越重。刚病倒那会儿，她能抱着他下地去解手。现在根本不行，已经抱不动了。对她来说，现在的儿子，就像一件笨重又珍贵的瓷器，她多么怕他有个闪失啊！她不分日夜地守着他，端汤倒水，喂饭熬药，盼着他能好起来，像过去那样健壮皮实。近一个月来，他完全不能下地了，几个人搀扶着也不行，大小便只能在炕上解决。他总是害羞，哭着不肯，要下炕，自己脱裤子，自己擦拭。然而，他哪里站得住呢？这样半躺半卧，已经大半年了。怕他压烂身子，她想着法儿逗他乐，扶他坐起来，或者躺在自己怀里。

儿子的脾气越来越古怪了，倒不是变坏了，是变好了，变得和过去完全两样了。过去，他总是很调皮，甚至算得上顽劣，常常斗鸡走狗、扒墙上房，还不准别人说他。尤其是几个姐姐，一旦用言语指责他，他便会抢起烧火棍追打过去，不依不饶。姐姐们疼他，只有忍让的份儿。有时候他淘气起来，让人哭笑不得，他会把孵蛋的母鸡赶下窝，哭闹着要自己爬上去当一回母鸡。煮一颗鸡蛋给他解馋，他舍不得一个人吃，喊来姐姐们，给这个掰一点儿，给那个分一点儿，最后他自个儿空着两手，便眨巴眨巴眼，吧唧吧唧舔手心。他整天说说笑笑，永远没有忧愁，给这个清寒的家里添了多少欢笑与乐趣呀！尤其对于她和丈夫来说，他就是他们生命枝头结出的最喜人的一颗果子。因为有他，他们老两口生命的分量分外重了。

谁能想到呢？儿子会得上这种难缠的病。这种病有多可怕、多难治，她不知道，大医院里的大夫总一脸威严地把丈夫喊去，和他商量什么。丈夫出来，搓着两只手，一脸土灰色。他们转了几家医院，大体上都这样。儿子在病床上挂着药水，一瓶接一瓶，钱像流水一样哗哗地交进去。很快，他们的家底儿就花光了，亲戚们也借了个遍。儿子还是那样，病情反而加重了，一天比一天严重。

最近一次，在市里最大的医院，他们揣着两千三百元，背上儿子去看病。住了一个星期院，做了两次检查，钱就花光了。丈夫从医生房间出来后，没有进病房见她和儿子，而是站在过道里，看着那些穿白大褂的男男女女进进出出地忙碌。他像个木桩一样站着，看了整整一上午。她悄悄抹了一上午的泪。下午，他下了决心，背上儿子，坐最后一趟班车回到了乡下。乡下有位老中医，给他们开了几包草药，她便天天熬草药，让儿子喝。丈夫说："只能这样了，大医院咱们没钱住。"是啊，家里积存的粮食全卖了，牛羊卖了，连平一点的几亩地连同冬麦、青苗也租出去了。还卖什么呢？一点山地，陡、贫瘠、干旱，没人看得上。家里就剩下几口人了，都瘦得不像个样儿，总不能把人给卖了吧？

夜里，丈夫不上炕睡，说心里闷得难受，睡在一张床板上，盖条薄毯子。灭灯后，女人睡不着，男人也睡不着。儿子的呼吸声不均匀，时粗时细，时缓时急，在这深夜里听着，分外让人心惊肉跳。两个人的心都被这呼吸声给紧紧揪着，一下一下扯动，直扯得两颗心的弦儿越绷越紧，简直要断裂了。男人哑着嗓子给女人说："娃睡着了,你快缓一阵儿,老这么煎熬,我看你眼圈子黑透了。"女人应一声,也不枕枕头,顺势溜倒,趴在儿子身边睡了。也不知道迷糊了多久,心里虚,记挂着病人,猛然惊醒过来。睁开眼,灯亮着,男人站在炕头,正盯着儿子的脸看。他的目光呆呆的、木木的,像石头人一样。男人看了一阵,拉了灯,却不去睡,拉开门走出屋去。院子里一团漆黑,他没拉路灯,摸黑在院里走动。夜静得掉根针在地上都能听到响声。男人的脚步沉沉的,每迈一步,都像有千斤重,落下来,踏在女人心上。近一个月来,他几乎夜夜这样,很少睡觉,不分日夜地苦熬着,人瘦得剩了个空架子。他是男人,心里的苦痛远比女人沉重。她要是实在憋不住,就跑到后院的柴房里,趴在柴堆上哭一场。哭一阵儿,心里舒服了那么一点,出来草草洗把脸,以防儿子看见。男人不哭,自打她嫁进这个家门,就没见他哭过。包产到户前,日子那么苦,饿得剩下半条命,也没见他哭过。这个铁一样强硬的男人,就这样被千斤重担压着,她不知道,他还能坚持多久。

她扒开窗帘向外看,夜色黑沉沉的,看不到男人身影。真不知道,借着夜色的掩护,他会不会躲到某个僻静角落里哭。她多么盼望他能够哭上一场啊!她担心他心里那根弦绷得过紧,再不想办法松一松,迟早会断掉。

他可是这个家的主心骨啊!

男人坐在黑暗中。女人也坐在黑暗中。一个在院子里,一个在炕上。只是他们不知道,还有一个人,也醒在黑暗当中。正是儿子,他早就醒了,只是没有出声,怕惊扰了父母,他希望他们能够安心待一会儿。自从病倒,他的夜晚就被分割了,分裂成好多碎裂的片段，迷迷糊糊睡一会儿，醒一阵儿，与病魔抗争一会儿，胡思乱想一阵儿。夜晚真是太漫长了，简直没有尽头，永远等不到尽头。他在黑暗里躺着，听着自己喉咙里呼噜呼噜的声响。他试图把嗓子清理干净，让它畅通一点儿。可是，总是徒劳的，他的胸肿胀得高高突起，喉咙肿得像要炸开来似的。每呼吸一口，都很艰难，他已经习惯了这种艰难。父亲出去了，待在屋外的黑暗里，母亲跪在窗户边，他们都难以入睡，各自默默地用黑暗抚慰着心上的伤口。

少年悄悄流下了泪。他已经很难挤出眼泪来了，下身更严重，尿液排不出来，全积在身体里。他的皮肤里胀满了水，肚子胀成了一面鼓。他知道，自己现在的样子很骇人，不像人，像一只鼓着大圆肚子的蜘蛛。

他盼望着自己好起来，早一点好起来，自己走下炕，到院子里走走，到村庄里跑跑，到小学校去念书。开春时节，他们学校新调来一名女老师。多么新鲜的事呐！他们简直乐坏了，更妙的是，校长把她分给了四年级，她来给四年级当班主任。据说这是小学校建校以来头一回分来女老师，还长得那么好看，细腰长腿，头发飘扬，看得他们的心也跟着飘扬起来，连最不爱学习的人也说从此要认真听讲，好好学习。春天风大，教室外时不时刮过一股旋风，女老师受到启发，决定教大家做风筝，她说做成了要乘着这三月的春风放起来。他们准备了竹棍、纸片、糨子、线。她先教大家在纸上画图案，有画蝴蝶的，有画蜻蜓的，有画老鹰的，有画燕子的。他画了一条金鱼。大家都画得不大像，老师用带颜色的笔给这些图案染了一遍。这一来，每个动物都显得生动、鲜活起来，有模有样了。老师说："下周再教你们扎骨架，把图案糊上去，好乘着风势放起来。"大家都兴冲冲地盼着时间过得快点，下一周早点到来。他也一样在盼，孩子好玩的心性都是一样的。

结果是，他没等到下一周就病了。病来得很突然，而且病情很严重，他被送进了医院，再也没去成学校。他的作业本，连同金鱼纸片，老师托同学捎回来了，他算是和那个学校没一点关系了。听同学们说，女老师结婚了，肚子大了起来，样子也变得不好看了。大半年没见，他想象不出女老师究竟变成什么样儿了。那些风筝，同学们做成了没有？放飞起来了没有？他没问过小伙伴，也无从知道。在内心深处，他深深地盼着，那些风筝还没有做成，还没有飞起来，在等着他呢，等他好了，回去后，大家一起放风筝。

他画的金鱼图案的纸片搁在柜顶上。画面渐渐褪了色，金黄的鱼身变成灰色了。他用铅笔描画的印痕还在，深深的，没有变淡，他便想起当时自己画得多么用心、多么努力。一条原本该飞上天去的鱼，因为他突然生病，就一直留在纸上，遗憾地褪了颜色。他不知道，等他病好后，再去学校，那时，女老师会不会已被调走？如果还在，还有没有心情教大家做风筝、放风筝呢？到那时，如果女老师已经淡忘了这桩事，他要出面，带动大伙儿，把没有实现的心愿变成现实，让自己亲手做的风筝飞起来，飞在高高的蓝天上。至于风筝怎样做，又怎么放飞，他想到时候再请教女老师吧，指导一下的心情她总该有的吧。

想到这些，他心里热热的、躁躁的，像要飞起来一样。他还从来没有这么急切地盼望过，盼自己快一点好起来，好乘着春天的劲风去放风筝。

他闭上眼，在心里看着风筝飞。他的金鱼风筝，真是争气得很，远远超过了伙伴们的燕子风筝和蜻蜓风筝，飞到蓝天最高处去了，简直就要撞上雪白的云朵了。他咧开嘴巴笑，拍着巴掌笑，蹦跳着笑。他已经和从前一样健康了，正在拔节生长的身子细瘦、灵巧，他轻快的脚步像花瓣一样，落在春天松软的土地上……

深冬的风吹在脸上，有很强的寒意，父亲肩头挎着个布包，一步一步走在土路上。他刚从班车上下来，那是从城市通往乡下的最后一趟车。临下车时，他头晕得厉害，车门一开，他几乎一个趔趄跌下来，小跑了几步，才没有扑倒在地。头脑里一阵一阵旋转，心里好像放了一碗水，水面不断晃荡，水花不停往外扑，眼前冒起一串串火花来。他知道是失血过多的缘故，便没有惊慌，坐在路边大石头上歇了一阵，才起来缓缓往回赶。在市里的一家私人医院，他让穿白褂的抽了一管子血。他换了条胳膊，捋起袖子，要求再抽一管子。白褂子不耐烦了，训斥说："不能再抽了，一次只能抽这么多，看你这样子，瘦得皮包骨，赶快回去好好儿补养补养吧！"他捏着领来的二百块钱，心里不甘，无论如何得让医生再抽一回，他进一趟城不容易，光路费就要花二十块呢！他得多弄点钱回去。转悠了一会儿，他又进了医院，又抽了一管子。他看着自己的血涌进透明的管子，一点一点增多，竟然不是殷红色，而是微微泛着亮白的红色。他眼前也闪着亮光，像有无数颗星星在冲他眨眼睛。捏着四百块钱，他慢慢地走出医院大门。这一回有恶心、头晕的感觉，他明白抽多了。他舍不得下馆子，在街边的小摊上喝了一碗米汤，吃下一笼包子，就匆匆往车站走。从闹市区到车站的路途，今天变得分外遥远，漫长得走不到尽头。他走在右边的路沿上，一步一步挪动。城里的集市上人就是多，好像全世界的人都跑到这里来了。一个,又一个,擦着身子走过。一群,又一群,熙熙攘攘,来来去去,川流不息。有城里人,有乡下人,有穷人,有富人。城里人和乡下人是很容易区分开来的。衣着光鲜的,肯定是养尊处优的城里人。满面灰尘或破衣烂衫的,准是乡下来的。穷人和富人,同样容易辨别。他说不清,自己怎么忽然来了兴致,有这份闲情,竟然留意起身外的事情来。其实,他心里烦啊,像压着一座山一样,压得他喘不过气。但他不敢在家里表露,一丝也不敢,他是那个家里的柱子,天大的事他都得撑着,他如果塌了,那一家人还怎么活?

他在人流中移动。神思一时清醒,一时糊涂。他不知道自己这是要去哪儿,去干什么。挪了几步,他恍惚记起来,这是在城里,要赶回乡下去。人真多啊!那么多面孔,那么多人头,黑压压的。大家在一起不断地挤来挤去,挤来挤去。他又想起少年时代的那个上午了,他站在河滩上,看着遍地淤泥和淤泥里挣扎的鱼儿。他是多么惊讶,多么感慨啊!这满街拥挤的人们,不正像那些鱼儿吗?只不过,人们是陷在命运的淤泥里,挣扎在生活的河滩上罢了。

一阵悲哀从心上划过,挣扎着活了这几十年,他还是没能走出贫寒的河滩。而他的儿子,那个十一岁的少年,那尾小鱼,已经被命运的大手掌控,晾在河滩上了。他还能维持多长日子呢?他说不上来,但他知道,不会太长了。医生说过,至多一年,要么两年。长期积水,会造成肾衰竭、尿毒症,那时就无药可救了。"最好的办法是换肾。换肾你懂吗?"他记起那个面孔肥胖的大夫,用女人一样细白的指头敲着桌面,给他解释:"换肾,就是用另一个人的好肾把病人坏了的肾替换下来,这样你儿子才能活下来。早换一天,这病就早一天治好。拖延的日子一长,病情恶化,就不好治了。"

他一听慌了，忙问："换大人的行吗？就换我的！"他想为儿子献出一个肾，献了肾自己还有一个，还能耕地种田，养活一家人。他都五十岁的人了，要两个肾也没多大用处了。谁知，大夫的大脑袋摇得像拨浪鼓一样，瞪大眼气哼哼地说："开玩笑，这是换肾，不是闹着耍，得看你的合适不合适。就算合适，还得准备十多万的手术费，我们这里不行，得去西安那样的大地方的大医院。"他像个木头人一样，呆呆听着，一口气吐出去，就是吸不进来，胸口缺着一口气，憋闷得厉害，觉得头顶上的天塌了，沉沉地向他压下来。

"前前后后，一共得花十八九万吧。半年前，咱市上一个领导的儿子也是这病，人家到西安做了手术，听说一共花了二十多万，当然人家用的是好药，贵得很。"大夫说。

他倒退着出了大夫的房门。就是那一天，他下了决心，背上儿子回了家，从此中断了住院治疗。

医生说得很明白了，这样住在医院里，吊一瓶子又一瓶子的药水，只是保守疗法，治不了病根，有一天病情还会恶化的。病愈的唯一途径是换肾，把坏掉的肾换掉，换一个健康的。

那个大夫其实很善良，只有他说了实话。半年来，父亲带着儿子辗转了好几家医院，那些大夫，总是板着一副高深的面孔，开出一张张单子，让他按照单子交钱、吊瓶子，交钱、吊瓶子，儿子的病倒是越来越不好了。大夫们从不轻易像他这么交实底，他就在昏昏沉沉中抱着一丝希望，苦苦挣扎着。

得十多万，至少得十多万。

他想到了自己的家底儿。他们一共有三十一亩田地，其中有十一亩平地，另外二十亩在陡山上。他家养了一头栗色乳牛，下了一头牛犊。去年产了二十几袋麦子,九袋子豌豆。胡麻歉收,只打了二百来斤。这就是他的全部家产。没病没灾的话,在庄稼汉当中,他家还算得上是温饱之家。自打儿子病倒,情况急转直下。为了看病,他前后卖掉了乳牛和牛犊子,也卖掉了全部粮食,连口粮也没留。还有什么值钱的家当呢?医院就是一张饿鬼的口,血淋淋地张着,不管你凑多少血汗钱,它都一口吞下去,眼都不眨一下。他前后有两万多块钱花进去了,几乎借遍了所有亲戚朋友。可是,儿子的病在不断加重。

不知道走了多长时间,他总算挨进了汽车站的门。他再次把裤带往紧勒了勒,里面那条裤子的兜里装着四百元,是今天的收获,他要用它们去老中医那里抓草药。只要有一线希望,他都舍不得放弃。哪怕这种挣扎很无力,他也要咬牙试一试。班车上有些挤,裤兜里那沓钱硬硬的,硌得他腿上的肉发疼。他忍着,看看没人注意自己,就伸手去那里摸一摸、捏一捏,这样他心里才会安定下来。真是好笑,血流淌在自己身上,倒没觉得什么,这会儿抽出来,装在血管里,变成了钱,却让人心里怪怪的,有一种说不出的感觉。

总算没有白跑一趟,可以给女人和儿子说借到钱了,就在这里装着哩!然后好好歇上一阵。这一天,昏昏沉沉的,好几回都险些一头栽倒。到了家里,可不能叫家人看出破绽。儿子已经懂事了,懂得心疼大人了。无论如何,不能叫他知道自己弄到钱的真相。

一天,又一天,日子在浓郁的草药味中艰难地打发着。炕上躺着的少年,身体一天比一天沉重。他的皮肤亮晶晶的,能看到里面蓄积的水分。他已经坐不起来,母亲和姐姐将他搀起,还是难以坐着,身子太沉,他只能依旧躺倒,整天整夜地躺着,身下压着母亲

风筝鱼

缝的草垫子。

熬草药的女人，额前的白头发一天比一天多。少年静静看着，看那些头发在自己的注视中骤然变了颜色。他不说什么，也不提醒母亲去照照镜子。他在想，距离这满头的头发完全变白的日子，还会有多远呢？想来不会太远了。他有一种预感，自己的时日不多了。他总是做梦，梦见一片河滩，想必是父亲少年时代经历过的那片河滩。恍惚中，他自己就成了当年的父亲，饥肠辘辘的少年，听说了发洪水的消息，悄悄地离开家，一个人赤脚走了二十多公里山路，赶到河边。他从没见过，那么干枯狭窄的河床，一夜间竟变得那么辽阔，那么丰裕。河滩上到处是拾鱼的人。饥饿让人们的鼻子分外灵敏，附近的人可能都嗅到了涨潮之后困在河滩上的鱼的香味。

当年的少年，提着一篮子小鱼，顶着午后毒辣的日头，一步一步往家的方向赶。寂静的山野里，他一个人的身影，孤零零的。当时父亲怕吗？儿子不知道，他想问问父亲。还有，那些鱼，究竟香不香？有多香？还有，父亲不是说河心里有大鱼吗？父亲怎么不冒险跳进河心去抓几条呢？那些大鱼都长什么样儿？什么颜色？他想知道。他没有见过真正的大鱼，要说见过，也只是在书本上见过。书上有五彩的金鱼，老师说金鱼不能吃，只是让人观赏的。那么真正能用来吃的鱼，又长什么样儿呢？他问母亲，母亲摇摇头，问姐姐们，她们同样摇摇头；她们一辈子待在山里，四季与土地打交道，干旱的黄土地里长出麦苗，长出豌豆，长出各种五谷杂粮，就是不会长出鱼儿来。她们的内心世界里，是没有鱼的形象的。少年的问题，勾起了最小的姐姐的好奇心，她反过来问弟弟："那么你说，真正的大鱼长啥样儿？吃啥？喝啥？在哪儿睡觉？在哪儿生鱼娃娃？会害病吗？谁给它们看病？老了，死了，埋在哪里？"

少年被逗笑了。姐姐这是在按人的生活来想象鱼。鱼是生活在水里的，咋能和人比哩！

姐姐不甘心，望着弟弟的怪笑，忙醒悟似的说："知道了，我知道了，大鱼和狗鱼一样，所有的鱼都和咱水沟里的狗鱼一个样！在水里活，在水里吃喝、睡觉，死后埋在水里！"

说完，她慢慢一回味，倒为自己的聪明吃了一惊。她再看炕上的弟弟，弟弟仰起头望着房顶，他的目光里有一种从未见过的东西，在一闪一闪地跳动。他显得十分投入、神往、忘我，完全是一副大人才有的神态，却不完全是大人，是什么呢？她说不上来，倒觉得自己心里也怪怪的，某个地方隐隐地疼起来，心口涌上一股热辣辣的伤感。她不敢再看弟弟，被他脸上突然涌现的神情吓着了，这陌生的样子，还是那个可爱的弟弟吗？他从前的模样已经看不到了，她只能觉得这大致的轮廓似乎是那个人，那个可爱调皮的少年。

少年说："给我一个本子。"母亲翻开他的书包，取出一本图画本。他说："我还要铅笔。"母亲又找来铅笔。本子和铅笔都是崭新的，开学买来的，还没来得及使用，少年就病了，从此离开了学校。

他将本子摊开，放在肚皮上。他的肚子胀得简直像一张小圆桌子。他要在这小桌子上画画。画什么呢？春天柳树新抽的翠绿叶芽儿、尾巴像剪刀般挥来挥去的小燕子；夏天盛开的野花、满山洼绿茵茵的庄稼；秋天黄澄澄的柿子；冬天白皑皑的雪——这一切的一切，都那么叫人向往，令人难舍。无论哪一样都像一幅优美的画卷，在他心头刻下了深深的印痕。他用十一年的时光经历了人世间

风筝鱼

的这些景象，有一些记在心间，还有一些忘掉了，更多的未知，还需在成长历程中慢慢去认识、去感受，比如大鱼，真正的鱼，那些生长于大江大河中的鱼，他还没有见过。等到长大后，他肯定会走出村庄，走出这小地方，去那些有着大江大河的地方，去看真正的鱼，去看很多新鲜的东西。

然而，他能够感觉出来，自己不行了，活不到那一天了。他生命的这棵树，树干内部发生了致命的病变，他正在日渐枯竭，他能感受到这种可怕的衰竭在一分一秒地逼近。虽然他的枝叶还绿着，还在向世界展示着一个生命应有的生机和希望。他知道，这是假象，只是一个美好的假象。亲人们全被这假象蒙蔽了，他们那么急切地盼着他早一点康复。他们多么傻啊，痴痴地盼着，盼着病痛能像水一样一点一点消退，盼着他彻底好起来。他们是那么疼他、爱他，他知道，他是家中每一个人最心爱的人。可是，他生命的枝干，已经从里面腐烂了，就要烂到外面来了。生命像灯盏上的一团火，油熬干了，火苗就会燃尽、熄灭，归于黑暗。

他将要到那永远的黑暗里去吗？他将永远地抛下家和亲人，和美好的一切，再也不回来了吗？这想法令他小小的心里充满了恐惧，不能说出口的恐惧。他控制不住自己的心思，不断地胡思乱想着、伤心着、恐惧着。他画了一条大鱼，满满一页纸上，就只有一条鱼。他画得很仔细，鼻子、眼睛、耳朵、胡须、眉毛、手、脚、尾巴，全有了，一条肥嘟嘟的鱼画成了。打量着画面，他呵呵地笑了。不知道这是不是鱼，大江大河里的鱼，是这副奇怪的模样吗？他歪着头，给它添上了翅膀。大河里的水流又湍急又深，浪头高，鱼不长一对翅膀怎么行呢？没有翅膀如何抵御那些迎头击来的风浪呢？

鱼的翅膀的形状一定像鸟儿的翅膀吧,长长的,宽宽的,翼尖上排着一列长长的羽毛。羽毛是什么颜色的呢?一定是五彩的吧,像大公鸡尾巴上俊美的翎毛。没有彩笔,他看着铅笔描出的线条,心里觉得遗憾,念了好几年书,还从没叫大人给自己买盒彩笔呢。彩笔很贵,两元一盒,他本来想念到五年级时再买。谁能知道就没机会了,再也没机会了。他丢开本子,大口地喘气。今天太累了,他将本子压到枕头下。

第二天,屋里没人时,他重新摸出本子,给鱼重新画了手和脚。手像小孩的手,五指叉开来,像在划水的样子。脚像小孩的脚,胖乎乎的。

书本上的金鱼和河里的狗鱼,都没有手和脚,他想一定是它们还太小,还没到长出手和脚的时候。真正的鱼,生活在江河湖海里,没有脚和手怎么行?真正的鱼一定是四肢健全的。

父亲出了趟远门,去借钱。他早上出去,天黑踏进门来。夜色很浓,灯泡瓦数低,屋子里的光线有些昏暗,没人留心他的脸色,只看见他放下手里的一串草药包,从裤兜里摸出一沓钱。女人接过去,数了钱,说:"又是四百,咋这么巧?每一回都借四百,亲戚没说啥吧?"父亲摇摇头。屋子里的气氛闷闷的。少年躺着,静静看着这一幕,父母投在墙上的影子在来来去去地活动,影子虚虚的、淡淡的,绕到一起,又分开了,成为两个孤苦无依的影子。父亲草草吃了几口剩饭,就睡了。每次出门借钱,他总会显得很累,比平时累得多。

半夜里,睡不着,少年无声地醒过来。睁开眼,吓了一跳,眼前一个黑影,站在自己炕边。他眨眨眼,细看,是父亲。窗外有月亮，月光很清亮，透过窗帘，被滤掉了一部分，投进屋来的另一部分，还是很清、很亮，满屋子笼罩在一片朦胧的亮色里。父亲正看着他。父亲没有穿棉衣，只穿着内衣，这使得他比白天瘦小、单薄。他慢慢趴上来，跪在炕边上，仔细瞅着儿子。儿子不敢动，怕惊着了父亲。父亲离他这么近，能感到他的呼吸轻轻的、短短的，像清晨的薄雾一样。奇异的是父亲的目光。少年感到，父亲此时的目光和窗帘上洒下来的月光，都被夜色溶解了，与夜色融在一起，难以分离。两道目光虚虚的、淡淡的，让人捕捉不到，又感到无处不在，在痛楚地关注着他。

这是两束奇怪的光，来自父亲的目光，它们将睡梦中的儿子围裹住了。少年没有动，他忽然不想破坏这种氛围。他能感到，这目光很复杂，包含着说不出来的情感，有怜惜，有痛苦，有无助，有难以诉说的成分。

父亲此时的目光，与白天完全不同。白天，他表情木木的，目光硬硬的，是一个男人和一个父亲该有的目光。生病之前，他是比较怕父亲的，只要父亲板着脸咳嗽那么两声，他便会心虚，主动过去交代在外面新闯的祸事，并且红着脸保证下回不敢了。

每个父亲都会这样吧，用刀子般的目光督促着儿女，希望孩子沿着自己所希望的方向成长。

父亲本来要用他刀子般的目光、朴素厚道的做人方式，把儿子培养成一个朴实健壮的男人。看来，父亲的期望要落空了，不会有那么一天了。少年知道，自己活不到那一天了。

那是一场很薄的雪将地面浅浅覆盖住的一天，村庄里的人们穿着厚厚的棉衣，踏碎了路上的白雪，许多大小不同的脚印凌乱地印满了少年家的院子和台阶。大家共同见证了十一岁少年的葬礼。这是个很平常、很简单的葬礼。

大家看到,少年家的窗台上、墙头上到处是药渣,熬得发黄的草药渣子。大家就议论说这个孩子吃下了多少药啊,这么多的药渣!

还有一副药,已经熬好了,装在砂吊子里,没来得及喝,他就走了。

葬礼从开始到结束,父亲都没有哭,他将腰上那根布带子一再收紧,却还是不断变松。那件灰布棉袄裹在他身上,显得分外大,后背那里尤其大,给人感觉那里塌了,支撑不起这件衣服。他使劲缩着脖子,想要缩进棉袄里去,像要把自己藏起来似的。

少年的遗物没有多少,就几件穿得发旧的衣裳,几双布鞋,一双看病时才买的新球鞋,一个书包。书包是大姐用手缝的白布包,早旧了,麻花形的书包带子上绾着很多疙瘩,是少年在念书时绾上去的吧。里面的书和作业本,是新学期领来的,还是崭新的,没有留下少年的痕迹。大姐做主,将书与本子送给了邻家上学的小孩。

母亲清扫炕上病人睡过的草袋子和褥子时,抖出来一个本子——儿子的图画本。父亲接过,一页一页地翻着看。二十张纸,每一张纸上都画了画,画的全是一种动物,样子很奇怪,他们谁都没有见过。大女儿说:"像老鹰,只有鹰才有这么大的翅膀。"二女儿说:"不像鹰,像大公鸡,你们看这尾巴多好看。"三女儿说:"像鱼,像大河里才有的鱼。"

父亲用目光把孩子们看了一遍,大家沉默了。女儿们说的,好像都对,又好像都不完全对。这种翅膀、手、脚都不缺的动物,身上像鱼鳞一样,分布着一片一片的花纹,感觉像鱼。可爪子上画有一条长长的线,这就让人觉得鱼并不生活在水里,而是高高地飞在天上。这究竟是什么呢?这孩子,病得那么重,啥时节画出了这么多奇怪的画?

看着,看着,父亲似乎恍然明白了什么,他呜呜地哭起来,哭声粗重、沉闷,这是一个老父亲才有的声音。女儿们吓坏了,悄悄退出屋,躲开了。她们从来没见父亲哭过,父亲一旦真正哭起来,原来这么骇人,完全像一头老牛。

冬去春来,刮过村庄的风一天天强劲、暖和起来,风头总是扬得很高,土路上不时飘过一阵半人高的旋风。有一天,坐在台阶上望着风发呆的三女儿忽然大叫起来,说:"我知道了,我知道那是什么了!原来,那是风筝,是大鱼形状的风筝啊!"